CRACHE
À PIC

Illustration de la couverture: une huile de Nérée DeGrâce.

Maquette de la couverture: Jacques Léveillé

ISBN 2-7609-3082-3

Dépôt légal — Bibliothèque nationale du Québec
1er trimestre 1984

Imprimé au Canada

ANTONINE MAILLET

CRACHE À PIC

LEMÉAC

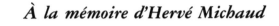

À la mémoire d'Hervé Michaud

C'est le vieux Clovis qui a tout raconté à mon père. Et lui s'en souvenait. Mais on dit que Clovis avait la prunelle gauche plus élastique que la droite quand il clignait de l'œil du côté de la vie. Et de plus, la langue si rêche et le gosier tant raboteux que les mots en passant perdaient une voyelle ou distordaient leurs consonnes. Mon père, en me les rapportant, n'eut d'autre choix que de passer les phrases à la varlope et de décrasser la syntaxe de sa mousse et de son vert-de-gris. À mon tour de vous transmettre cette histoire vraie, dépouillée de tout artifice de langue ou acrobaties de l'esprit, jurant devant Dieu et ses saints ne nourrir autre intention que celle de distraire mes contemporains du malheur de vivre à une époque où, tout étant permis, ils ne connaîtront jamais les multiples splendeurs de la chose défendue.

9

Voici donc l'histoire que je tiens de mon père, qui la tenait du vieux Clovis, qui la reçut directement de la vie à pleine bolée, du temps où nos pères et mères furent privés de boire par la loi des hommes et durent, par conséquent, en appeler à Dieu qui fit surgir entre les roseaux des marais et les foins de dunes un joyeux et hardi peuple de contrebandiers.

Faites-en votre profit, mes amis, et bonne chère! Moi, je retourne à mes souvenirs et flacons.

1

Au début des années 30, la girouette du globe s'était mise soudain à tourner comme une folle. Les vents soufflaient à l'improviste, à contre-courant, chavirant les uns sur les autres, s'affrontant, se bousculant, le nordet au travers du suroît, la bise du nord enroulée dans un tourbillon venu du sud en quête du centre du monde. En cette troisième décennie du siècle, le monde cherchait son centre.

Eh bien! le monde perdait son temps. Bêtement. Il cherchait beaucoup trop à gauche ou à droite, à l'est, à l'ouest, en bas, en haut, à l'envers, à l'endroit, il cherchait beaucoup trop. Alors qu'il n'avait qu'à se laisser faire, s'accrocher aux ailes de la girouette et jeter un œil en dessous, juste en dessous où, sans en avoir l'air, une poignée de rusés et braves héritiers de la crise luttaient à pleines mains pour mâter les vents.

Au large des côtes des provinces atlantiques du Canada, en ce premier jour d'août 1930, les bras enroulés autour du grand mât de sa goélette et le front dressé contre la vague qui lui éclaboussait le visage, une jolie garce du nom de Crache à Pic riait et hurlait à pleine gorge:

— Je l'ai eu!

Les lames mesuraient vingt pieds cette nuit-là. Et le ciel n'était pas moins furieux que la mer. Déchiqueté par les vagues et la sorcière de vent, l'horizon avait disparu dans la nuit. Il ne restait plus rien sur le détroit qui relie les îles au continent que cette goélette ballottée de roulis en roulis et qui s'entêtait à ne pas sombrer.

— Je l'ai eu! hurle de plus en plus fort le maître à bord de *La Vache marine*, Crache à Pic, fille d'une lignée de géants, de sorciers et d'intrépides marins.

Crache à Pic et son équipage improvisé de voisins-marraine-frère-et-frère-de-lait ont reçu cette nuit-là leur baptême de la mer et du rum-running. Ils ont vaincu le grand Dieudonné, maître du golfe, le contrebandier qui fait la pluie et le beau temps sur toutes les côtes entre Terre-Neuve et le Maine américain depuis près de dix ans.

Et le suroît enfoncé sur les oreilles, la jeune Crache à Pic n'entend pas les jumeaux quinquagénaires, vieux voisins de sa mère, qui lui crient du gaillard d'avant de descendre des haubans, de sortir de là, de... qu'est-ce qu'il dit, le Dagobert... non, c'est Adalbert... qu'est-ce qu'il veut? Elle ouvre la bouche et reçoit une giclée d'écume en plein gosier. Tandis que le besson Adal... Dago... le besson

Adal-Gobert gesticule à quatre bras pour signifier à la fille des Crache à Pic... pchchch! Une vague se fend sur le beaupré et éclate en éclaboussures de sel.

Dieu! quelle nuit!

Les autres rampent sur le pont, s'agrippent aux câbles, aux poulies, tanguent avec la goélette qui en sue par toutes ses planches. Mais les vagues ont beau lui casser sur la tête et lui rouler sur le dos, Crache à Pic reste debout. Les autres, c'est une paire de vieux garçons identiques, soudés d'âme et de cœur, le couple Adalbert-Dagobert qui, en cinquante ans, se sont partagé les joies et les misères d'une vie sur l'eau, plus les quelque deux ou trois cents mots qui constituent leur héritage culturel; les autres, c'est aussi Céleste, une matrone bien en chair, bien fendue de gueule, qui a des rires et des dires en réserve, et qui a la générosité de vous en inonder les ouïes à tout propos; les autres, c'est enfin deux frères de lait d'un peu plus de vingt ans, le fringant et dégourdi Jimmy la Puce, fils de Céleste, et le frère cadet de Crache à Pic, l'innocent Tobie. Et voilà au grand complet, injuriant le ciel et manœuvrant dans la nuit, l'équipage de *La Vache marine* commandée par une fille aux jambes longues, au nez retroussé, à la crinière blonde en broussaille et aux yeux bleus qui vous coupent la respiration, la dernière de la lignée des Crache à Pic.

L'histoire de Crache à Pic et de sa *Vache marine* relevait du roman d'amour. La jeune fille avait déniché la goélette deux mois plus tôt chez un revendeur d'épaves et de gréements, au creux d'un petit port du Cap-Breton. Cette carcasse de planches et de lattes tordues, suintant de mousse, grinçant du mât et des poulies, et ensevelie dans sa propre voile, fut le premier coup de foudre de Crache à Pic qui rentrait d'un tour du monde dans les cuisines d'un cargo.

Depuis deux mois qu'on la domptait, la forlaque de goélette ne décevait pas. Elle roulait sur ses flancs, tanguait de la tête aux pieds, creusait des remous en arabesques, faisait gicler des fontaines d'écume et geignait de tous ses gonds; et le soir, la coque épuisée et la voile fendue, elle accostait au quai de Cap-Lumière, fourbue mais le mât dressé au ciel, fière comme un pape.

En cette nuit d'août 1930, elle a toutes les raisons d'être fière, la drôlesse. Et Crache à Pic rit et lui caresse le mât. L'un des jumeaux quinquagénaires continue de lui crier des mots tordus par le vent, des bribes de sons fondus à un vague bruit de moteur qui n'atteint pas les oreilles de Crache à Pic... Qu'est-ce qu'il veut, l'Adal-Gobert? Et de nouveau elle rit à la mer trop belle dans sa colère, une mer comme on l'aime sur ce bateau-là. Surtout que ce soir, Crache à Pic a réussi son premier grand coup. Eh oui, si fait! Cette nuit même, elle a déjoué la loi et le grand Dieudonné dans une seule bouchée, vaincu le maître contrebandier sur son propre terrain et vaincu la loi sur...

Quoi?...

Crache à Pic s'entoure le bec de ses mains:

— Parle plus fort, j'entends rien!

14

Elle se fige, écoute. Elle vient d'entendre. Le grondement d'un moteur. Un moteur de cutter, elle reconnaît le son que les vents écartèlent et sèment au-dessus de l'eau.

— Les officiers!

Il faut qu'ils soient tout près; mais où? le son vient de partout. Qu'est-ce qui leur a pris de sortir par une nuit pareille? et pour qui? les braconniers ou les bootleggers?...

— Éteignez le fanal... et les lampes.

Elle s'arrache au mât et saute comme un cerf sur le pont. Les jumeaux la rejoignent sur leurs genoux; puis Jimmy la Puce sur le ventre; enfin Tobie, en roulant avec le roulis dans les jupes de sa sœur qui d'instinct lui entoure la nuque de son bras... t'en fais pas, ti-gars... et tend l'oreille.

Pas de doute, ils sont là, à trente ou quarante brasses, elle les entend. À bâbord. Faut lever la voile. S'éloigner. Pas le moment de faire fouiller la goélette par les gardes-côtes.

— La voile! qu'elle huche aux bessons.

Mais les bessons ouvrent la bouche en même temps sans en tirer un seul son. La voile en pleine tourmente de vent? Elle est folle, la fille d'Aglaé!

— Sortons de là, qu'elle répète, éloignons-nous. Nous autres on entend le cutter, mais le cutter entendra point nos voiles... Profitons qu'il fait encore nuit.

Et elle s'enroule les mains dans les câbles.

15

S'éloigner seulement de quelques brasses, la voile tiendra pour si peu. Laisser la vedette se perdre. Mais voilà que le moteur vrombit en même temps à bâbord et à tribord, fondu à tous les vents. Et la voile refuse de grimper. Jimmy propose d'attendre au moins que cette bourrasque passe; attendre de voir dans la nuit de quel côté ils se tiennent. Crache à Pic se rebiffe.

— Quand on les verra, ils nous verront itou. S'ils nous pognent...

Un besson, l'autre qui n'est pas descendu dans la cale, parvient jusqu'à l'oreille de Crache à Pic:

— Faut tout jeter à l'eau... au plus vite.

Oh! non, pas ça... Crache à Pic n'entend pas ça. Elle cherche des yeux ceux de l'Ad... Gobert, dans le brouillard... non, pas ça! Jeter à l'eau une cargaison complète de vins de Saint-Pierre et de cognac Napoléon... raflée en haute mer à la bande à Dieudonné, le chef des bootleggers?... Le premier coup de sa carrière! et vous voudriez qu'elle jette tout à l'eau? Ne demandez pas ça à l'héritière des Crache à Pic!

... Elle savait déjà depuis la Saint-Jean que l'affaire se préparait. Dieudonné, le bootlegger, y avait mis tant de soin, avait calfeutré son projet de tant de mystère et de silence, que le secret avait fini par filtrer par les fentes des quatre points cardinaux. Un chuchotement, un regard en dessous, un mot entre les dents... et Zéphirine, belle-sœur de Célestine, cousine de Céleste, avait fait le reste.

Elle était servante chez les Dieudonné, la Zéphirine, et ramassait chaque jour des miettes de confidences avec les restes de table. Le soir de la Saint-Jean, un bon vin de Saint-Pierre et Miquelon avait arrosé la poule; et c'est au fond des verres que la servante avait cueilli le bouquet.

Au soir de la Saint-Jean, l'âme flottant dans le vin de Saint-Pierre, le chef contrebandier entendit sa propre gorge roucouler les mots qui depuis des mois chatouillaient sa vanité: président... le président des États-Unis. Sa femme au même instant avait fait sonner sa fourchette contre sa dent en or. Le président? le président américain? Son mari en était rendu à négocier avec... avec les chefs d'État? Et elle avait senti se bloquer dans son gosier une bouchée de blanc de poulet. Puis elle leva un œil du côté de Dieudonné. Cette chrétienne haute patronnesse des œuvres ne se mêlait pas des affaires, droites ou tortueuses... les affaires sont les affaires... de la bande à son homme. Mais un président? Même l'archevêque aurait passé l'éponge sur un marché noir qui se fût pratiqué en si haut lieu. A-t-il réellement dit président des États?

Zéphirine fut la seule autour de la table à ne pas suffoquer. D'abord parce que la servante n'avait pas de dent en or enfoncée dans une cuisse de poulet ni de vin de Saint-Pierre dans le gosier; surtout parce qu'elle était la femme la plus droite, farouche et fermée que les côtes eussent connue. Vertus auxquelles elle devait son poste chez les Dieudonné.

Elle n'ouvrait la bouche que chez sa belle-sœur Célestine.

Et de Célestine en Céleste en Jimmy la Puce, son fils, le secret le mieux gardé de toute l'aventure du bootlegging s'en vint rebondir un bon matin sur le pont de *La Vache marine*.

En trois phrases, Jimmy la Puce avait tout résumé à Crache à Pic, nouvellement débarquée au pays:

... le président américain venait deux fois l'an se réfugier dans sa villa blottie au creux d'une île perdue au large des côtes canadiennes;

... le président, en homme du monde qui se respecte, était un grand amateur des vins et cognacs importés de France;

... et depuis que son prédécesseur avait signé la Loi de la prohibition, le président, pour des raisons qui importaient peu à Jimmy la Puce, préférait s'approvisionner hors de son pays.

Assez! Crache à Pic avait deviné la suite.

Dès le lendemain, elle commençait par alerter son propre réseau d'information, la filière des cousines-belles-sœurs-servantes, et remonter ainsi, de Céleste en Célestine en Zéphirine, jusqu'aux cuisines des Dieudonné où elle apprit l'heure, le jour, l'endroit de la livraison. Plus, le mot de passe. Ou son substitut. Car les cuisines, même du Dieudonné, n'étaient pas familières avec les personnages et héros historiques des vieux pays; et au nom de Charlemagne, qui lui parut inventé de toutes pièces, Zéphirine substitua le sobriquet de Char à marde, plus dans la tonalité du milieu contrebandier.

Vers midi, le 1ᵉʳ août 1930, Dieudonné entendit geindre le vent de nordet et comprit que ni lui ni ses hommes ne sortiraient en mer cette nuit-là.

— Pourvu que ceux de Saint-Pierre et Miquelon restent au havre aussi!

Et entre les dents, à Black Willy:

— Ceux de Saint-Pierre et ceux de Cocagne.

Black Willy s'esclaffa. Ceux-là de Cocagne! Des coques de bateaux rafistolées, halées par des moteurs de trois chevaux! la mer en ferait une bouchée. Le jour où le *Kouchibougouac* de Dieudonné reste ancré au quai, toutes les bicoques à voiles, à rames ou à engin de fortune savent qu'il ne faut pas sortir au large. On peut venir de Cocagne, Grand-Digue, Champdoré ou Sainte-Marie-des-Côtes quant à ça, la mer c'est la mer.

— Et à l'heure qu'on parle, elle est déchaînée, la bougresse.

Le front de Dieudonné s'assombrit. Il n'a pas l'habitude de s'en prendre aux éléments: le vieux renard a su durant toute sa vie adapter ses jambes aux obstacles et tirer profit des contrariétés. Mais cette fois, il grince des dents. Des mois qu'il prépare ce coup... Tout était prêt, le projet bien à point, le rouage baignant dans l'huile. Il fallait que la nature s'en mêle et lui envoie cette tempête de canicule! Pourvu que le mauvais temps ne dure pas! Pas au-delà de deux jours. Avertir tout de suite Saint-Pierre et Miquelon. Puis prévenir la garde du président qui encercle son île. Et durant ce temps-là, trouver un moyen de distraire la garde côtière... encore un jour ou deux.

— Le connestable Martial sait rien encore, dit Black Willy.

— Sait rien de certain, mais se doute de quelque chose. Il se comporte comme un homme qui a des puces dans ses caneçons.

— Faut l'envoyer se gratter ailleurs, reprend Black Willy.

— Ailleurs, si fait, loin de nos jambes.

Black Willy rentre la tête dans son cou et siffle:

— Et si c'était du bord de la Crache à Pic?

Les deux hommes se fixent, puis défroissent en même temps les joues. Black Willy a vu frissonner la paupière droite de son chef et comprend qu'on est sauvé. Quand l'œil de Dieudonné frémit, toutes les côtes tremblent.

— Fais passer le mot de grange en grange et de forge en hangar que la Crache à Pic a l'intention de sortir en mer c'te nuit, mauvais temps ou pas.

Black Willy a un instant d'hésitation:

— Vous croyez que l'officier marchera?

... Crache à Pic, une femme de moins de trente ans, à la barre d'une goélette rapiécée, avec son ramassis d'éclopés et de loqueteux, en mer une nuit pareille? Quel officier pourrait croire ça?

Dieudonné laisse filtrer son petit rire des meilleurs jours:

— Il marchera pas, qu'il fait, mais il sera bien obligé de la suivre et de la guetter. Point de fumée sans feu, qu'il se dira. Si le mot court que la garce prend la mer, Martial cherchera à comprendre ce qui se cache sous ce message-là et partira à ses trousses, la suivra... jusqu'au ruisseau des Pottes ou au chemin des Amoureux.

Et Dieudonné, en jetant un œil de travers à la girouette folle et déchaînée sur le clocher de sa grange, pénétra dans l'aire où, au fond d'un caveau sous le foin, il cachait son télégraphe.

En passant la porte, apparence qu'il aurait croisé Zéphirine chargée de deux seaux de lait débordant d'écume.

Le mot que fit courir Black Willy sur les intentions de Crache à Pic de partir en mer cette nuit-là avait circulé tout l'après-midi par le village. Et à l'heure des vaches, il atteignait Martial, le premier officier du comté. C'est Marie-Pet qui vint en personne le lui porter, tout embourré de chuintements, de sous-entendus et de mauvaises intentions.

Marie-Pet, veuve et sexagénaire, avait perdu l'une après l'autre ses dents de devant, fondues dans le sucre à la crème maison qu'elle vendait de porte en porte. Depuis, elle chuintait. Et comme la pieuse femme avait pris l'habitude de calomnier tout bas pour qu'on ne l'accusât pas de médisance, son chuchotement chuinté obligeait les meilleures oreilles à se tendre, et faisait ainsi de Marie-Pet la commère la plus écoutée de la paroisse.

— Crache à Pic ch'en va chortir ch'te nuit au larche.

Le garde-côte n'eut d'autre choix que d'ouvrir l'oreille. Encore un coup, Marie-Pet marquait un point. Quand elle sortit de chez Martial, elle savait que la plus farouche tourmente de vent n'empêcherait pas, la nuit suivante, l'officier de faire son devoir, et que Crache à Pic avait besoin de dresser le mât de sa goélette et de repasser ses voiles au fer chaud.

Le soir même, Martial, l'officier des côtes, s'embarqua.

Sa vedette était plus rapide que la goélette de Crache à Pic, mais moins souple et soumise. Or dans la tempête, une coque ne peut que se soumettre, s'abandonner, nonchalante et confiante; laisser la mer jouer la première, puis rentrer dans son jeu. Cette fille quasiment née sur l'eau savait ça depuis toujours. Et telle était l'avance de *La Vache marine* sur la vedette: Crache à Pic n'avait qu'à suivre les vagues; l'officier devait suivre Crache à Pic.

Il ne put la suivre longtemps. Car tandis que le bateau à moteur se cabrait et se raidissait contre les lames, le navire à voiles, sans même se douter qu'on le suivait, se laissait ballotter et triturer en hurlant de plaisir.

... Guidée par son seul instinct et portée par la vague complice... c'est à prendre ou à laisser... la mignonne petite goélette qui passait au pays pour un rebut de chantier naval conduisit cette nuit-là Crache à Pic et son joyeux équipage jusqu'au cœur de la plus redoutable et facétieuse aventure de rum-running. *La Vache marine* s'en vint en pleine mer, les yeux fermés, aborder un caboteur étranger tous moteurs éteints et qui avait tout l'air d'attendre quelqu'un.

Crache à Pic aperçut le capitaine sur le gaillard d'avant qui criait des injures à la mer, au mauvais temps et à ses hommes affairés sur le pont. Elle vit qu'il l'avait vue et l'entendit qui hucha:

— Larguez l'échelle!

... et ne perdit pas une seconde: elle attrapa le câble et se l'enroula autour de la taille. Puis elle hucha à son tour au capitaine étranger qu'elle s'amenait. Mais au moment de sauter, un traître roulis sépara les deux bateaux, écartelant la pauvre fille au-dessus des ondes qui ne badinaient pas avec les téméraires, cette nuit-là. Les muscles tendus à se rompre et le cœur dans la gorge, Crache à Pic eut trente secondes pour lire sur la coque du caboteur *L-a S-i-r-è-n-e* et entendre une voix au-dessus de sa tête lui réclamer le mot de passe.

— Char à marde! qu'elle arracha à son gosier plus raboteux qu'une planche à laver.

Le capitaine sembla hésiter, peser les sons. Mais en haute mer, sous la rage des lames qui tourbillonnent dans les vents de soixante milles à l'heure et qui s'écrasent comme une masse sur la coque... Charlemagne pouvait bien se confondre avec un char à marde, l'avenir de Crache à Pic ne reposait pas sur ce quiproquo.

Il reposait sur son étoile, son instinct et son courage. Sur son cran surtout. En pleine mer, une nuit de tempête, cette fille de vingt-sept ans n'hésita pas à jurer et cracher comme un homme, commandant à un équipage de trafiquants étrangers de rouler les barils et de garrocher les caisses — plus vite, les gars! — jusque sur le pont de sa goélette ébahie.

Plus tard, Clovis le conteur, dans un de ces hoquets qui lui étaient propres, devait dire qu'à ce moment-là, au-dessus des nuages, le pays tout entier avait entendu le vieux Charlemagne éclater de rire.

Puis le navire actionna ses deux moteurs et remit le cap sur les îles Saint-Pierre et Miquelon, abandonnant à *La Vache marine* sa précieuse cargaison de vins et de cognacs destinés au président des États-Unis.

Durant que la goélette de Crache à Pic jouait son destin au large, la vedette des officiers partie à ses trousses avait frôlé par trois fois la catastrophe: d'abord en donnant bêtement dans un troupeau de baleines affolées et désorientées, et qui ne semblaient pas disposées en une nuit pareille à parlementer sur les limites des eaux territoriales; puis en passant à un cheveu de s'écraser sur les rochers de l'île du Prince-Édouard ensevelis sous des vagues de trente pieds; enfin en s'obstinant à rester en mer, alors que la mer elle-même multipliait les avertissements. Mais Martial tenait bon.

— Une femme prend le large dans son arche de Noé percée et vous voudriez qu'un officier reste au port à l'abric? De quoi j'aurais l'air?

Plié en deux sur le pont, transi et vomissant ses tripes, il avait l'air de l'homme le plus buté et le plus misérable que la mer eût porté. Et comme si la mer en eût compassion, soudain elle fit surgir du creux d'une vague, juste sous ses yeux, une vision qui laissa le pauvre Martial et ses hommes tout béats: une goélette gréée pour des noces, toutes voiles aux vents, et qui dansait dans la tempête.

— Au nom de la loi! qu'il réussit à crier. Arrêtez!

Et la goélette vint se cogner à la coque du bateau des gardes-côtes, en laissant tomber ses voiles au pied du mât... comme la plus innocente petite fille du monde qui a déjà avalé toute la confiture et n'a plus rien à cacher.

... Plus rien à cacher, *La Vache marine*, plus rien dans la cale, ni dans les cabines. Car avant de se livrer, la goélette avait pris grand soin de mettre à l'abri sa prise de la nuit. Durant la petite demi-heure que le destin lui avait accordée entre le cri d'Adal-Gobert: «Faut tout jeter à l'eau!», et celui de l'officier qui la sommait: «Au nom de la loi!», Crache à Pic avait aperçu, flottant tout autour de son embarcation, une douzaine de fanions rouge et noir tombés du ciel comme de petits pains bénits.

— Sainte Mère de Jésus-Christ! qu'elle s'était écriée, les trappes à homards!

Et à coups de poing dans le dos, elle poussait ses hommes jusqu'à la proue.

— Jetez le homard à l'eau, qu'avait commandé alors le capitaine. Tobie et Jimmy, allez me qu'ri' les caisses de vin et enlignez-les sus le pont.

Les bessons de la mer qui avaient vu naître et profiter cette fille des Crache à Pic se dévisagèrent et comprirent en même temps. Et de leurs gorges s'arracha un seul gloussement rauque et saccadé.

Ainsi, pendant que la vedette des officiers se débattait contre le roulis et les vents, l'équipage de *La Vache marine*, quelques brasses plus loin, remontait du fond de l'eau des douzaines de casiers, troquant le homard contre les vins et les cognacs, et remettait les cages à la mer... ni vu ni connu. Puis Crache à Pic s'empara de la barre et tenta d'éloigner sa goélette du bateau des gardes-côtes qu'une vague venait de faire surgir de l'eau.

— Garrochez le homard à l'eau, qu'elle eut tout juste le temps de hucher à ses hommes.

Mais ses hommes cette fois n'en firent qu'à leur tête. Les tempêtes de mer creusent l'estomac, l'équipage avait faim. À la vue de ces gros crustacés d'un vert farouche, nerveux et gigotants, Adalbert, sans consulter son besson, souleva le couvercle de la marmite que Céleste gardait toujours sur le feu; son besson le vit et par esprit de corps enfouit quelques bêtes dans une paillasse; pour ne pas être en reste, Jimmy la Puce en cacha quelques-unes dans ses bottes qu'il pendit à la chaîne du fanal; enfin Céleste, à court d'idées, jeta deux gros mâles dans le creux d'un rouleau d'amarre et s'assit dessus. Opération exécutée dans le temps de le dire et à l'insu de Crache à Pic qui tendait déjà l'échelle aux gardes-côtes.

Ils s'amènent, trois gardiens de la loi: Martial, le connétable, un jeune assistant, plus un officier de pêche qui, en posant tous trois le pied sur le gaillard de *La Vache marine*, se présentent avec les politesses d'usage:

— Au nom de la loi!

— Personne ne bouge!

— Papiers!

Et les trois hommes s'engouffrent dans la cabine.

Alors commence pour les officiers la plus burlesque chasse à l'homme de leur carrière. Coincés entre des hamacs, hublots, rouleaux de câble, barils de farine, poêlons, marmites et vareuses pendues à des clous, nos représentants de la loi ne savent plus comment, où ni quoi chercher. Une goélette en mer, une nuit de tempête... faut bien qu'elle s'adonne à quelque sorte de trafic. Même seule au large. Même si elle ne transporte que du câble, des paillasses et de la farine. Quand les fouilles ne révéleront rien, ce rien continuera de camoufler quelque chose. Et tout en renversant bancs, boîtes et barils, les officiers reniflent sous le nez d'un équipage figé comme les vestales du temple.

Seule Crache à Pic est détendue, tranquille, hardie jusqu'à soulever, pour montrer sa bonne volonté, les matelas, les couvertures, nippes et vieilles hardes qui traînent sur les bancs ou dans les coins. Elle s'amuse.

— Sers le thé à la visite, Céleste; certains m'ont l'air transis.

... Du théééé?... Céleste promène sur toutes les lattes du plafond de grands yeux blafards et absents.

Mais qu'est-ce qui leur prend?... Allons, les bessons, Céleste, vous savez bien que les bouteilles sont à la fraîche au fond de l'eau... qu'est-ce que vous avez tous? Laissez fouiller les officiers... ça leur servira de leçon.

Crache à Pic décide alors d'agir en capitaine. Elle décroche une louche de son clou et dit entre les dents:

— Adalbert, y a de l'eau qui bouille sus le poêle.

Et elle tend l'ustensile dans la direction des bessons qui se regardent l'un l'autre en cherchant lequel des deux se nomme Adalbert cette nuit-là.

On entend voler les mouches et avancer les aiguilles de l'horloge. Le temps qui s'est déchaîné avec une telle furie toute la nuit semble s'être figé soudain dans la cale de *La Vache marine*. Plus rien ne bouge, plus rien... sinon une paillasse qui avance sur le plancher de la cabine, ondulant comme un nœud de serpent... et Céleste qui se met à sauter sur son siège, prise d'un étrange hoquet: hii!... hii!...

et Jimmy la Puce qui raccroche au fanal ses bottes qui persistent à lui tomber sur la tête... et les bessons qui se passent et se repassent la louche comme si elle sortait d'un four chaud... et Tobie, le pauvre, les yeux sortis de la tête, qui renifle l'odeur d'algues salées qui commence à inonder la pièce et à pénétrer aussi dans les narines de Crache à Pic qui comprend enfin...

Les homards!

Elle lève alors les yeux au ciel pour le prendre à témoin... les têtes de pioche! quoi c'est que l'idée!... et aperçoit une large femelle chargée d'œufs qui se balance au-dessus de sa tête, les pinces cramponnées au fanal qui pend du plafond.

— Jésus-Marie!

Le juron est sorti de sa gorge malgré elle. Et elle se hâte de sourire à Martial qui plisse les yeux et pince le bec. Mais avant qu'il ait le temps d'ouvrir la bouche, une botte se décroche de la poutre et s'écrase à ses pieds en gigotant comme une ensorcelée. Il se penche, mais Crache à Pic est plus rapide et d'un coup de talon l'envoie revoler dans un coin. Voilà une botte qui ne sortira pas de sitôt de son étourdissement.

C'est plutôt l'officier de pêche qui commence à en sortir. Il renifle à son tour, flairant autour de la marmite un arôme familier qui domine maintenant les odeurs de laine ou de bois mouillés.

Crache à Pic le voit s'emparer de la spatule qui pend au-dessus du réchaud et soulever le couvercle de la marmite. Puis l'officier, le premier surpris, soulève du fond de l'eau une chaussette de laine du pays que Céleste avait mise à bouillir dans la savonnure.

Les premiers rires fusent de la gorge des bessons, puis de Crache à Pic, puis de Jimmy, enfin de Céleste qui, soudée à son rouleau d'amarre, saute et crie comme si elle avait le feu aux fesses... tandis que les officiers, interloqués, ouvrent de grands yeux devant ce ramassis de loqueteux sur une goélette à la dérive, s'amusant une nuit de tempête à faire bouillir leurs chaussettes en haute mer.

Martial se ressaisit et cherche à retrouver sa dignité. Il se retourne et promène sur ces misérables aventuriers des mers un œil compatissant.

— Jetez l'ancre et je vous prendrai à mon bord, qu'il leur dit.

Crache à Pic le dévisage:

— Pour quoi faire? Depuis quand c'est que c'est défendu à une goélette de sortir la nuit?

— Pas défendu, mais dangereux. Je peux vous ramener à la côte.

Elle lui rit au nez.

— Voulez-vous gager que ma goélette accostera au quai avant votre cutter?

L'officier en a la respiration coupée.

— Je vous aurai avertis, qu'il dit en quittant *La Vache marine*.

Et avant de démarrer, il entend à travers les vagues:

— Je compte jusqu'à dix... Le premier au quai...

Le splendide éclat de rire arraché à la goélette en mer résonna jusqu'à la côte le lendemain matin.

Mais ce n'était plus les mêmes qui riaient. Car après le soleil levé, tard en matinée, les côtes purent apercevoir, zigzaguant d'une vague à l'autre, une barque de braconniers de homards qui rentrait en s'équilibrant de ses rames comme un trapéziste sur sa corde.

Melchior était debout sur le siège arrière de sa chaloupe et monologuait pour les poissons et pour ses compères Pierre et Paul — surnommés Gaspard et Balthazar pour compléter le trio des rois mages —, béats et chantant au fond de la barque.

... Pas un seul homard, non, pas une sacrée garce dans les cages. Les harengs les avaient tous mangés... Vous avez déjà vu, vous, un hareng avaler un homard entier, carapace itou?... Non, vous n'avez jamais vu ça, moi non plus, ça doit plutôt être les baleines ou les tortues.

Gaspard et Balthazar restent perplexes. Puis le rire fuse de la gorge des trois braconniers des mers qui viennent de vivre le plus beau matin de leur vie.

... Pas un seul homard dans les trappes, non, quelle pitié! Mais les tortues avaient dû pisser dans des cruches pour payer leur dîme aux pêcheurs, pisser une eau royale, divine, enivrante, comme si le Fils de Dieu en personne avait de nouveau changé l'eau en vin. Et nos trois saoulards éclatent de tout le gosier et tapent le dos de la mer à coups de rame.

— Pouvez-vous me dire quel est le saint homme de bootlegger qui nous a fait c'te présent de Noël en plein mois d'août?

En ces années-là, le braconnage du homard se pratiquait sur une grande échelle. Deux seuls officiers, face à Cocagne, à Grand-Digue, au Village-des-Trois-Maisons et à Sainte-Marie-des-Côtes, plus une dizaine de petits ports improvisés au fond des anses et des baies, c'était Gulliver chez les Lilliputiens. Les pauvres représentants de la loi étaient victimes d'une connivence tacite et générale de pêcheurs, ennemis durant la pêche officielle mais joyeusement complices hors saison pour se renvoyer les officiers comme une balle de ping-pong. Quand Grand-Digue sortait au large, Cocagne affichait des airs louches et coupables; Champdoré ne prenait la mer que sous les sous-entendus provocateurs du Village-des-Trois-Maisons; tandis que Sainte- Marie-des-Côtes abritait chaque départ de Bois-Joli, Cap-Lumière ou l'Anse-aux-Outardes sous des psst!… chut!… hé, hé!… qui faisaient perdre la tête aux officiers de pêche chaque année entre la mi-juillet et le 10 août.

En ce lendemain de tempête des canicules, le père Clovis s'était rendu sur la côte de très bonne heure, comme d'accoutume, mais attendit en vain le retour des braconniers. Ils ne rentrèrent qu'à l'approche de midi, en plein soleil, sans la plus élémentaire prudence. Ils revenaient en chantant:

> *Passant par Paris,*
> *Buvant ma bouteille…*

… et en hurlant leur joie au ciel, dans une chaloupe qui titubait sous un détroit encore fripé de ses remous de la veille. Une barque à la gueule de bois sur une mer éméchée!

Et le père Clovis s'en écarquilla les yeux.

— Seigneur Jésus! qu'il dit. Quoi c'est qui leur prend, aux étourdis! Les officiers tarzeront pas à les attraper. Faut-i' être innocent!

Les pêcheurs se tapent dans le dos et bourrent de coups de poing leur compère Clovis qui hoche la tête, plisse le front, ouvre toutes grandes les narines et cherche à comprendre.

Il comprit en soulevant la bâche de toile cirée étalée au fond de la barque: trois ou quatre bouteilles vides… et des douzaines d'autres, pleines de vin et de cognac Napoléon.

Après le départ de Martial et de ses gardes-côtes, Crache à Pic, pour faire semblant d'entrer dans le jeu, avait donné ordre de hisser la voile et de se lancer dans la course. Les bessons l'avaient alors dévisagée, hébétés:

— Mais… le nordet… la voile se fendra de haut en bas… et puis…

— Et puis on fera juste accroire, que rectifia Crache à Pic. Accroire à Martial qu'on s'en va le rejoindre à la côte… Il sera si content, le pauvre homme, de penser qu'il nous avait aux fesses, mais qu'il est quand même arrivé premier.

Et elle avait ri de ses propres compassion et générosité… Une générosité qui devait coûter cher à Crache à Pic cette nuit-là. En s'éloignant des bouées d'à peine cent brasses, mais sous un ciel de charbon, on avait perdu les fanions.

— Christophe Colomb! Où c'est que le diable...

Mais le diable se tenait coi, grimaçant et ricanant, les petits fanions rouge et noir fondus dans les plis de son manteau.

... Halez à droite, à gauche... tribord... non, bâbord... Et les bessons fouettent leur goélette qui en sue et piaffe de désespoir. Jimmy la Puce a beau se cramponner à la barre et crier ses hue! dia!, la monture essoufflée tangue dans le vent, virevolte, tiraillée entre le nordet et un frais et jeune suroît qui vient d'apparaître. Crache à Pic n'en croit pas son cœur. Elle caresse, câline sa *Vache marine*, la couvrant de mots de tendresse et d'encouragement, l'incitant à se défendre, à se fier à la mer, à son flair et à son intuition.

... Va, petite vache blanche, ne te cabre pas, tu trouveras, c'était à peu près là, tu te souviens, tu te reconnais, c'est tout plein de cabournes au fond, ça se voit aux lames primes qui cassent au-dessus... cherche les fanions rouge et noir... sur des bouées en bois de pin...

Crache à Pic ne laisse pas sa goélette renoncer. Bâbord! tribord! en avant! trois brasses à gauche!... Qu'est-ce que c'est, Céleste? La matrone monte de la cale, les bras chargés de vieux chiffons. Pas le temps d'épousseter le pont, Céleste... pas le temps de faire du zèle... Puis Crache à Pic arrête ses yeux sur les bras de sa marraine et comprend. Les fanions!

les fanions noir et rouge proprement détachés de leurs bouées et camouflés dans la cale...

— ... entre les couvertes piquées.

Crache à Pic retient son souffle. Qui a fait ça? Mais au même instant, elle voit à ses côtés son frère Tobie aux prises avec la terrible alternative d'attacher ses lacets de botte aux genoux ou de les nouer à la cheville. Et elle avale d'un coup le motton de salive qui lui bloque le gosier.

— Ramène ces guenilles dans la cale, Céleste. Faut point le dire aux autres.

Mais les autres ont déjà vu et compris. Et chacun se regarde les pieds. L'innocent avait dû entendre sa sœur dire à Jimmy ou aux bessons d'éloigner la goélette des fanions... et ne pas les laisser voir aux officiers. C'était tellement plus simple de les arracher de leurs bouées et de les cacher. Tobie allait toujours au plus simple.

Il lève la tête vers sa sœur et les autres et se sent soudain malheureux: à cause des yeux tristes de Crache à Pic; à cause aussi de Céleste qui gronde son fils, le fringant de Jimmy la Puce, pour l'empêcher d'ouvrir la bouche et de grincer des dents.

Tout à coup le ciel s'éclaire, comme si le jour voulait naître. Tobie entend un rire qui commence à gargouiller dans la gorge de sa sœur, fuse entre ses dents, puis vole en éclats sur la mer. Il est sauvé. Tout rentre dans l'ordre. Quand Crache à Pic rit, le monde entre en carrousel. Elle se tord et se tient les côtes, sous les yeux ébahis de Céleste et de son fils Jimmy, d'Adalbert et Dagobert, elle étouffe, et articule entre deux pouffées: «les voleurs volés revolent en miettes!» et rit de plus belle et secoue les autres qui, petit à petit, pouffent par contagion puis éclatent. L'innocent en est si heureux qu'il rit aussi, à petites secousses.

La tempête est finie. La mer n'a plus qu'un long hoquet d'épuisement, après sa rage de la nuit. Et quand enfin, vers cinq heures, la boule rouge saute de l'horizon, à l'est, et sonne contre la mer comme un gong, l'étoile du berger salue et s'en va. *La Vache marine* peut laisser choir sa coque au creux de la lame qui la berce pour l'endormir.

Crache à Pic avait jeté son ombre sur le grand Dieudonné et sa race de contrebandiers, et révélé au monde les envers et en-dessous de la contrebande. Désormais les grands devraient compter avec les petits et sans grade; et les longues bottes aux genoux, qui avaient donné leur nom aux bootleggers, sauraient que des galoches tordues et en loques emprunteraient dorénavant leurs pistes.

— Les galoches! qu'elle s'exclame. À l'avenir, je porterons le nom de Galoches. Et je veux que les bootleggers commencent pas plus tard qu'aujourd'hui à se méfier de ce nom-là: les Galoches de *La Vache marine*!

Et elle tape le flanc de sa goélette.

Jimmy la Puce, sa mère Céleste, les bessons Adal-Gobert, et même Tobie l'innocent lèvent les bras devant le soleil en signe d'acceptation. Mais le soleil est le plus fort. Et l'un après l'autre, les bras s'affalent sur le pont, entraînant les corps fourbus qui durant toute une nuit ont lutté contre les éléments et la destinée.

... Jimmy la Puce ronfle déjà; puis les bessons, en canon; puis Céleste qui cargue sa tête dans le trou d'une bouée; et enfin Tobie, enroulé en fœtus dans le giron de Crache à Pic. Elle seule, en caressant la nuque de son frère cadet, garde les yeux ouverts et songe...

... Pauvre petit! Une rude vie pour un enfant. Pourtant un homme déjà, qui va sur ses vingt-quatre ans, mais qui restera toute sa vie un enfant. Pas fou, pas vraiment idiot, juste innocent.

Et Crache à Pic plonge dans le passé.

Elle avait trois ans. Son plus lointain souvenir. Ce jour-là, elle avait inventé un jeu nouveau: elle donnait des noms aux cailloux recueillis et rassemblés en une famille, presque un village, les groupant selon leurs taille et couleur, les rangeant, distribuant des tâches et des titres, sans souci de droits et de justice mais selon son bon vouloir, comme Dieu accordant dons et faveurs à ses favoris. Elle réparait la création.

Toute la journée, la petite Girouette — c'était son surnom, à l'époque — avait recréé le monde à sa mesure. Mais le soir, son père n'était pas rentré comme d'accoutume. Sa mère avait crié une partie de la nuit et, au matin, son cri s'était changé en une longue lamentation qui berçait le sommeil trouble de l'enfant. On n'avait pas fait à son père de véritables funérailles, puisqu'il était disparu en mer, mais une sorte de cérémonie primitive et grotesque autour de la barque rentrée vide au port.

Le lendemain, la voisine Céleste apportait à la maison un fricot à la poule, des cakes à la mélasse et du lait chaud. Puis la Girouette fut témoin d'une discussion de plus en plus animée entre les deux femmes. Céleste traitait sa mère d'imprudente et d'entêtée.

— Songe à tes enfants! qu'elle répétait.

Alors sa mère bouchonnait ses trois petits contre son tablier, à les étouffer. Crache à Pic s'appelait alors la petite Girouette, et ses deux aînés Roch et Colas. Ils avaient déjà sept et huit ans, c'était presque des hommes.

— Songe au moins à c'ti-là qui s'en vient, qu'ajouta Céleste.

La petite Girouette, à trois ans, était fort savante en toutes choses: en marées, coquillages, algues, baleines, fourmis, broussailles, petits fruits des bois, mais complètement ignorante de ses propres origines. Elle savait pourtant que son frère Roch venait des sauvages, et Colas de l'escalier de la galerie; mais elle, la Girouette, venait de nulle part. On avait beau lui raconter mille histoires de choux ou de nids d'hirondelle, justement c'était trop d'histoires, il aurait fallu se fixer sur une seule. Et elle les refusa toutes.

Or voilà que la voisine Céleste, sa marraine, annonçait à sa mère la venue prochaine d'un nouvel enfant. D'où Céleste tenait-elle ses informations? Et la petite Girouette s'en fut bouder dans un coin. C'est alors qu'elle se souvint du bébé des voisins. Céleste nourrissait elle-même un nouveau-né, entré chez elle avec la brise du matin, apporté par les corneilles. Un bébé tout rose et fripé, qui ne ressemblait à rien sinon à un intrus, mais que Céleste cajolait et minattait comme s'il fût le sien. Donc Céleste s'y connaissait en naissances de bébés et pouvait légitimement parler à sa mère. Et la petite Girouette sortit de son coin.

Elle avait déjà oublié l'incident quand, une nuit, elle rêva qu'on la transportait d'un berceau à une paillasse. Et le lendemain, elle s'éveilla coincée entre ses deux frères, sous les cris stridents d'un nouveau-né.

La petite Girouette devait son surnom à sa grouillante et fougueuse personnalité. À trois ans, elle avait déjà conquis et occupé la moitié du territoire familial: la maison, les appentis, la grange, le hangar aux agrès de pêche, le potager, le rang de rhubarbe, le ruisseau et le haut du champ. Or voilà que ce matin-là, on la délogeait de son berceau et on la garrochait dans le lit des autres. Si vous pensez que c'était juste!

Céleste qui s'était trouvée durant la nuit à passer chez les Crache à Pic par hasard, avait pu la première accueillir le nouveau venu abandonné sous le marchepied par les sauvages. Mais comme elle l'avait trouvé chez les Crache à Pic, elle n'eut aucun droit sur l'enfant qui serait un Crache à Pic comme la Girouette, Roch et Colas. Et on le nomma Tobie.

Voilà comment celle qui devait porter plus tard le glorieux nom des Crache à Pic vécut la naissance de son frère cadet.

... Elle lui caresse les cheveux et songe qu'il n'a pas eu l'enfance facile, l'enfant posthume, et qu'il peut bien en avoir gardé la tête cobie.

Au sortir de ses couches, sa mère, malgré les cris de Céleste et les reproches du curé, mit son projet à exécution. Elle gréa la barque de feu son homme, y enfourna ses quatre enfants et partit en mer. Une mer calme et doucereuse qui fit croire à l'intrépide qu'elle avait le ciel de son bord et que tout irait bien. Et le soir, elle rapporta cinquante livres de homard au quai.

— Ça parle au diable! qu'avaient dit dans un seul souffle les bessons Adalbert et Dagobert, ses voisins. Une femme pêcheuse de homards! Le pays a jamais vu ça.

L'Amérique toute entière n'avait jamais vu ça. Une femme de moins de trente ans, un nourrisson au sein et trois marmots dans ses jupes, qui part chaque matin avant l'aube lever ses trappes au large! Beau temps, mauvais temps, la veuve Crache à Pic enfournait ses petits au fond de la cale et s'emparait des rames.

— Au moins ils mourront pas de faim, qu'elle disait à Céleste le soir.

Et Céleste finit par se soumettre et acquiescer.

Mais un jour, la mer grinça des dents à la vue d'un clan de baleines poussées par les icebergs jusque dans le détroit. Et la pêcheuse comprit qu'elle devrait huiler ses bras de géante. Elle amarra ses deux petits à ses flancs et enjoignit à ses fils aînés de rester bien cargués au fond de la barque, les mains agrippées au banc. Chaque fois qu'un baleineau s'écartait du troupeau, elle le repoussait de la rame vers sa mère, avant que le reste du clan ne s'avise de le chercher. Le soir, elle rentra épuisée et les mains en sang, et ne dit rien à Céleste de son aventure.

Pourtant le lendemain, elle reprenait la mer, le front aussi dur et crâneur.

Puis elle dut affronter à la fin septembre sa première tempête. Les bessons ses voisins l'avaient avertie la veille que le temps s'annonçait mauvais et qu'il vaudrait peut-être mieux ne point risquer.

— Pourquoi vous dites ça? Le soleil s'est couché rouge feu.

… Oui, mais la girouette virait bizarrement au-dessus de la grange, comme inquiète et désemparée. Et puis la mer était trop calme. Quand la surface de l'eau est une nappe d'huile, faut se méfier de la lame de fond.

Elle rit au nez des bessons. Car la géante avait appris à se méfier plus des hommes que des éléments.

— Si je rentre pas, vous viendrez me qu'ri', qu'elle leur dit.

Adalbert et Dagobert devaient plus tard raconter à Crache à Pic qu'ils avaient guetté toute la matinée au havre, les yeux braqués sur le brouillard, et qu'à midi ils s'étaient embarqués. Mais la tempête avait entraîné l'embarcation des Crache à Pic hors du détroit, au large de l'île du Prince-Édouard.

Crache à Pic se souvient avoir chanté et crié de joie ce matin-là, tandis que sa mère luttait de toutes ses forces pour garder tout son monde à bord et empêcher la chaloupe de renverser. La petite Girouette insultait les vents et défiait la mer:

Roule ta boche
Mon petit bochu;
Dans ma caboche
T'embarqueras pus!

Et la mer répondait à l'effrontée à coups de jets d'eau au visage. La tête encadrée d'un bonnet de laine salé jusqu'à la corde, la Girouette n'en riait que plus fort. Mais ses frères aînés, plus conscients et moins braves, se taisaient et cherchaient par tous les moyens à se rendre utiles. Roch aidait sa mère aux rames; Colas s'efforçait de calmer le nourrisson épouvanté.

Vers le soir, la peur atteignit petit à petit la Girouette. Elle avait crâné aussi longtemps qu'elle avait vu sa mère se débattre. Mais la nuit tomba sur la barque perdue, comme l'ogre sur le petit Poucet. Et la mère eut un instant de faiblesse. L'enfant le sentit et trembla pour la première fois de la journée.

Une heure plus tard, Colas cria qu'il avait vu une étoile tombée à la mer.

— Là, au fond de la lame, elle est là!

Et les bessons qui depuis midi agitaient leur fanal et criaient leurs «Crache à Pic!» eurent enfin en écho des voix d'enfants:

— On est là!

Le bébé Tobie avait eu sa première crise de haut mal cette nuit-là; et le lendemain, Céleste ramenait facilement sa voisine à la raison. Désormais, la veuve prendrait en mer ses fils aînés et laisserait le dernier-né en nourrice chez Céleste qui se rengorgea:

— Quand y en a pour un, y en a pour deux; le bon Dieu nous a ainsi faites pour nourrir des bessons.

Et Dagobert-Adalbert avaient rougi comme un seul homme.

Quant à la petite...

La Girouette ne laissa ni à sa mère ni à sa marraine le temps de se partager sa petite personne. Elle sauta dans la barque et enroula ses bras autour des rames. Et la mine renfrognée, elle attendit. Crache à Pic mère comprit que si elle voulait éviter une autre crise d'épilepsie sous son toit... Et elle emmena sa fille au large.

Depuis ce jour, la barque des bessons prenait chaque matin le remous de celle des Crache à Pic et les loyaux voisins ne laissèrent plus l'intrépide faire à sa guise.

— Demain, ç'annonce des vagues de quinze pieds, qu'ils venaient ensemble lui rapporter sur son perron.

Et la veuve qui commençait par se fâcher ou leur rire au nez, finissait par se soumettre. Ces bessons-là, sous leur allure d'épouvantails, dissimulaient une âme de bronze. Elle les savait capables de fabriquer eux-mêmes les éclairs et la foudre pour l'empêcher de prendre le large sous un ciel graisseux. Ils cachaient ses rames, l'ancre, les amarres, son suroît ou les enfants... tout, pour la garder contre sa propre témérité. Et, à bout de ressources:

— Si ton homme vivait, Aglaé, il te quitterait point partir à matin.

L'ultime argument des bessons investis d'une lourde et cependant suave succession.

— Si mon homme vivait, répondait la veuve, j'aurais point besoin de partir à matin... ni jamais.

Mais elle cédait, sûre de toute façon qu'entourée de tels chevaliers servants, elle aurait toujours de quoi nourrir ses petits. Et les jumeaux respiraient.

Un soir, ils s'essuyèrent les pieds sur son perron plus longuement que d'ordinaire, puis se poussèrent mutuellement dans le dos. Colas vint à la fenêtre et annonça à sa mère que l'un des bessons avait le menton dans les marguerites, et l'autre le nez dans les roses sauvages. La veuve eut un léger gloussement en venant ouvrir aux deux frères qui, allongeant le bras en même temps, remplirent l'embrasure de la porte de roses et de marguerites.

— Rentrez, qu'elle fit, curieuse de distinguer derrière l'un et l'autre bouquet le front de l'un ou l'autre besson.

Pas si simple. Les bouquets se confondaient déjà, les épines du rosier égratignant les tiges de marguerites qui semaient leur pollen jaune sur les pétales de roses. Confondus et fondus comme les bessons eux-mêmes.

La veuve dut allonger la main à travers tiges, pétales et feuillage pour atteindre d'une caresse les visages identiques.

— Ça sent bon le printemps, qu'elle dit.

Et attrapant un cou au hasard, elle le força à prendre le pas et entrer le premier.

C'est la petite Girouette qui hérita des fleurs, courant par toute la maison pour semer des pétales partout; tandis que les beaux Roch et Colas, les pattes entre les barreaux de l'escalier du grenier, jouaient à *me marie, me marie point...* en effeuillant la marguerite.

À trente ans, l'Aglaé des Crache à Pic était une femme superbe et colossale. Trop belle pour les hommes médiocres, trop grande pour les hommes moyens et ordinaires. Taillée par les dieux pour un Crache à Pic... ou pour des jumeaux.

... Des jumeaux? La géante ne put retenir un gloussement. Devrait-elle se dédoubler? bégayer oui à deux demandes à la fois? Elle pressentait qu'aucun des bessons Adabert-Dagobert, malgré la grandeur de leur amour, ne se résoudrait à parler le premier et risquer ainsi de léser l'autre.

Amour impossible que les bessons pêcheurs de homards devaient se partager durant vingt ans.

Vingt ans de vie au large à rapporter chaque soir une maigre pitance de morues, maquereaux ou homards, selon la saison, qu'ils s'en venaient aussitôt abandonner, l'air distrait, sur le perron des Crache à Pic. Et Aglaé, en souriant et non moins distraite, les invitait à passer à table... pour cette fois.

Voilà pourquoi la petite Girouette et ses frères ne furent jamais privés d'amour paternel.

Le temps passa.

Puis un jour, Roch et Colas annoncèrent à leur mère qu'une goélette au quai cherchait à embaucher des débardeurs. Aglaé comprit. Et le même soir, elle prépara deux sacs de toile qu'elle bourra de lainages, chaussettes, lames de rasoir, mouchoirs à carreaux, tabac à pipe, et deux photos jaunies du grand Crache à Pic, leur père. Les bessons eurent beau expliquer à la femme le sens du mot débardeur, Aglaé n'en continuait pas moins les préparatifs de départ, sachant dans ses tripes qu'un jeune homme de quinze ou seize ans qui, un matin, met le pied sur un pont de goélette, le soir dort dans un hamac.

— Quand on a la mer dans le sang des deux bords, qu'elle dit...

Elle songea à son bord, sorti des îles Saint-Pierre et Miquelon, autant qu'aux Crache à Pic, dont l'ancêtre avait surgi un matin à la vergue d'un mât de navire venu des vieux pays. Puis souriant aux bessons:

— ... des trois bords!

Adalbert et Dagobert conduisirent les jeunes gens au port le lendemain. Mais ce jour-là, Aglaé ne sortit pas en mer malgré le beau temps.

Puis vint le tour de la Girouette. Pas une simple goélette pour cette unique fille des Crache à Pic. Un steamer. Un long et lourd steamer enfumé qui perçait la brume de sa sirène enjôleuse. Et la jeune fille sentit ses veines se gonfler sous le sang salé.

— Juste un petit tour du monde, qu'elle avait dit à sa mère, puis je reviendrai. Tu mourras point tout seule.

...

Elle tint parole et revint enterrer sa mère.

Elle jura plus tard devant Céleste et les bessons avoir entendu dans les vents du Pacifique siffler la voix d'Aglaé et avoir compris qu'il lui fallait se hâter. Elle quitta sitôt son steamer pour un paquebot, clandestinement, puis pour un trois-mâts, et enfin un baleinier qui l'abandonna dans un petit port du Cap-Breton où elle dénicha sa *Vache marine* chez un revendeur. Elle débarqua un matin au quai de son village, juste à temps pour recueillir le dernier rire de sa mère qui lui confia en lui chatouillant le cou:

— J'ai mis en bouteilles toutes les fraises, gadelles et groseilles ramassées dans les champs du Dieudonné. Mange-les sans te faire du souci, parce que le Dieudonné, ses champs, il les a volés lui itou au pauvre monde.

Et le lendemain, la veuve Aglaé ne se réveilla pas, laissant en héritage à sa fille un frère cadet innocent, un ramassis de cabanes et hangars autour d'une maison en délabre, une barque de pêche qui avait entraîné en mer durant vingt ans le plus grand courage du pays des côtes, et le nom Crache à Pic qui, durant trois générations, devait faire éclater la besace des vieux conteurs de légendes marines.

Étendue sur la proue de sa goélette, la sauvage fille des mers caresse la nuque de son frère Tobie, pendant qu'autour d'elle dort, épars, son clan d'intrépides Galoches. Elle sourit à leur sommeil en cherchant le chaînon qui accrocherait l'avenir à son passé quand, bougeant la jambe, elle sent son fil à la patte: son jeune frère. Jamais plus elle ne s'embarquera sur les steamers et paquebots. Son océan désormais ne s'étendra pas au-delà des îles qui percent le golfe comme des étoiles le firmament. Sa part d'héritage. Une mare d'eau plus grande qu'une province, mais plus petite que ses rêves.

Et Crache à Pic lève le nez vers le ciel qu'elle renifle et défie. Cette nuit-là, elle a reçu des mains de la sorcière de vent son baptême de la mer; et son baptême de la contrebande des mains d'un capitaine saint-pierrais qui aurait de gros comptes à rendre à Dieudonné le lendemain.

Quelques heures plus tard, les Galoches ouvrirent les yeux l'un après l'autre au chant cacophonique de trois braconniers des mers qui tapaient l'eau à coups de rame, au rythme de leurs *yoo-dle-aï!* Les bessons mirent une double main droite en visière; Céleste secoua les puces de Jimmy qui sauta comme un chat sur ses pattes; Tobie s'ébroua, et Crache à Pic, plissant les yeux, reconnut la barque du beau Melchior le braconnier.

— Mon Dieu Maria! qu'elle fit. Nos bouteilles!

Hé! oui, Crache à Pic, la réserve du président. Les vins et le cognac Napoléon chez les braconniers de homards. Et elle cria à la mer de toute sa gorge qu'elle était une garce! et que la race des pêcheurs valait pas un pet de curé hérétique et constipé!

Puis elle se laissa tomber sur le pont en donnant de grands coups de poing dans les côtes des bessons qui avaient déjà servi ainsi de punching-bag à sa mère. Petit à petit, ils la calmèrent, lui rappelant que les côtes avaient soif, que les pêcheurs étaient des braves, que l'essentiel avait été de mettre des bâtons dans les roues des contrebandiers pour les empêcher d'asservir le pays et de s'enrichir tout seuls, et que la prochaine fois...

Céleste ajouta même que, de toute manière, ils seraient bientôt vengés car les braconniers ne s'en tireraient point comme ça... laissez-les seulement arriver à la côte et vous verrez ce qu'il leur restera de leur prise quand ils tomberont entre les mains des officiers et de...

Tout à coup, Crache à Pic se prend la tête à deux mains: elle vient de songer à Martial.

— Faut trouver un moyen d'avertir les pêcheux, qu'elle fait.

Elle voit sourire les bessons et devine leur pensée. Eux aussi viennent de comprendre de quel côté se rangera désormais leur équipe: contre la loi et contre le réseau des bootleggers, avec les maraudeurs. Les Galoches, entre les deux, joueront à faire rire, boire et chanter un pays qui mourait de faim en ces années-là.

Nos trois braconniers, durant qu'on leur souhaitait bonne chance du pont de *La Vache marine*, entreprirent de traverser le village en plein midi, guidés par le père Clovis qui poussait une brouette recouverte d'une toile rongée par le sel. C'était l'idée du vieux de prendre le taureau par les cornes. À son avis, la grande rue, qui partageait le village en côté nord, côté sud, se révélerait plus sûre que tous les sentiers de vache ou chemins de traverse, mieux gardés que la Tour de Londres en ces années de bootlegging. Car ni Marie-Pet ni le bedeau des sœurs n'auraient laissé passer dans un chemin de raccourci une brouette poussée par quatre joyeux lurons avançant sur la pointe des pieds. Oh non! Autant risquer le tout pour le tout et affronter le pays en pleine face, au grand jour. C'était l'idée de Clovis.

— Salut!

— Belle journée!

... Grouillez pas, personne, voilà Marie-Pet. Faites semblant de regarder ailleurs.

Mais Marie-Pet, elle, ne fait pas semblant et braque ses deux yeux sur la bâche.

— Quoi ch'est que vous vendez à matin de chi tellement pourri, chuinte la sainte femme, que vous faut l'embourrer chous une toile chirée?

Et son bras se détord de sa manche bouffante comme le cou d'un héron. Clovis l'attrape au vol et lui serre chaleureusement la main.

— J'avais oublié de te remercier, Marie Caissie, pour ta... ta générosité.

Et il secoue de plus belle la main ratatinée de la Marie-Pet qui, se reconnaissant toutes les vertus sauf la générosité, cherche au fond de l'œil de Clovis un début d'éclaircissement.

— Ma fille Agnès m'a dit, reprend le vieux, que c'est toi la première qui as mis ton nom sur la liste des volontaires.

... Volontaire de quoi? Et l'œil de Marie-Pet continue de scruter le père Clovis qui se gratte les méninges de toute la force de son imagination.

— C'est point toi qui as lancé dans la paroisse, y a quelques jours... ou ça serait-i' quelques semaines... je me souviens plus... le temps file à une telle vitesse... l'idée de... d'un pique-nique au profit des pauvres?

Marie-Pet en a le souffle coupé. Clovis aussi d'ailleurs... Un pique-nique, dans la paroisse, et elle n'en a rien su? Elle l'apprend comme ça, en dernier, et de la bouche d'un mécréant qui s'intéresse aux choses de l'église autant qu'une citrouille à une procession de fourmis? Une idée de la femme du docteur, je crois bien, ou de la servante du prêtre, la vieille chipie. Eh bien, si vous pensez que ça va se passer comme ça!

— Compte chus moi, Clovis, qu'elle lui lance en ramassant ses jupes; che cherai là le chœur du pique-nique et les pauvres manqueront de rien.

Et sur le démarrage trop brusque de la brouette, les flasques étouffent un gracieux et joyeux cliquetis.

— M'est avis que la paroisse aura son pique-nique avant la fin de l'été, que fait celui des pêcheurs qui commence à se dégriser.

Et la brouette aborde la descente qui mène à la forge. Plus que cent pas avant d'atteindre le premier relais, courage les gars! La forge est propriété personnelle et privée du vieux Clovis qui l'a transformée en logis. Personne sur les côtes ne s'aviserait de fouiller un logis habité, fût-ce pour y chercher le cadavre de son père. Ce comportement n'est pas dans les mœurs du pays. Un logis, c'est la chacunière de tout un chacun et c'est sacré.

Hormis pour les officiers de la loi.

Mais le père Clovis ne pratique ni contrebande, ni braconnage. Il regarde passer les corneilles et les outardes, et le temps qui emporte les hommes vers leur destinée.

— Dans ta forge, Clovis, allons cacher ça dans ta forge, rote le plus saoul des braconniers dans un superbe hoquet qui fait vibrer l'oreille du docteur juste derrière eux.

— La forge! qu'est-ce qu'on va y fabriquer encore? Voilà une forge qui sert à tout sauf à y ferrer les chevaux.

Nos quatre joyeux compagnons lâchent en même temps les brancards de la brouette qui fait sonner, en tombant sur ses pattes, une pluie de verre drue comme une grêle sur un toit de cuivre.

Le médecin de Sainte-Marie-des-Côtes, qui s'y connaît en cruches et flacons, dresse un œil amusé du côté de Clovis, le seul assez sobre pour désespérer de la situation. Mais Clovis ne désespère jamais longtemps, la vie est trop courte. Et rendant au docteur son sourire, il le prend à témoin de la grande misère de l'époque qui réduit des hommes forts et bien portants à fouiller les fossés et les bois la nuit en quête de bouteilles vides.

— Figurez-vous ça, docteur! Les temps sont rendus assez mauvais que des vieux loups de mer comme ceux-là sont forcés de s'en aller vendre aux portes des bouteilles vides, comme des enfants. Si c'est point une honte!

Le docteur fait des tss-tss! de compassion et ne demande même pas à voir les bouteilles; il fait plutôt le généreux.

— J'ai tout le temps besoin de flasques pour mes remèdes, qu'il dit; apportez-moi une douzaine ou deux de vos bouteilles.

Puis par-dessus son épaule:

— Il me les faut vides, par exemple.

Le vieux Clovis, en voyant s'éloigner le docteur, se tape la cuisse et fait: Sacordjé!

La forge est maintenant à portée de bras. Trois tours de roue de brouette et...

— Je peux-t-i' en aouère une?

Un gamin de cinq ou six ans... qui se dresse de toute sa taille de quarante pouces, les yeux braqués sur les bouteilles qui, à force de se faire brasser et maltraiter, sortent le cou par toutes les fentes de la brouette. L'enfant se tient juste entre la roue et l'unique marche de la forge, les narines ruisselantes, les yeux avides et les bras dans ses poches jusqu'aux coudes.

Clovis se prépare à ouvrir la bouche pour envoyer le morveux se faire moucher le nez chez sa mère, quand il entend grogner le géant de Joe Colosse qui s'en vient droit sur eux. Et dans un élan, le vieux happe le bambin d'une main et le hisse dans la brouette, sur le tas de bouteilles.

— Tranquille, le petit, je m'en vas te bailler un beau tour de borouette.

Et tandis que les trois braconniers disparaissent derrière la forge, le père Clovis empoigne à lui seul les deux brancards et crie à son cheval:

— Giddup, giddup, la Blanche! hue! dia!

... au délire de joie du petit bâtard des Allain qui voit soudain le monde se mettre à ressembler à ses rêves.

— Si j'étais à la place d'Agnès, je laisserais point mon père loger tout seul dans sa forge, que dit la servante du presbytère à sa fenêtre de cuisine; le vieux Clovis finira par chavirer... Regardez-le asteure jouer au cheval de bois avec un gamin qu'est même pas né d'un ménage béni à l'église!

Mais l'enfant naturel, du haut de sa monture, n'envie ce jour-là aucun fils de famille ou héritier né dans les sacrements. À califourchon sur son cheval de verre, il jette un œil dédaigneux et souverain sur le monde des légitimes en bas.

— Hue, dia! giddup!

Quand le vieux doit enfin s'arrêter à bout de souffle, il s'aperçoit qu'il a dépassé l'église, contourné le couvent, et qu'il s'est affaissé au pied d'un clayon de clôture du pré aux vaches. La forge est plus petite qu'une niche de chien dans sa touffe de fougères. Et plus aucun signe des braconniers ni du colosse contrebandier. Clovis prend alors l'enfant par les coudes et le descend de son cheval.

— Merci, petit, va retrouver ta mére asteure, qu'il dit.

Mais le petit ne bouge pas, encore trop étourdi et ravi.

— Va-t'en, le pousse doucement Clovis; ta mére va s'inquiéter... Comment c'est que tu t'appelles?

— Gène...

— Comment c'est que tu dis?

— Eu-gène-à-Maria.

— Ah! oui, si fait. Ben va dire à Maria que... que Clovis à Clovis la salue. Va vite, Ti-Rien-tout-nu.

Et le Ti-Rien, comblé par son nouveau titre, sûr que jamais plus la vie ne le maltraitera, se tape les fesses en criant à son cheval:

— Giddup! giddup, la Blanche!

... et s'élance par les collines et les buttes.

... Asteure, se dit Clovis en s'essuyant le front, me faut déniger un pic et une pelle.

Et le doigt sur les lèvres, il fait signe aux Napoléon de ne pas bouger et de l'attendre. Puis, sur la pointe des pieds pour ne pas réveiller les cailloux de la cour, il se dirige vers la grange du couvent.

Joe Colosse fait plusieurs fois le tour de la forge, incapable de se résigner à retourner chez Dieudonné les mains vides. Et à chaque tour, il trébuche sur les pieds de trois joueurs de cartes, assis autour d'un baril de mélasse renversé et aspirant tous trois dans des pipes de craie plus enfumées que des tuyaux de poêle.

— Salut, Joe, après l'orage le beau temps, comme on dit... Joue ta dame, emplâtre!

Et l'emplâtre joue son roi.

Le géant poursuit sa quête sans répondre, flairant chaque tas de planches ou sac de blé, renversant d'un coup de patte toutes les vieilles traîneries qui décorent la cour du vieux Clovis. Sans le voir, les joueurs de cartes continuent de se défier les uns les autres à coups de dame, d'as ou de valet.

— Si t'as du trèfle, Gaspard, oublie pas que c'est l'atout.

— J'ai autant de trèfle dans ma main qu'y avait hier au soir d'étoiles au firmament. Mais comme qui dirait, le ciel s'est dégraissé à matin... aïe!

Son dernier mot vient d'être coupé d'un coup de botte sur le genou, et le bavard sent les yeux de ses deux compagnons lui percer la langue.

— Joue, cingle Melchior, et ferme ta goule.

Mais Joe Colosse s'est déjà approché. Il arrête ses larges épaules au-dessus du baril qui oscille sous l'ombre écrasante. Puis il les renifle tous les trois.

— Quoi c'est que tu pues à matin, Melchior?

Mais le roi mage garde la bouche cadenassée pour ne pas puer davantage.

C'est Balthazar qui répond à sa place.

— Il a trop mangé de fayots hier soir, il pète.

Joe Colosse ricane. Il a un museau capable de distinguer l'odeur d'un pet de celle du bouchon.

Les joueurs de cartes scrutent le ciel au-dessus de l'horizon, y cherchant la silhouette du vieux Clovis, disparu corps et biens. Joe Colosse baisse tout à coup les yeux sur le baril de mélasse, la seule traînerie qu'il n'a pas renversée puisqu'elle était déjà la tête en bas.

— Quoi c'est que c'te ponchine-là cache?

Les rois mages biclent au soleil.

— Rien, que fait Melchior.

— Rien?

— Elle est vide.

— Je pourrais-t-i quand même voir?

Joe s'est fait débonnaire, car il sait maintenant qu'il brûle et que sa proie ne pourra plus lui échapper. Mais Melchior a surtout besoin de gagner du temps, de le faire gagner à Clovis, c'est-à-dire...

— De la mélasse, qu'il dit dans un geste victorieux en prenant le temps de couvrir un huit de pique d'un sept de carreau.

Aussitôt Gaspard ramasse la main sous l'œil surpris de Melchior qui n'a plus l'air de savoir compter ni de distinguer ses couleurs.

— De la mélasse? grince Joe Colosse. Montrez-moi voir ça que j'y goûte.

— Tu sais pas lire? risque le roi des rois mages qui joue le tout pour le tout avec sa dame de cœur. C'est écrit sur le baril.

Mais le baril saute et la dame revole avant d'avoir couvert son valet. D'instinct, les trois joueurs reculent et s'arc-boutent. Le baril est vide, complètement vide, n'enfermant plus qu'un nid de fourmis qui en profitent pour se répandre dans la nature.

— Jésus-Christ du bon Dieu! que jure le grand Joe en partant rejoindre le petit Philias, les fils Damien et le reste du clan des bootleggers.

Ce n'était pas son jour, au géant.

— Dix de carreau et je mange ton as, que fait Melchior.

Mais les deux autres le dévisagent:

— Je croyais qu'on jouait au whist?

Et les rois mages éclatent de rire à en inonder leurs caleçons.

Quelques minutes plus tard, ils virent revenir en chantant *À la claire fontaine* le vieux Clovis, poussant une brouettée de bouteilles vides.

— Clovis! Quoi c'est que t'en as fait?

Et les trois compagnons examinent, incrédules, le fond de la brouette. Des douzaines de bouteilles bâillent du goulot, pêle-mêle, le cou d'un Père Anselme au cul d'un Napoléon.

— C'est pas vrai!

Comment avait-il pu, en moins d'une heure?...

Et Clovis entreprit de raconter. D'abord il s'était débarrassé de l'enfant... le pauvre petit... c'était le bâtard de la Maria des Allain, vous savez, la surprise née après le passage d'un steamer norvégien venu pour le bois à scie de... bon, c'était le petit de la Maria. Puis il avait trouvé un endroit sûr. Puis il avait déniché dans l'aire de grange des sœurs un pic et une pelle et creusé un trou. Puis au moment d'enterrer les bouteilles, il avait songé à l'offre du docteur...

— Que le docteur mange de la marde! interrompit Balthazar.

Non, non, Clovis avait eu une meilleure idée. Ce qu'il appela son coup double: d'abord détromper le docteur, le fin renard, qui n'en croirait pas ses yeux; puis… une bouteille se vendait trois-pour-un-sou… ce qui faisait quatre sous la douzaine et… un sou c'est un sou, par les temps qui courent.

— J'ai dénigé dans le poulailler du couvent deux beaux quarts de baril quasiment neu' qui sentaient juste un petit brin le grain des poules… j'en ai nourri les cochons. Personne m'a vu. J'ai enterré les barils et sauvé les bouteilles. Le plus dur, ç'a été de les déboucher sans leur casser le goulot.

Puis secouant les trois ahuris d'une chiquenaude:

— Asteure, venez avec moi sus le docteur, qu'il leur dit.

… Hmmm… Ça sent mauvais tout ça, Clovis. C'est bien des précautions, et bien des détours… et où c'est que tu les as enterrés tes quarts, Clovis?

— Es-tu si sûr que ça que personne t'a vu?

… Si fait, une jolie bande de témoins l'avaient vu, vu et reluqué et proprement espionné. Ils étaient au moins vingt ou trente.

— Quoi!!!

Et les rois mages se préparèrent à lui sauter à la gorge.

— Un troupeau complet de vaches et leurs veaux.

Tel que le vieux Clovis l'avait prévu, le docteur parut fort surpris de les voir frapper à sa porte en poussant une pleine brouette de flasques vides.

L'accueil que fit Black Willy à ses subalternes préfigurait la réception que leur réservait à tous leur chef suprême Dieudonné. Une jolie colère multicolore, du vert au bleu, au rouge, au violet...

... La réserve du président américain, figurez-vous! disparue, fondue dans le brouillard des côtes. Une réserve des meilleurs vins et cognacs, scellés et empaquetés avec le plus grand soin, gardés dans les caves de Saint-Pierre et Miquelon. Et pour aboutir où?

— Dans les jupons à Crache à Pic!

Et Black Willy, imitant et devançant son chef, s'attrapait la tête en se répétant à coups de poing sur le front:

— Ça vaut ben la peine d'avoir des idées de génie!

Quand Black Willy rapporta à son maître la nouvelle qu'il avait d'abord pris soin de fourbir et d'astiquer, il resta interloqué devant la réaction de son chef. Avant d'éclater en furie, Dieudonné avait pris le temps... trois secondes... le temps de méditer sur la vraie motivation de Crache à Pic, le déclic, la phrase de trop, le mot qui l'avait pigouillée dans les reins et mise en travers de son chemin. Et il comprit. La fille des Crache à Pic, tout juste rentrée au pays, était partie en mer une nuit de tempête parce qu'un petit moucheron d'apprenti-bootlegger avait méprisé «sa goélette menée par une femme».

Après quoi le contrebandier saisit son homme au collet et lui dit, nez contre nez:

— La prochaine fois, tu iras les vendre à Polyte Lévesque, tes idées de génie.

Peu à peu, Dieudonné se calma et calcula ses pertes. Un beau bilan pour une seule nuit. Mais il leur restait quelques heures avant la fin du jour. Le temps encore de retracer la prise. De Crache à Pic aux pêcheurs de nuit, aux pêcheurs de jour, aux maraudeurs et pilleurs de caches, suivre la trace des caisses et les récupérer avant que le village ait eu le temps de se saouler.

— Mets tous nos hommes au pic et à la pelle, Black Willy, faut revirer le pays sens dessus dessous avant le coucher du soleil. Que je trouve pas à la brunante un seul muleron de foin ou butte de la dune qui seyit resté à l'endroit.

Quand Black Willy transmit le message du chef à ses hommes, il mit ses doigts sur les deux aiguilles de sa montre en argent:

— Vous êtes chanceux qu'on est au cœur de l'été; il vous reste quatre heures avant la brunante. Et Dieudonné vous fait dire qu'il a point l'intention d'aller demain vendre du hareng au président des États. Que ça seye ben clair!

Un fait était clair: nos congédiés du matin étaient réembauchés en après-midi. Et chacun respira, mais sans prolonger son souffle, conscient de la mission dont il devait s'acquitter en deçà de quatre heures.

— Il me reste, dit Dieudonné, à savoir qui hier au soir a forté dans les fils de mon télégraphe.

Et en s'éloignant vers la grange, il croisa Zéphirine qui rentrait le lait comme d'accoutume.

La girouette du globe qui durant tout l'été avait cherché à réconcilier les vents contraires et à se planter juste au-dessus du centre du monde, aperçut soudain un autre enfant du siècle qui, en même temps que Crache à Pic, entrait par le pied gauche— pour la chance — dans sa nouvelle vie. Et la girouette s'arrêta, cligna de l'œil et lâcha un splendide cocorico qui fit dresser la tête au vieux Clovis. Lui-même devait le raconter à mon père quelques années plus tard.

Depuis sa naissance au cœur de la Nouvelle-Angleterre, Ti-Louis le Siffleux cherchait lui aussi à poser le pied sur le centre du monde. Mais en 1930, un pressentiment s'était emparé de lui. Son âme gravitait vers le nord, vers un pays qu'il n'avait plus revu depuis sa venue au monde, mais dont il avait hérité le souvenir, mélangé à son souffle et aux battements de son cœur, directement de sa mère morte en couches. Il se souvenait que cette terre fleurissait là-bas de trèfles et de foins salés, qu'elle faisait le gros dos en hiver pour résister aux neiges, et dilatait toutes les pores de sa croûte au printemps pour se désaltérer à même la fonte des glaces et de la rosée.

Seul, orphelin de père et mère et de pays, ignorant de la géographie et des bois, Ti-Louis le Siffleux, le jour de ses dix-sept ans, marchait tranquillement vers le centre du monde.

Puis, soudain, les vents se sont figés et tus, et la girouette s'est immobilisée. Les grands migrateurs qui se préparaient déjà au voyage ont fait volte-face, les ailes virées vers le nord, flairant là le point chaud du globe.

Ti-Louis le Siffleux, qui marchait depuis huit ou dix jours, s'arrêta pour décrotter la semelle de ses bottes, et fut tout surpris de n'y plus trouver que du papier. Un papier qui céda sitôt sous ses ongles pour révéler des galettes durcies qui sentaient la laine de ses chaussettes. Sa grand-tante Flavie les lui avait tricotées deux ans plus tôt. Deux ans! Même les grand-tantes devraient savoir qu'un garçon affamé grandit encore à quinze ans; que deux ans, c'est torp long pour une seule paire de chaussettes; que la faim donne mal aux reins et fait enfler les chevilles; qu'un gars tout seul ne lave pas ses chaussettes chaque soir en montant l'Amérique à pied; et que pour finir, la vie c'est de la merde.

— De... la... marde!

Il n'en croyait rien, mais il cria pour vérifier ses poumons et son gosier. Chaque heure il vérifiait ainsi sa voix, sa gorge, sa langue surtout avec ses plus gros mots. Pour le plaisir des oreilles et du palais.

— La vie, c'est de la marde!

Ti-Louis le Siffleux n'était pas né dans un lit de plume et ne goûta jamais au lait maternel. Pas de langes propres ni de couches de rechange pour cet enfant qui, du fond d'un panier d'osier, ouvrait les yeux en 1913 sur un monde qui grinçait sur ses gonds, faisait craquer ses pentures et se préparait à partir en guerre. Dix-sept ans plus tard, Ti-Louis le Siffleux envoyait en guerre le beau Malbrough, en jurant à qui s'en enquérait qu'il tenait cette chanson de sa mère. On avait beau lui rappeler que sa mère avait rendu le souffle en lui donnant le sien, Ti-Louis n'en démordait pas: il se souvenait de *Malbrough s'en va-t-en guerre* et de *Marianne s'en va-t-au moulin* que seule sa mère chantait; et apportait ainsi au monde en naissant de larges laizes de la mémoire ancestrale qu'elle lui avait transmises de ventre à ventre.

— Cet enfant a la panse arrondie comme un coffre, aimait à dire son père. Touchez-lui le nombril, il en sort une chanson.

Le ventre en forme de coffre au trésor!... Et Ti-Louis le Siffleux sourit à la mémoire de son père qui deux ans plus tôt avait craché son dernier reste de poumons au sortir d'un moulin de pâtes et papiers du Massachusetts où il était venu chercher fortune. Le fils, à quinze ans, restait seul au monde. Aucune parenté en dehors de la vieille Flavie des abords de Boston, qui lui avait enseigné ses prières et tricoté ses chaussettes; et le vague souvenir d'une tante paternelle restée au pays des ancêtres, là-haut le long des côtes atlantiques du Canada.

Sainte-Marie-des-Côtes.

Son père durant quinze ans lui avait nourri le cœur et les reins de mots ouatés et pétillants qui dénommaient le pays d'avant sa naissance:Grand-Digue, Pré-d'en-Haut, Champdoré, Bois-Joli, Cocagne, Village-des-Trois-Maisons, Anse-aux-Outardes, Sainte-Marie-des-Côtes. Et les jours de pluie et de nostalgie, il arrivait à son père de plisser les yeux et de pousser l'horizon jusque par-delà les îles perdues de Saint-Pierre et Miquelon. Un pays en forme de collier dont les perles tombaient l'une après l'autre dans la panse au trésor de Ti-Louis le Siffleux. Et aux funérailles de son père, l'adolescent sut qu'il savait depuis toujours qu'il s'en irait.

Mais pour atteindre ce pays-là, depuis les alentours de Boston, il devait franchir deux États et une frontière. Compter en plus avec les erreurs de route qui par deux fois le menèrent vers le sud pour avoir happé au vol un train qui bifurquait vingt ou trente milles plus loin. Et voilà comment il s'était trouvé un jour en gare centrale de New York.

— J'ai dormi dans un hôtel de New York, gueule deux ans plus tard Ti-Louis le Siffleux à un lièvre assis sur ses pattes de derrière qui tremblent d'expectative.

Le lièvre ne fait qu'un bond vers un tas de feuilles, effrayé déjà par l'image de New York et préférant dormir chez lui.

— Sur un lit de charbon, ajoute Ti-Louis pour lui-même puisqu'il ne peut plus épater personne.

Il a déjà passé une nuit dans les caves de l'hôtel Astoria.

— C'était au mois de décembre, j'étais gelé.

Il se souvient de tout: les deux ans de vrai vagabondage, d'errance par routes, champs et banlieues de capitales et métropoles; de ballottage de maisons d'arrêt en hospices pour jeunesse délinquante; de nuits dans les parcs, de repas dans les poubelles, de semelles crevées et chaussettes usées à la corde. Deux ans entre la mort de son père et son arrivée au pays.

Il avait sauté du wagon avant l'entrée du train en gare. Il était gelé. C'était deux ou trois jours avant Noël. Il s'en souvient à cause des sapins illuminés. À cause des *Jingle Bells* qui sortaient de l'Hôtel Astoria chaque fois que la porte centrale pivotait sur ses gonds. Et mêlées aux chants de

Noël, fusaient des bouffées de chaleur qui s'enroulaient autour du cou de Ti-Louis l'Orphelin, planté là comme un piquet à se réchauffer les yeux sur les fourrures blanches ou fauves qui le frôlaient en passant.

— Move, you bum! que lui avait crié soudain un valet en livrée dans une poussée de l'épaule qui envoya les loques du vagabond revoler dans la porte tournante.

Ti-Louis avait suivi ses loques qui en ce soir de bal masqué n'attirèrent les yeux de personne dans le grand lobby de l'hôtel. Et c'est ainsi qu'il avait pu atteindre les caves à charbon et s'y endormir, engourdi comme une marmotte qui a l'intention de passer l'hiver dans son trou.

— J'ai été réveillé au matin à coups de pied dans l'échine.

Le concierge de l'hôtel, l'ayant pris pour un nègre, avait alerté le gérant, qui avait appelé les gendarmes, qui ramassèrent le pauvre Siffleux de sa pile de charbon pour le jeter en prison. C'est là que, sous les seaux d'eau froide enrichie de javel, on apprit qu'il n'avait pas encore seize ans et qu'il était blanc. Et on l'expédia dans une ferme de l'État pour le réhabiliter.

Mais ces fermes collectives américaines, durant le premier tiers du siècle, comptaient trop de champs en friche et de bêtes en liberté pour laisser aux pensionnaires de l'État beaucoup de temps à leur réhabilitation. Et Ti-Louis le Siffleux décida sagement de remettre son éducation à plus tard.

Durant des mois, il donna l'avoine aux chevaux, le foin aux vaches, le grain aux poules et les restes de table aux cochons qu'il finit par adopter, tous, en une seule famille. Chaque jour il agrandissait le cercle de sa parenté: une grand-mère charolaise, un oncle étalon, un cousin salaud-de-cochon, une marmaille de neveux et nièces qui se chamaillaient dans la basse-cour pour les meilleurs grains. Mais depuis toujours, il rêvait d'un frère. Un frère à qui il aurait pu confier tout bas ses troubles nocturnes, qui le laissaient tout humide sur sa paillasse au matin.

Il regrettait de n'avoir jamais pu échanger une casquette ni partager un mégot avec un frère. Mais pour tout l'or du Pérou, il n'aurait consenti à appeler frère aucun veau ni poulain de l'étable. Il attendait. Il attendait il ne savait qui, ne savait quoi... Et un jour il trouva un chien.

C'était un chien perdu, sûrement, car Ti-Louis l'avait déniché, tapi dans l'auge des cochons qui grognaient à s'en déformer le groin. À partir de ce jour-là, Ti-Louis l'Orphelin eut un frère.

Il se tait. Et il se fait un grand silence à l'orée du bois.

Le chien est mort, la nuque rompue sous la botte de l'intendant chargé de la protection des animaux. Ti-Louis le Siffleux l'a enterré en haut de la colline, à l'ombre d'un saule, et la nuit suivante, a quitté par la porte des champs la ferme de l'État, les bottes à son cou, la besace bourrée de patates à cochon et les poches pleines de grains de maïs volés aux poules.

En sautant la dernière clôture, il chercha la grand-route et n'aperçut qu'un chemin de traverse et des sentiers de vache. La route? où se trouvait la route vers le centre du monde? La grande girouette au-dessus de sa tête virait à s'en arracher les ailes; les vents soufflaient à contre-temps, et les oies sauvages, hésitantes et perplexes, cherchaient vers où pointer le bec.

Soudain, son âme se tendit, s'enfla, se mit à lui chatouiller le cœur et la nuque, et Ti-Louis comprit qu'il n'avait plus qu'à se laisser faire; que toute la nature le guiderait, que le monde entier l'accompagnerait pour lui montrer le chemin; que la terre qu'il cherchait était celle qui l'avait nourri durant deux ou trois siècles et ne manquerait pas de le reconnaître dès qu'il y poserait les pieds.

Sa réserve de maïs et de grelots de patates est épuisée depuis la frontière qui sépare le Maine des provinces atlantiques du Canada. Et Ti-Louis le Siffleux, ces trois derniers jours, s'est nourri de cenelles et de pommes vertes. Le vent s'est calmé durant la nuit. Et le monde semble arrêté depuis ce matin du début août. La girouette ne bouge plus, les arbres sont immobiles, la vie s'entend respirer.

Du coup, Ti-Louis sent crier ses tripes. Il cherche des yeux tout autour... pas le temps des noisettes ni des faînes, même pas des glands... L'estomac vide, un homme prend aisément ses chimères de la veille pour des espoirs du lendemain; et Ti-Louis le Siffleux, tout en se frottant d'une main le ventre, de l'autre tente de se dessiller les yeux. Des yeux crottés, sablés, sautillant sous les picotements de la faim et de neuf ou dix nuits à la Grande Ourse.

Des yeux qui s'efforcent de suivre une danse de silhouettes grotesques.

Sous sa paume, il sent ses paupières gercées par l'insomnie. Il écarquille ses prunelles. Allons! il est affamé, perclus, à bout de souffle et d'énergie, il a l'huile figée aux jointures et la moelle durcie au creux des os, mais il n'est pas fou! On ne perd pas la tête pour si peu à dix-sept ans! Ce spectacle qui se déroule dans son champ de vision est un effet du soleil... ce soleil de sept heures qui joue à colin-maillard entre les mélèzes et les bouleaux, sautillant d'une branche à l'autre, d'un tronc à l'autre, semant des ombres grises et bleues dans les sillons de labour... ce n'est que le jeu du soleil...

— Jésus-Christ fils de Marie! ce soleil-là va-t-i' faire danser les vaches?

Et Ti-Louis le Siffleux se donne un coup de pied aux fesses et fonce sur le troupeau, renvoyant les geais à leurs nids et les lièvres à leurs terriers. Puis il s'arrête à une portée de voix, halète, s'humecte les yeux, et grimpe sur un tas de pierres des champs. Là, devant lui, s'ébat un clan de vaches en fête, bêtes à cornes ensorcelées et ravies, qui bavent, boitent, font la foire et lui jettent par la tête des meuglements plaintifs et cacophoniques.

Une toute jeune Jersey, tachée de rouille du cou à la queue, dresse devant lui une corne effrontée, lève les pattes avant, secoue sa croupe de petit rat d'opéra, tourne vers son public — lui, le Siffleux — son œil en amande, puis pleure de liesse et de ravissement. Ti-Louis veut s'approcher d'elle, mais au même instant, la Jersey lui indique du museau une Guernesey de ses copines qui accourt, la frôle, lui chatouille le flanc du plat de sa corne, entraînant les deux bovines dans un faux pas de danse qui, au milieu des trilles et tressaillements, les renverse toutes deux en un splendide cactus à huit pattes.

Ti-Louis le Siffleux lève les yeux au ciel et crie à son père de lui rendre la raison, quand sa supplique est coupée par un coup de croupe d'une maîtresse vache qui vient tranquillement poser ses sabots postérieurs sur les épaules de ses deux veaux qui, un pas à droite, un pas à gauche, entraînent leur mère dans un ballet sur les pointes... et du coup remet à l'endroit la raison de Ti-Louis le Siffleux qui comprend qu'il ne rêve pas, ne divague pas, n'est pas à l'agonie, mais qu'il assiste, seul et privilégié, en ce crépuscule du début août 1930, à la noce d'un troupeau de vaches. Et digérant dans un hoquet sa dernière pomme, le jeune vagabond venu du Sud s'assoit sur son tas de pierres des champs et attend la suite.

Alors, si vous aviez vu! D'abord un quadrille, ou pas de quatre, avec sa chaîne des dames, ses échanges de compagnie et son *swing ton sabot au fond de la boîte à bois*! Une grosse caillette veut se taper dans les pattes, mais perd l'équilibre et plonge tête première dans les feuilles séchées, dressant son vaste derrière en cœur qui sourit au soleil couchant.

Une taure se détache du clan, époussette sa robe blanche de trois coups de queue, et vient se planter sur un meulon de paille oublié au milieu du pré. Elle rapproche ses quatre jarrets en un seul pied de plant et là, le front au ciel et le mufle pendant, elle arrache à son gosier une meuglerie en plain-chant qui ramène Ti-Louis au temps des vêpres de l'église irlandaise de son enfance. Mais la diva a eu trop d'ambition, et s'accrochant la luette dans une note au-dessus de la gamme, elle reste suspendue entre ciel et terre, la mâchoire barrée.

Ti-Louis le Siffleux roule sur sa pile de roches et se tient les côtes. Et c'est alors que ses doigts découvrent son harmonica cousu dans la doublure de sa veste. Son seul souvenir de famille. Une musique à bouche prêtée, oubliée, puis laissée pour tout héritage par un père qui lui disait en mourant:

— Joue pour les sages et pour les fous; et quand tu viendras à manquer de notes, tape du pied.

Ce soir, Ti-Louis le Musicien joue pour les vaches qui, pour le remercier, échangent de nouveau leur compagnie: quatre pas en avant, quatre pas en arrière, un branle, un tourné, un coupé, une vrille, un balancement de la croupe, les yeux humides et rêveurs à demi-clos.

... Meuh!... mais qu'est-ce qu'il lui prend, à l'étourdi? Un veau, un veau qui est déjà un néasse, comme on dit au pays, presque un petit bœuf, et qui se permet... oh! mais regardez-le! à croire qu'il n'a jamais tété aux trayons de sa mère, celui-là! avec ses manières de basse-cour, voyez-le faire le coq, le dévoyé, courant cinq ou six génisses à la fois, les bousculant, les renversant, les chatouillant et pigouillant de ses cornes, hi, hi!... comme si c'était des mœurs de vache, ça!... Vous trouvez, vous, que c'est des mœurs de vache, ce comportement-là?

La vieille Holstein noire et blanche répond à sa commère par un raidissement de la queue à la verticale; puis l'œil tranquille, elle arrose les racines de champignons qui aussitôt remontent au ciel en buée jaune.

À la claire fontaine, chante la musique à bouche.

Et la vache n'en pisse que de plus belle. Elles pissent toutes abondamment ce soir, à se croire sous le charme des chutes Niagara. De plus en plus elles pissent, et se tordent, et gloussent, et titubent, et s'entrecroisent les cornes, et se frottent respectivement le mufle dans une meuglerie sur trois tons, toutes parties pour la gloire.

Gloire éphémère, mesdames, car avec la pleine lune qui sort de la cime des pins, arrive à grandes enjambées un petit homme aux yeux exorbités qui hurle à son chien de faire quelque chose. Ses vaches sont folles! mais elles sont toutes folles ou saoules, grand Dieu! Et le chien jappe, et court, et mord les pattes des vaches qui s'esquivent comme elles peuvent, trébuchent et prennent la poudre d'escampette. Quel tohu-bohu! Les veaux se cachent sous le ventre de leurs mères; les taures lâchent de petites plaintes scandalisées; les néasses redressent leurs moignons de corne, prêts à foncer comme à la corrida... mais qu'est-ce qui leur prend à toutes? Le vacher-bedeau des sœurs se fend en quatre, en huit, remplit le champ de ses *toï-toï*! et de ses coups de hart, tandis que le chien, excité par cette atmosphère de carnaval, croit entendre sonner l'hallali.

Ti-Louis le Siffleux se tord, et se tape les cuisses, et cherche dans son harmonica les rythmes pour accompagner la plus splendide chevauchée nocturne qui jamais fût offerte en spectacle à un vagabond de dix-sept ans, tout frais débarqué au pays.

Le père Clovis avait eu chaud plusieurs fois, durant cette longue journée d'août, et commençait à prendre goût à l'aventure. Cette bouchette-à-cachette avec les bootleggers, les officiers et le village, le renvoyait aux jeux de son enfance. Et Clovis n'aimait rien autant que de s'amuser. S'il avait écouté son cœur... Mais il fit taire cœur, mémoire et imagination. L'heure était grave. Une réserve de beaux rêves les attendait, lui et ses compagnons de l'Ordre de Bon Temps, enterrés bien au chaud sous la pelouse, au pied d'une source, à l'abri des fossoyeurs, voleurs, maraudeurs et indiscrets. Deux barils!

... Le bel hiver! se dit Clovis.

Et il s'amena de son pas rapide et sautillant chez la Maria des Allain. Le petit Eugène l'avait vu ouvrir le clayon et n'en fut pas plus étonné. Dieu avait changé de camp ce jour-là et l'enfant pouvait s'attendre à tout. Il reçut donc comme un dû le peppermint des mains du vieux Clovis et écouta ses propositions.

— Va dire à Melchior le pêcheux que le vieux Clovis l'espère avec les autres dans le champ de vaches des sœurs. Répète!

Le petit Eugène fit rouler le peppermint sous sa langue et répéta:

— Le vieux Clovis t'espère avec les autres dans le champ des sœurs.

— Le champ de vaches. Qu'il amène les autres.

— Qu'il amène les autres au champ de vaches.

— Qu'il vienne tout de suite.

— Tout de suite.

— Oublie rien, Ti-Rien-tout-nu. Demain on fera un autre tour de borouette. Oublie pas que c'est le pré aux vaches des sœurs. Va, asteure!

Eugène n'oublia ni les vaches, ni les sœurs. Il oublia Melchior. Et croquant son peppermint, il s'en fut directement chez le pêcheur Médard, surnommé la Grand-Langue, livrer le secret du vieux Clovis.

Après Marie-Pet, Médard la Grand-Langue était la plus dangereuse commère des côtes. Il ne pêchait ni le homard ni la morue, Médard, car il souffrait du mal de mer. Il pêchait l'éperlan à la ligne, assis sur le quai. Il n'allait pas au large, il allait aux nouvelles. Or ce soir, sans même bouger de sa chaise, les nouvelles venaient à lui. Il se berçait sur sa véranda en ce doux soir du mois d'août, sans nuire à personne, quand il reçut en plein dans le giron, au creux de sa chaise berceuse, la plus grosse nouvelle de la saison. Il en resta tout ébahi.

— Le père Clovis, tu dis?

... Le père Clovis, qui s'était si souvent moqué de lui, au soir des tours, comme à la Chandeleur, à la mi-carême, à la Saint-Valentin, le père Clovis qui ne ratait jamais une occasion de faire de Médard la Grand-Langue la risée du pays.

— Il m'envoie dire qu'il m'espère au pré des sœurs?

— Le champ de vaches.

— Le champ de vaches des sœurs!

— Il a dit d'amener les autres.

... Les autres? Quels autres? Jacques peut-être, et Xavier la Bosse.

Médard se berçait tout de travers et rata de peu le cou de la chatte. C'était bien la première fois que le vieux Clovis daignait le convoquer personnellement quelque part. Et chez les vaches du couvent en plus!

— Il t'a-t-i' dit à quelle heure?

Le petit Eugène avait achevé son bonbon et se demandait quand Médard se déciderait à jouer à son tour son rôle de Dieu-le-pourvoyeur, Dieu-le-meilleur-ami-du-petit Eugène... et oublia de répondre.

— Ça me paraît louche au coton, tout ça, dit Médard entre ses dents.

Mais il n'en demeurait pas moins déchiré entre la méfiance et la curiosité.

— Va dire à ton grand drôle de Clovis le joueux de tours que Médard est trop empressé de soir pour courir les vaches.

Mais déjà le petit Eugène, ayant compris que le pêcheur d'éperlans n'était pas de sa confrérie, galopait à toutes jambes par les buttes... giddup la Branche!... au devant de sa récompense.

— Je m'en vas fumer une pipe sus Xavier, que fit Médard à sa femme qui n'entendit pas.

Mais dès que son homme eut passé le clayon, Alisca courut par la cour chez sa voisine Régina, qui l'entraîna chez Marie-Louise, qui les poussa vers les Babineau tout raconter à la grosse Emma.

Et les femmes tinrent conseil: si les hommes avaient l'intention d'aller dorénavant fumer leur pipe dans le pré aux vaches des sœurs, ils auraient à rendre des comptes aux maîtresses de maison, ça s'adonne. Avait-on jamais entendu une histoire pareille!

Et tandis que le pêcheur d'éperlans se rendait chez Xavier la Bosse en bifurquant par la grange des Babineau «qui se dressait par hasard sur son chemin», puis par l'étable des Gallant, puis le magasin général, les femmes couraient, toutes jupes levées, de Malvina à Jeanne à Célestine qui s'exclamèrent en canon:

— Quoi! derrière le couvent?

— Ils sont rendus à s'en aller prendre un coup avec les vaches?

— Je me charge, moi, de ramener mon Xavier par les oreilles; et si ça suffit pas...

Mais ça suffirait, Xavier pouvait se décroiser les jambes.

Quand les hommes attteignirent le pré aux vaches, moins d'une heure plus tard, un régiment de femmes armées de poêlons et de rouleaux à pâte les attendait à la barrière. Et c'est là que la bataille eut lieu.

... tandis que dans leur dos et à leur insu, sous le clair d'une lune qui en avait la bouche fendue jusqu'aux oreilles, le vacher-bedeau des sœurs, stupéfait et complètement dépassé, luttait désespérément avec ses bêtes pour les ramener à la raison.

Mais les bêtes ne se laissaient tenter ni par la raison ni par le bercail, la nuit était trop douce et la lune trop folichonne. D'instinct, elles savaient qu'une seule vie de vache ne pourrait leur offrir deux fois la fête et qu'il fallait en profiter. Et la vieille Holstein fut la première à mordre la queue de sa copine du même âge qu'elle et à l'entraîner à briser les rangs.

Puis ce fut la débandade.

Et c'est alors que les maris et femmes de Sainte-Marie-des-Côtes firent trêve, le temps de regarder derrière eux, au milieu du champ, et de constater que le vrai combat se déroulait là. Pas un combat, non; une kermesse comme au mardi gras.

Les vaches beuglotaient sur toute l'octave, accrochaient leurs sabots à leur cou, et dandinaient leurs gros derrières sous le nez de la moitié de la paroisse envoyée au pré des sœurs par un petit morveux de cinq ans.

Puis par courtoisie, les maîtresses du champ conduisirent leurs hôtes à la source… un baril, deux barils dûment enterrés, puis déterrés par les rigoles nées de la tempête de la veille, enfin défoncés de deux coups de sabot fortuits qui firent se répandre dans l'herbe des vaches une mare de vin rouge et un ruisseau de cognac Napoléon.

Quand le vieux Clovis et sa suite s'engagèrent sur la pointe des pieds sur la route du pré aux vaches, Sainte-Marie-des-Côtes était déjà à genoux autour des barils et lampait gloutonnement.

La lune était toute ronde dans le ciel quand Clovis réussit à rejoindre les rois mages qui en étaient à leur vingtième partie de whist. Il les secoua à coups de pied et de poing en leur criant qu'ils n'étaient que des feignants et des flancs mous qui ne méritaient pas la chance que le ciel leur avait si généreusement offerte la veille sur un plateau d'argent.

— Bande de vicieux! faut-i' ben avoir les cartes dans le sang!... durant que le meilleur Saint-Pierre et Miquelon est là sous la pelouse au frais... vous jouez sans atout?

Et il les bourrait de claques à toute volée.

Les trois compagnons se penchaient, se courbaient, cherchaient à parer les coups.

— Quoi c'est le diable, Clovis...?

Enfin, au milieu d'une pluie de jurons, ils réussirent à placer deux ou trois questions sur les vraies intentions de leur guide et maître qui avait subtilisé et caché la plus grosse prise de toute leur carrière de braconniers des mers. Le vieux Clovis répondait par des phrases entrecoupées et incompréhensibles où il était question du Ti-Rien-tout-nu et du champ des sœurs... où les barils du pré aux vaches... où depuis trois heures le vieux faisait les cent pas dans un village complètement désert... mais le monde était trop calme et silencieux... quelqu'un finirait par se douter et s'en viendrait jusque dans leurs cartes renifler l'odeur du secret le mieux gardé des côtes...

Ouf! Il respira.

... Ça m'étonne du petit, se dit tristement le

vieux Clovis en précédant les trois autres au pied de la butte du couvent.

— Passons par derrière la grange, qu'il fit prudemment. Et pas un mot. Si vous voyez surgir le bedeau ou un passant, chantez *Partons, la mer est belle!*

— Penchons-nous, y a des sœurs dans les châssis du couvent.

— Plus un mot.

— J'ai-t-i' le temps de pisser?

Mais la vision qui sauta à la figure des rois mages en débouchant sur le champ des sœurs, pardelà la grange, leur coupa à tous et pour longtemps l'envie de pisser.

... Le pays tout entier avait envahi le pré aux vaches, dansant, chantant, roucoulant, échangeant leur compagnie, au son d'un harmonica entre les babines d'un jeune inconnu. Hommes et femmes s'égosillaient à se crier des noms, ou à hurler à leurs compères et voisins de pas s'en faire, que le monde était sauvé et la crise finie.

Le premier qui comprit fut le vieux Clovis. D'un coup de massue sur la cervelle, il comprit. Puis il secoua sa crinière, avala un bon jet de salive et joignit les mains.

— Ça parle au diable! qu'il fit, en donnant à Melchior une telle tape dans le dos qu'il faillit le jeter par terre. Dépêchons-nous à la source avant qu'il en reste plus!

Dieudonné leva les yeux vers la nuit trop bien éclairée et chercha à distinguer les ombres au-delà du couvent. Il savait déjà. Toutes les côtes savaient. Et il avala lentement sa colère et son dépit. Sa honte surtout. Il avait été le jouet d'une femme, une fille des Crache à Pic! Les Crache à Pic, sorciers et hors-la-loi, marginaux traînant leur vie sur la frange du village, gens de rien, vivant des débris de la mer et d'expédients, sans loi, sans mœurs, sans religion!

Et le contrebandier qui avait bâti sa fortune sur les terres ancestrales des autres, puis dans l'aventure prohibée du rum-running eut le goût de vomir sur le quai des Crache à Pic.

Mais il résista. C'était son premier grand revers et Dieudonné eut la sagese de s'avouer qu'à tout peser, la chance lui avait souri plus souvent qu'autrement. Seulement une bataille perdue, pas toute la guerre. C'était le président américain, bien sûr, de quoi épater même sa famille qui avait pris l'habitude de fermer les yeux sur sa nouvelle fortune.

— Mon père est dans le commerce du bois, énonçaient gravement les fils à leurs condisciples, au collège.

Et les condisciples pouffaient de rire dans le dos des fils du bootlegger.

Dieudonné pourrait se reprendre. Plus haut qu'un président, en ces temps-là, trônait Al Capone. Chicago...

— Et c'te fois-là, ça sera point une Crache à Pic qui me barrera le chemin, faudrait-i'...

Sa femme n'entendit pas la phrase, mais elle aperçut l'œil de son homme. Et elle eut peur.

Crache à Pic, à l'heure de cette malédiction, accostait tranquillement au quai que son grand-père avait construit devant sa maison, au pied de Cap-Lumière, un demi-siècle plus tôt. Toute la journée, l'équipage de *La Vache marine* s'était joyeusement empiffré de homards, au goût savoureux de fruit défendu.

Et c'est en mettant pied à terre que les Galoches apprirent la mirobolante odyssée des bouteilles. Du coup, Crache à Pic se consola de sa propre déconvenue. Par elle — et en passant par trois braconniers, un vieux chroniqueur-fouineur-conteur-fourré partout, plus un petit bâtard de morveux de cinq ans — les meilleurs vins et cognacs de Saint-Pierre, destinés au président des États, avaient abouti dans le gosier des vaches.

Et tandis que le vieux Clovis et Ti-Louis le Siffleux descendaient du pré en tricolant, bras dessus bras dessous, cherchant à repérer une forge entre les cinquante-six logis de Sainte-Marie-des-Côtes, Crache à Pic éclatait du spendide rire des dieux hérité d'une lignée immémoriale d'ancêtres marins et sorciers.

2

Le vieux Clovis comptait autant de petits-fils qu'Abraham, en dehors de ses filles et petites-filles. Et pourtant il habitait seul. Dans une cabane qui avait servi de forge à son père. Mais Clovis à Clovis se sentait autant de dons pour la forgerie que pour la dentelle de Bruges et, à la mort de son père, il abandonna la forge aux rats et aux chauves-souris. Il la récupéra le jour de la quatorzième naissance sous son toit, après que sa bru Jeannette eût crié toute la nuit avant de mettre au monde à l'aube un plein berceau de triplets. Suffit comme ça, qu'il se dit; un homme des côtes ne lutte pas contre les marées. Et il déménagea son lit, sa chaise à roulettes et sa poêle à frire dans la forge de son défunt père.

À partir de ce jour-là, Clovis fut un autre homme. Un autre homme?

... Hé, hé!

Clovis prétendit, sur son lit de mort, que ses jours de forge furent les seuls vrais de sa vie. Ce fils de forgeron, qui n'eut guère la forgerie dans le sang, en avait pourtant hérité les odeurs, les bruits, les jeux de flammes et d'ombres qui font danser les poutres. Qui font danser les images devant les yeux, surtout, à la mémoire de ce vaste répertoire d'histoires, contes et dictons qui ne filtrait dans le village qu'à travers les planches noueuses de la forge. Mon père a bien connu la forge et le vieux Clovis, et aurait pu vous en parler. Jamais une légende ne circulait librement dans le pays sans la sanction préalable de la forge. Ni légende, ni proverbe, ni ouï-dire, ni fable, ni commentaire, ni commérage, rien, pas un mot.

Et parce que ce pays-là était plus bavard que laborieux, au tournant du siècle, parce qu'il révélait moins de génie pour gagner sa vie que pour la raconter, Clovis, fils de Clovis le forgeron, apprit de la forge le métier de conteur et non la forgerie.

Mais attention! un conteur en ce pays est plus qu'un rapporteur de menteries, plus qu'un narrateur de la *Bête à sept têtes* ou de *Saint Job assis sur son tas de fumier*. Avant tout, un chroniqueur de la trempe du vieux Clovis est un nez qui renifle et une oreille qui se dresse au moindre son en *fa* dièse. Aussi longtemps que Marie-Pet jase et caquette en *do-ré-mi,* tout est normal, rien à signaler. Mais qu'elle élève la voix jusqu'au *fa,* ou pire, qu'elle gargouille des bémols sur un dièse…

Ti-Louis le Siffleux en a les oreilles qui frétillent. Des *fa* dièse et des trémolos dans une forge désaffectée livrée aux quatre vents des côtes un matin d'août! Et le jeune joueur d'harmonica s'en lèche les babines. Le père Clovis connaîtrait donc la musique? Et lui, peut-être, saurait lire la note?

Pas du tout. Pas une miette de note ni de musique. Le père Clovis connaît les mots, voilà. Comme les puces de sa chemise.

Ti-Louis le Siffleux avait dû s'endormir sur sa dernière crêpe, car il s'était réveillé au matin les gencives rêches et les dents gluantes de pâte de sarrasin.

— T'as eu le pesant, que lui signala le père Clovis.

Et le rejeton des États comprit dans ce mot nouveau que ses cauchemars de la nuit n'étaient pas nés de son estomac vide, comme à l'accoutumée, mais des crêpes flottant dans le cognac et le vin des vaches.

Petit à petit, les deux hommes remontèrent la nuit jusqu'à leur veillée aux champs, jusqu'à la noce des bêtes à cornes sous la pleine lune du mois d'août. Et un gloussement stéréophonique remplit la forge et réveilla les mouches qui n'en attendaient pas tant d'un lendemain de la veille.

... La veille au soir, au mitan du champ des sœurs, avant même d'avoir repéré Clovis dans la foule, Ti-Louis le Siffleux l'avait entendu rire. Affalé au pied de la source, entre les deux barils, il riait à s'en fendre la rate. Le jeune homme s'était alors approché du vieux et petit à petit avait accordé ses éclats aux siens. Des bleuettes, des éclaboussures de rire. Sur deux octaves. Puis la source tarie, les deux rieurs s'étaient examinés de face, d'en dessous, de travers, de haut en bas, et s'étaient serré la main.

— Quoi c'est que le nom de ce revenant et d'où c'est qu'il vient?

— Il vient des États et s'appelle Ti-Louis le Siffleux de son sobriquet.

Le pays des côtes avait trop l'habitude des sobriquets pour émettre des réserves sur celui-là. On les émit plutôt sur les États. Un guenilloux qui montrait ses orteils par devant et ses fesses par derrière, durant la crise, pouvait sortir de Bedèque, Caraquet ou Québec, quant à ça; mais des États-Unis d'Amérique?

— Aux États, ils ont des gratte-ciel; par icitte, des gratte-cul.

Et le gratteux de fonds de marmite s'était esclaffé.

Ti-Louis, en voulant rire, avait senti darder sa crampe à l'estomac. Et cherchant une phrase pour avouer au vieux qu'en parlant de cul, il ne s'était rien mis dans les tripes depuis trois jours, il avait entendu:

— As-tu soupé?

Et tandis que le village avait continué jusque tard dans la nuit son carnaval de vaches et de cognac Napoléon, sous les yeux ahuris des sœurs qui regardaient par chaque fenêtre du couvent s'ébattre ces diables en sabbat, Ti-Louis le Siffleux avait suivi le vieux Clovis jusqu'à la forge.

Et le lendemain, l'estomac d'aplomb et les oreilles remplies du bourdonnement des mouches qui se lissaient les ailes dans une flaque de soleil, le survenant des États écoutait le vieux conteur Clovis lui raconter les côtes.

— T'as aucune idée du pays que tu viens
d'aborder, qu'il dit.

… Un beau pays pourtant et qui pouvait laisser
croire qu'un avenir tranquille et respectable se cachait
quelque part le long de ses côtes, entre la forêt et
la mer. Pourquoi pas! Le pays était jeune, en friche,
bien nourri de quatre saisons distinctes et qui ne
se marchaient pas sur les pieds — ce n'est pas sur
cette terre-là qu'un printemps serait apparu avant
son heure, soyez tranquilles! — et abritait un peuple
qui commençait à avoir le goût de vivre, grand
Dieu! Une rage, une démangeaison de vivre. Tu
sais ce que c'est qu'une démangeaison? Tout le monde
sur les côtes était prêt à croire à n'importe quel
faiseur qui lui promettait une terre où planter ses
choux. C'était rendu que le pays regorgeait de men-
teurs et de colporteurs de cordes à virer le vent.
Dès qu'un inconnu attachait son cheval à la barrière
d'un village, le village accourait prendre des nouvelles
de la construction du chemin de fer, des zouaves
pontificaux, ou des mines d'or de l'Alaska. Et quand
c'était une goélette qui accostait au quai, oh! la la!
En ces années-là, on aurait cru un matelot qui
vous eût dénombré ses châteaux d'Espagne comme
un pêcheur de homards ses casiers.
— Et justement un jour, il en est débarqué un,
un vrai, qui à lui tout seul vous a reviré la doublure
du pays à l'endroit et a renversé le cours des marées.
Sans mentir, c'ti-là aurait été capable d'attraper la
lune avec ses dents.

... Un jour donc, à Sainte-Marie-des-Côtes, était débarqué un authentique géant sorcier. Et n'allez surtout pas sourciller, personne! Si un pays s'y connaissait en géants et sorcelage...

— Il s'appelait Crache à Pic.

Un gaillard de sept pieds — selon la règle de Clovis — tout en muscles, moustaches et poil dans le nez, un Vercingétorix. La première fois qu'il traversa le village, même le curé le salua. Un salut bien bas, trop bas, ça n'augurait rien de bon. Une paroisse n'a jamais qu'un coq juché sur la flèche de son clocher.

La lutte fut longue et dure, les combattants étant de force égale. Chacun y trouva son compte, toutefois, se dépassant, se surpassant, déployant des trésors de prouesses surnaturelles. Le curé à tour de bras exorcisait les ensorcelés; le sorcier à pleine bouche instruisait les chrétiens dans le catéchisme du Grand Albert.

C'était le propre père du pêcheur de homard disparu un jour en mer, laissant au port de Cap-Lumière une veuve et trois ou quatre mioches en culottes courtes... non, l'un des mioches était une fille, l'actuel capitaine de *La Vache marine*. D'ailleurs le père et le fils devaient se suivre de près dans la tombe.

— Façon de parler. Par rapport qu'aucun des deux n'eut droit à une vraie tombe. Le fils pour avoir bâsi en mer, le vieux pour avoir... Quel âge que t'as?

Ti-Louis sursaute. Il a dix-sept ans... Et après? Il est assez grand pour tout entendre et tout saisir.

Surtout qu'il a suffisamment vécu depuis deux ans pour... Tss-tss! Le vieux conteur hoche la tête. Personne n'a suffisamment vécu, pas même lui, Clovis, pour entendre la suite de cette histoire sans frémir. Et il jette un œil de travers aux mouches qui jouent avec le feu autour d'une toile d'araignée, et leur fait signe de se tenir tranquilles. L'heure est solennelle.

Le vieux Crache à Pic aux moustaches en guidon de bicyclette et au poil dans le nez était un brave et un dur. Et un ratoureux.

— Un joueux de tours.

Ti-Louis avait compris.

... Il aimait, par exemple, punir les gens par où ils avaient péché. C'est ainsi qu'il fit pousser un chancre sur la cuisse de la femme de... mais passons; qu'il ensorcela le plus grand avare de Cocagne qui se mit un bon matin à planter son argent entre ses sillons de blé; qu'il affligea de chienlit la demoiselle la plus pincée des côtes; et qu'il jeta un sort sur nulle autre que la propre mère de Marie-Pet qui entonna au moment de l'offertoire, au grand délire de la paroisse, *O my darling Clementine.*

Là, le gong venait de sonner. L'Église pouvait tolérer les attaques aux bêtes, aux récoltes, aux hommes. Pas à Dieu. Et le curé de Sainte-Marie-des-Côtes, ce jour-là...

Le père Clovis se signe.

— Le curé de Sainte-Marie-des-Côtes, ce jour-là, en eut jusque-là.

Il avait décidé de se venger. Le sorcier Crache à Pic s'en était pris à l'Église, Église allait s'en prendre à lui. Et un dimanche matin, en grande pompe, barrette sur le crâne et chasuble dorée pendant jusqu'aux chevilles, Elle condamna du haut de la chaire le dénommé Crache à Pic qui, faute d'avoir su décliner ses nom et prénoms, s'entendit interpeller par son sobriquet. Le curé défendait à l'avenir à tous ses paroissiens, sous peine de se voir refuser les sacrements, de faire soigner femmes, enfants et animaux malades par ce notoire charlatan. Tout cela emmitouflé dans le plus pur latin d'église.

— Il aurait dû se fermer la gueule, le pauvre prêtre, conclut Clovis, et point laisser la sorcellerie lui rentrer par cette trappe-là.

Après tant d'années, le vieux conteur riait encore au souvenir de la rage de dent qui s'était emparée du curé ce dimanche-là dès l'*Ite missa est.*

Quinze jours de prières, de jeûne et de promesses à tous les saints, plus visites quotidiennes aux rabouteux, sages-femmes, docteurs et arracheux de dents n'eurent pas raison de l'abcès. Les plus grands remèdes naturels et surnaturels restaient sans effet. Rien à faire. Et en attendant, le pauvre dépérissait. La paroisse, qui avait d'abord ri, commençait à s'inquiéter.

Il ne restait qu'un recours. Mais personne n'osait en faire mention. Ces choses-là sont trop délicates. D'ailleurs personne par la suite n'osa même affirmer que le prêtre s'y fût soumis. Pas même la terrible centenaire Ozite, chroniqueuse de son métier, qui à peine ses cent ans sonnés avait déjà commencé à ricaner sur tout, comme si l'avenir ne lui faisait point peur. Non, personne au pays n'osa affirmer de certitude que le prêtre... On se contenta de rapporter l'évidence, sûr de ne pas se tromper: la guérison subite, radicale et miraculeuse de la dent, suivie de la réconciliation des deux ennemis. Point, à la ligne. Et plus un mot. La mère de Marie-Pet tenta bien de... mais on la fit taire. Le prêtre était guéri, les deux thaumaturges réconciliés. Le combat des géants n'aurait pas lieu. Rentrez tous chez vous.

Heh!

Le combat eut lieu, mais par-delà la tombe.

Le curé, dans les plis cachés de son âme, avait sûrement gardé une dent contre le sorcier. Car à la mort du grand Crache à Pic, survenue bien des années plus tard, l'Église refusa d'enterrer le «païen et mécréant» en terre bénite. La famille s'insurgea, quelques voisins protestèrent et le prêtre finit par trouver un expédient: pour calmer la colère des siens, on substitua de nuit au cadavre du sorcier une bûche de bois franc qu'on enterra proprement dans le cimetière des chrétiens; tandis qu'on creusait sa tombe, au véritable macchabée, sous le pommier de sa cour... pour apaiser la colère des dieux.

Ainsi tout rentrait dans l'ordre. Oeil pour œil, dent pour dent. L'ère de la sorcellerie se terminait, au pays des côtes, avec le premier des grands Crache à Pic. Et l'Église se frotta les mains. Mais en se les frottant, se fit des cors aux doigts...

... Un an plus tard, jour pour jour après ses funérailles frelatées, Crache à Pic le sorcier s'est souvenu qu'il avait été mal mis en terre et décida d'en ressortir.

— Et un beau matin, un bouchon de feu gros comme un chien a surgi du pommier dans la cour arrière des Crache à Pic, a tourbillonné comme une toupie, de plus en plus vite, de plus en plus gros, garrochant ses flammes à droite et à gauche; puis le bouchon a pris par le village, du côté nord du chemin du roi, renversant sur son passage logis, granges et bâtiments, jusqu'à l'église; et là, happant le clocher dans son gant de feu, il l'a garroché à la mer où c'est que personne l'a plus jamais repêché.

… On raconte même que dans cette tornade, appelée par la suite «l'ouragan du sorcier Crache à Pic», le célèbre curé aurait laissé, en sus du clocher de sa paroisse, sa barrette, une pantoufle et ses deux dentiers.

Dent pour dent.

… L'ouragan… donc… avait emporté dans un tourbillon de feu… gros comme un chien et tournant comme une toupie… la moitié nord du village, arrachant toits et lucarnes, déchirant les vérandas, lézardant les murs et les madriers de soutien: la pire catastrophe des côtes qui avaient pourtant connu le grand feu de Miramichi et se préparaient à l'avènement de la comète Halley. Eh bien, voulez-vous savoir? Cette catastrophe fut à l'origine de la fortune du grand Dieudonné.

C'était un jeune loup sans un seul morceau à se mettre sous la dent, à la fin du siècle, et il errait par les buttes en quête de proies et d'aventures. Il reniflait comme une fouine, épiait comme un renard, rôdait comme un loup, sûr que tôt ou tard le fruit tomberait de l'arbre juste à ses pieds. La chance est à qui sait l'attendre assez longtemps. Un jour le destin lui sourirait, de la manière la plus inattendue et singulière, il en était sûr.

Et le destin se fit tornade et donna à Dieudonné l'occasion de s'enrichir sur les ruines de son pays.

Sainte-Marie-des-Côtes, avec ses villages voisins de nord et du sud, occupait une langue de terre coincée entre la mer et la forêt. Les eaux et les bois : la fortune devrait surgir de l'un ou l'autre. Et le jeune Dieudonné, en promenant les yeux sur les logis et bâtiments déchirés par l'ouragan, s'était dit qu'elle surgirait des bois.

C'était l'époque où les autorités civiles et administratives, pour encourager le défrichement de l'inépuisable forêt des côtes, distribuaient à tout venant des concessions de terrain en bois debout. Dieudonné en obtint une première, puis une deuxième, une enregistrée au nom d'un frère, puis celui d'un cousin, d'une tante, d'un fils à venir, enfin d'un parent au cinquième degré disparu depuis quinze ans. C'était l'époque où l'administration de Fredericton n'avait pas encore appris à prononcer en français les noms barbares de Thibodeau, Goguen, Bordage, Mazerolle, Girouard ou Gautreau. Ainsi un vieux clerc du service civil, qui répondait au nom de John Jonathan Featherstonehaugh, n'apprit jamais dans sa longue carrière à distinguer un Comeau d'un Cormier, ni un Robidoux d'un Robichaud. Dieudonné, qui descendait par la hanche ou la cuisse de toutes ces branches-là, réussit à défricher à lui seul la moitié de la forêt qui bordait son pays.

Au grand rire de ses compères et voisins.

Le rire se figea le jour où le pays se réveilla, le front contre les clôtures et les *no trespassing* du nouveau maître des côtes.

91

— Quoi c'est que ça?

— Le monde va-t-i' finir dans la poche de fesse au Dieudonné?

Ce peuple-là n'aimait rien autant qu'un bon pied de nez au gouvernement, aux Anglais ou à tout autre maître du pays. Et il applaudissait à toute volée au roué qui avait roué plus fort que lui. Jusqu'au jour où le farceur profita de sa farce et devint maître à son tour. Alors on s'appliquait à berner celui qui avait berné les autres. Dieudonné, né au pays, connaissait comme les lignes de sa main la mentalité des siens. Et il prévint le coup.

— Aux bois, les gars! De l'embauche pour tout le monde. C'est moi qui paye.

Voilà qui change tout. C'est Dieudonné qui paye. Hé! Xavier la Bosse et les pêcheurs du Village-des-Trois-Maisons! aux bois! Venez, une forêt pleine de noyers, d'érables, de sapins et sapinettes. Bûchez, les gars.

Et Dieudonné payait; ou s'engageait à payer dès que les profits commenceraient à rentrer... Les profits? Quels profits?... Taisez-vous et bûchez. Dieudonné sait ce qu'il fait et s'y connaît en affaires.

Il s'y connaissait, et comment!

Et le pays bûchait. Certains fils de charpentier furent même embauchés à construire sur la terre de Dieudonné un moulin à scie. Un fort respectable moulin à scie qui se mit un lundi matin à transformer en planches bien équarries les chênes, pins, érables, sapins, noyers, cormiers et peupliers de la forêt.

Puis un jour, Clovis à Clovis le forgeron avait osé se gratter l'oreille et murmurer:

— Quoi c'est que le Dieudonné compte faire avec toutes ces planches-là?

Et son père lui avait répondu en se grattant la nuque:

— Si tu veux mon avis, il compte nous les revendre pour rebâtir nos logis et bâtiments.

Et Clovis fils de Clovis admit plus tard que son père avait vu juste. Dieudonné, dans cette première opération, s'était révélé le plus grand capitaliste de tout l'est du pays: il avait reconstruit le village avec les planches de son moulin alimenté par les arbres pris aux terres de la Couronne... et avec les sueurs de ses compatriotes et contemporains qui payaient les planches à Dieudonné avec l'argent même que Dieudonné leur devait en salaire pour avoir bûché ses arbres... qu'ils avaient du reste eux-mêmes traînés au moulin et sciés en planches pour bâtir leurs maisons!... Ouche!... Quel génie que cet homme!

Et le vieux Clovis, une génération plus tard, s'en essuie le front.

Tandis que le conteur contait au Ti-Louis des États le chapitre Dieudonné de la chronique des côtes, ce même Dieudonné, aguerri par trente ans de négoce et dix ans de contrebande, scrutait l'horizon au-delà des buttes où se cachait le quai des Crache à Pic. Elle voulait de l'activité, la petite, et cherchait l'aventure? Dieudonné se promettait de la tenir occupée… La distraire, l'expédier sur de fausses pistes et dans les culs-de-sac, lui jeter plein les yeux de feux d'artifice et de fantasmagories, lui enrouler autour des deux mains la corde à virer le vent.

Et un jour…

— Philias, va me chercher Black Willy.

Dieudonné venait de trouver le grand moyen d'amarrer au même poteau les maraudeurs pilleurs de caches et la garce de Crache à Pic. Le bootlegger avait besoin du champ libre, il avait besoin de contrôler le chemin du roi et plusieurs chemins de traverse pour y faire circuler de nuit ses camions… jusqu'à la frontière américaine. Et le temps pressait. Il venait de trouver. D'une pierre, deux coups!

Et Zéphirine, sans froncer un sourcil ni boiter d'une seule jambe, regarda son maître se diriger vers la grange où était camouflé son télégraphe.

Le mois d'août de Sainte-Marie-des-Côtes ne s'était pas contenté de sa kermesse du pré aux vaches. Il s'était payé en plus un gigantesque et fantastique bazar des pauvres. On l'appela le pique-nique de la Marie-Pet. Un vrai pique-nique paroissial selon les règles, qui dépassa en importance et revenus tous les petits pique-niquerons de Cocagne, Grand-Digue ou Pré-d'en-Haut. Quelqu'un avait voulu lui jouer dans les pattes, hein? Eh bien, Marie-Pet était de trempe à vous renvoyer ce quelqu'un se faire moucher chez sa mère. Et elle eut son pique-nique.

… Hormis Clovis, personne à Sainte-Marie-des-Côtes ne devina l'origine de ce branle-bas paroissial qui mobilisa le curé, sa servante, la Ligue du Sacré-Cœur, le couvent, et expédia toutes les dames patronnesses au sous-sol de l'église à brasser le fricot à la poule assaisonné à la sarriette. Un bazar au profit des pauvres au plein cœur de la crise!

Et le vieux Clovis riait dans sa barbe poivrée.

— Personne saura jamais que le pique-nique de Sainte-Marie-des-Côtes est né dans une borouette, qu'il confia aux mouches et aux araignées de sa forge. Puis songeant à Ti-Louis le Siffleux, son ami:

«... Est né tout exprès pour donner sa chance à un jeune fringant de vaurien de survenant comme lui de montrer au pays ce qu'il savait faire.»

Il avait montré au pays, le survenant des États, qu'il savait encore turluter, taper du pied, se démancher et jouer de la musique à bouche longtemps après que le dernier joueur de violon ou de bombarde fût tombé d'épuisement, tête première dans le bran de scie. Car un bazar de paroisse, c'est avant tout...

... du fricot à la poule, du homard, des poutines à trou, des pets-de-sœur et de la musique!

... de la boxe, de la lutte, de la masse, de la traction, du tir, du saut à la perche, de la musique!

... des pétards, des ballons, des fanions, des guirlandes, des pancartes, des feux d'artifice, de la musique!

... des loteries, du bingo, des contes, de la tombola, de la grande roue de fortune, de la musique!

... des branles, des quadrilles, des polkas, des gigues, des valses, des gavottes, des *swing ta bottine dans le fond de la boîte à bois* et de la musique!

Un carrousel de musique!

Marie-Pet fut débordée. Elle avait voulu son pique-nique pour renflouer les coffres de la paroisse et pour damer le pion à la femme du docteur et à la servante du presbytère qui avaient songé à se passer de ses services, elle avait voulu un pique-nique; mais non pas Sodome et Gomorrhe! Le diable s'était déchaîné au son du violon, de la bombarde, de la guitare, de l'accordéon, de la cornemuse, de l'orgue de barbarie et de la musique à bouche. Une parade de musiciens qui s'essoufflèrent durant trois jours et deux nuits. Car la troisième nuit, la paroisse ne comptait plus une seule bouche ni une seule main droite encore capables d'arracher des sons à un instrument à cordes ou à vent. Et Ti-Louis le Siffleux eut sa chance.

Il joua de l'harmonica toute la nuit, scandant de rythmes nouveaux des mélodies anciennes, grimaçant, se tortillant, tapant du pied, gesticulant de tous ses membres comme un épouvantail dans le vent. Et la paroisse, reprenant son souffle, ramassait sa compagnie et se remettait à danser. Rendu au matin, on apprit qu'il venait des États, qu'il s'appelait Ti-Louis le Siffleux et qu'il était fils de Charles à Charlitte de la branche des Grelots, parti faire fortune dans les moulins à papier du Massachusetts.

— Je crois bien qu'il est mort de faim, ton père? s'enquit l'un de ses contemporains.

— Non, de consomption.

— C'est pareil.

Et Ti-Louis l'Orphelin fut reçu ce jour-là à Sainte-Marie-des-Côtes comme un enfant du pays.

— T'as de la parenté par icitte?

Il avait une tante. Une sœur de son père restée au pays et mariée en secondes noces à un gars du nord. Elle avait une dent en or et s'appelait Célestine.

Le père Clovis ricana: il ne connaissait dans le village qu'une seule dent en or, qui ne logeait point dans la goule de la Célestine, mais qui pendillait de la gencive d'en haut de la femme au Dieudonné.

— Ton gars du nord a dû vendre la dent de sa femme pour un bock de bière, qu'il fit.

Et prenant Ti-Louis sous le bras, il le conduisit chez Célestine.

— Je t'amène ton neveu, qu'il lui dit sur le perron. Il débarque des États.

Ti-Louis le Siffleux attendit qu'elle parle ou sourie pour vérifier la dent en or. Mais Célestine restait là, les bras ballants, l'œil doux mais inquiet. Trois petits guenilloux rangés contre le mur épiaient cet étranger qui louchait du côté de leurs bols. Elle finit par allonger une main gercée par les lessives et tâter le menton de son jeune neveu qui sourit sous la caresse.

— T'as enterré ton père? qu'elle fit.

Point de dent en or.

— Y a deux ans.

— Eh ben! rentre.

Clovis s'excusa: un travail urgent le réclamait. Sa forge de logis sentait la suie et craquait sous les fils de poussière tissés plus serrés que des toiles d'araignée, sans mentir. Une fois par saison, besoin ou pas, il empoignait un balai et jouait du manche comme un chevalier de son épée. Un joli carnage qu'il leur préparait ce matin, aux intrus de la forge.

— C'est le 15 août, Clovis, que fit Célestine en souriant pour la première fois.

— Ah ben, vous m'en direz tant! que répondit le vieux en virevoltant bien à son aise; dans ce cas-là, je m'en vais épousseter de mes fesses les bancs de l'église.

Et il partit en disant des yeux à son jeune compère: Va, petit, t'as de la parenté au pays.

Mais en poussant le clayon de la clôture, il vit rentrer en bavant et caracolant le gars du nord, l'homme de la Célestine, qui avait tout l'air de sortir de la grange des Babineau. Le père Clovis le salua et lui cria de prendre garde à lui, selon la coutume. Mais les coutumes du nord diffèrent de celles du sud et l'ivrogne prit la salutation pour une injure.

— Prends garde toi-même que je te casse la mâchoire, mon enfant de chienne, qu'il cracha en montrant le poing au vieux Clovis.

Et le vieux Clovis, oubliant la messe du 15 août et s'éloignant vers sa forge, songea au pauvre ti-gars des États.

Durant la première moitié de l'automne, les deux amis se revirent souvent — le pays est si petit — au creux des dunes, sur les quais, entre les buttes ou dans la forge, tout simplement. Et l'un et l'autre évitaient d'aborder le sujet de la tante Célestine et de son saoulard de mari. Clovis se contentait d'offrir à Ti-Louis le Siffleux une pomme... prends-en donc deux... des galettes à la mélasse sorties du four d'Agnès, ou des restes de fèves au lard réchauffées de la veille.

Et c'est la bouche pleine de fayots, qu'un soir, à la brunante, Ti-Louis le Siffleux et Clovis virent la porte de la forge s'ouvrir d'un coup de pied et laisser passer trois compagnons effarouchés qui semblaient vouloir tous entrer en même temps.

— Clovis! le vieux Crache à Pic est revenu!

Le père Clovis crache ses fayots et s'attrape l'estomac... Pas si vite, pas si vite, calmez-vous et parlez point tous ensemble. Exactement qui et quoi et où et comment... et prenez votre temps, puis pesez vos mots... faites des phrases courtes, claires, sans équivoque et sans...

— Quoi???

Les trois rois mages répétèrent la phrase dans toute sa clarté et simplicité: le vieux Crache à Pic était re-ve-nu.

... Le vieux, vous voulez dire le grand-père, le sorcier, celui de l'ouragan...

— C'ti-là qui fut enterré sous son pommier derrière sa maison?

En plein celui-là. Revenu en revenant, tout nu sur ses os. Il a déjà apparu à trois enfants qui rentraient de cueillir des noisettes, à Xavier la Bosse qui menait tranquillement son attelage à la côte ramasser de l'herbe à outarde, et à la bru en premières noces du défunt Cyprien, la Célestine de son petit nom.

Ti-Louis le Siffleux sursauta. Un revenant! Un revenant jusque chez lui!

Mais non, mais non, pas chez Célestine, il n'a encore apparu qu'en un seul endroit, au bout du chemin des Amoureux qui donne sur le chemin du roi. Et après le soleil couché.

Le père Clovis plisse les yeux:

— Tout nu sus ses ous au soleil couchant, vous dites? Et comment c'est qu'on sait que c'est le vieux Crache à Pic?

Melchior bredouille, bicle des deux yeux, puis se tait. Mais Gaspard et Balthazar font moins d'histoires. Depuis quand demande-t-on sa carte d'identité à un revenant? Ça suffit que Célestine, Xavier et les enfants l'aient reconnu.

... Les enfants?

Clovis songe que le sorcier Crache à Pic est mort il y a plus d'un quart de siècle... Mais il garde ses songeailles pour lui et décide de suivre les braconniers au chemin des Amoureux.

C'était la veille de la Toussaint.

Ça grouillait déjà de monde à l'embouchure du chemin.

Il venait des curieux du sud, du nord et de l'arrière-pays. Les dunes et les collines avaient déjà déversé, au pied du chêne bicentenaire qui sépare le chemin des Amoureux du chemin du roi, des charretées de coureurs de Hallowe'en. Ceux-là étaient tout parés pour la fête, avec ou sans revenant. Bien entendu, avec un revenant, une Hallowe'en prend une toute autre allure.

— Cachez vos citrouilles, les gars; faites de la place aux morts.

— Si les villages d'autour continuent de nous envoyer du monde, y aura bétôt plus de place même pour les vivants.

— Eh bien! le vivant qui se sent point à sa place icitte a rien qu'à faire le mort et il se fera respecter.

— Ris pas de la mort, Melchior; songe que ça va t'arriver un jour, toi itou.

— Tu crois?... Ben dans ce cas-là, je suis mieux de rire asteure tandis qu'il est encore temps.

La foule s'esclaffe, roucoule, lance des répliques et en oublie les morts. Les fêtards, ce soir, sont tous tellement vivants qu'il est malaisé, même aux jeunes filles de la butte, de feindre la peur. Et puis la mort qui s'habille en Crache à Pic...

— C'est-i' vraiment le vieux Crache à Pic?

— On verra ça quand on y aura mis la main au collet.

Oh! ho! la main au collet d'un revenant! Pour commencer, un revenant ça n'a pas de collet. C'est tout comme une masse blanche, flottante, molle comme l'âme d'un défunt; une manière d'ouate informe et insaisissable, sans queue ni tête.

Pauvre Crache à Pic! sans tête ni queue, asteure! faut-i' ben! Et tous les hommes se mettent à le plaindre.

Alors le vieux Clovis, semant devant lui les bambins qui s'accrochent à sa cape et lui barrent les jambes, s'éloigne du lieu de l'apparition en sirotant des tss-tss-tss! Un fantôme au bout du chemin des Amoureux un soir de pleine lune! Les fantômes ont

101

peur de la lune comme de leur ombre, allons donc! tout le monde sait ça.

— Mais c'est la veille de la Toussaint, père Clovis. Un soir pareil, tout est permis.

Raison de plus. La veille de la Toussaint, c'est le soir des tours, non pas le jour des Morts. Célestine et le Bossu ont eu des visions. Et les enfants on inventé le reste.

— Allez jouer vos tours ailleurs.

Mais on a beau lever le pied, tourner les épaules vers le sud ou le nord ou vers les collines, on garde les yeux accrochés aux branches squelettiques du chêne qui a balancé la veille un revenant revenu de l'autre bord.

— Rentrez chez vous, insiste Clovis.

— Hé oui! rentrons, murmure la foule.

On bouge, mais on est refoulé contre le chêne par un nouveau flux de curieux descendus du haut des terres, poussés eux-mêmes par ceux sortis du bois.

— Quoi c'est qui se passe?

Les nouveaux venus réclament leur part de vision, car en ce pays de patronage et de passe-droits, ce sont toujours les mêmes qui profitent de tout. Les côtes ont eu droit à la kermesse des vaches et au jeu de bouchette-à-cachette avec les bootleggers; et voilà que le ciel en personne leur envoie un reve-nant. C'est trop pour un seul village. Le revenant, l'arrière-pays est bien décidé à se le partager avec les côtes, devrait-on le prendre en otage.

Soudain la foule se tasse, ondule, puis se divise en son milieu...

— Poussez pas, hein!

... et laisse passer Martial, le représentant de la loi. Célestine et Xavier la Bosse s'avancent, témoins oculaires de première source; puis la parenté, les voisins, les compagnons de pêche, les curieux, les cousins des curieux, ceux des troisième et quatrième degrés, la foule qui se bouscule et se défend contre son voisin, l'effronté qui veut passer devant, et on tombe, tous ensemble, jambes et bras noués, sur le connétable. Heureusement pour lui qu'au même instant lui arrive du renfort du chef-lieu: un shérif et deux officiers de pêche.

... Décidément, les représentants de la loi sont au poste ce soir. Il n'en manque pas un seul, songe le vieux Clovis. Hé! hé! Et tout haut, pour Ti-Louis, le jeune rejeton des États:

— Je connais pas un revenant qui se respecte qui oserait faire ses apparitions en présence d'un pareil attirail de gouvernement, qu'il fait.

Ah non?... Le revenant a dû le prendre comme un défi.

...

Un aaaah! collectif s'arrache des racines du chêne, se répercute de bouche en bouche, et fait des ronds, élargissant ses cercles pour atteindre, à portée de vois, les oreilles de Clovis et de Ti-Louis le Siffleux.

— Jésus-Christ de Dieu fils de Marie!

Mais déjà la foule s'ébranle, les froussards dos au chêne, les téméraires face à l'apparition: et ce chassé-croisé augmente la panique qui explose en une splendide terreur.

Il est là, tout nu sur son épine dorsale, qui danse au-dessus des têtes, à la croisée du chemin du roi et du chemin des Amoureux. Un crâne, un squelette blanchi à la chaux, des jambes longues et agitées comme des branches dans le nordet, un déterré vidé jusqu'à la moelle et lavé jusqu'aux dents!... Des dents qui sourient, grimacent, grincent et se préparent à mordre.

— Ou-ou-ou!...

Il hurle, crie, veut parler!... Sauvez-vous!... non, écoutez ce qu'il a à dire... Ôte-toi de mon chemin, Jacques... Chut! taisez-vous... attention! il s'en vient tout droit sur la foule! Hiii!... Maman!... Silence, silence! Faites-lui du chemin...

Un curieux fantôme, comme jamais on n'en a vu... À vrai dire, on n'en a jamais vu auparavant, d'aucune sorte... C'est malaisé à comparer, il doit être comme les autres. Sauf que celui-ci a tout l'air de vouloir s'amuser, de prendre la vie du bon côté... comme si ça ne le dérangeait pas du tout d'être mort et qu'il se sentait tout à fait à l'aise dans ses os.

... Mais regardez-le! il semble vouloir s'approcher du cercle des jeunes filles refoulées contre le saule. Tout à fait comme le vieux Crache à Pic, ce comportement-là. Voilà un défunt qui n'a rien oublié de la vie. Il gigote du cou et des membres et allonge un radius d'où pendent six ou sept phalanges désarticulées... Hé! ne le laissez pas faire! Il est capable de les ensorceler. Un mort qui touche à un vivant lui transmet le germe de la mort... Mais ne vous en faites pas pour les 'moiselles des côtes: elles ont trop l'habitude des audaces des pêcheurs et des matelots pour se laisser attraper par un squelette. Et dans une envolée d'oiseaux surpris dans leur nid, elles s'égaillent dans les broussailles.

Déçu, le fantôme s'est éteint tout entier, il a disparu, bâsi, plus rien. Un coup de vent l'a soufflé comme une chandelle. Un vide atroce envahit la place; plus personne ne pense ni ne respire. Mais le voilà qui resurgit du côté des sapins, il a complètement traversé le chemin du roi, plus vif que jamais. Ti-Louis le Siffleux, initié depuis le carnaval des vaches aux mœurs étranges des côtes, s'approche et allonge la main; mais le revenant l'a vu venir et dans un tourbillon disparaît à nouveau.

Haaaa! dommage... On commençait à s'y faire et se laisser apprivoiser. Quel est l'étourdi qui s'en est allé lui faire peur?

Ti-Louis se courbe et fond dans la foule.

Tout le monde comprend alors que le mort ne reviendra pas cette nuit-là: Marie-Pet peut retourner finir ses prières, le pays peut rentrer chez soi.

— Chacun ferait mieux de rentrer, que dit Martial le connétable qui cherche à revenir de ses émotions; je passerai la nuit dans les alentours avec les officiers.

— C'est la veillée des morts, que risque Xavier, la Bosse.

... La soirée des tours, que songe le père Clovis.

Tandis que Ti-Louis le Siffleux, qui en deçà de trois mois a vu danser des vaches et s'escrimer un fantôme, cherche dans le ciel un indice qui annoncerait pour bientôt une pluie d'alouettes.

Les gens du haut des terres quittent en traînant les pieds le chemin des Amoureux, jurant à ceux de Sainte-Marie-des-Côtes de revenir le lendemain.

— Demain c'est la Toussaint, que leur rappelle le père Clovis.

Remarque qui n'a pas l'air de déranger la jeunesse fringante du pays, pas assez au fait des mœurs de sorcier pour en déduire qu'un Crache à Pic devrait en toute logique s'abstenir d'apparaître le jour de la fête de tous les saints. La remarque n'atteint pas la jeunesse des côtes, non, mais elle s'en va comme un gong frapper l'oreille de Black Willy qui se faufile dans la foule en se donnant des airs d'incognito. Tellement incognito, le Black Willy, que tout le monde lui marche sciemment sur les pieds, s'attendant à ce qu'il huche ou jure; tellement incognito que le vieux Clovis plante ses yeux dans son front sans le vouloir.

Et Clovis répète pour lui-même sa phrase, en tournant le dos à l'homme de Dieudonné:

— Crache à Pic, si ces ous-là sont les siens, réapparaîtra point le jour de la Toussaint.

Et le jour de la Toussaint, le revenant resta chez lui.

La foule des curieux venue le lendemain de Cocagne, Champdoré et du Village-des-Trois-Maisons attendit toute la nuit.

... C'est pas juste, disaient les uns.

... Un coup monté, se plaignaient les autres.

... Il serait point déménagé ailleurs? demandaient ceux de Pré-d'en-Haut qui avaient affrété deux camions pour se rendre avant la brunante au bout du chemin des Amoureux.

Mais Pré-d'en-Haut eut beau gémir et Cocagne porter plainte, le défunt resta chez les morts en la nuit de la Toussaint.

Le père Clovis ricanait:

— Je vous l'avais bien dit, je vous avais prédit que ce revenant-là reviendrait point le jour de la Toussaint.

Mais Clovis se gardait bien de dire pourquoi il l'avait prédit. Par-dessus la tête du mort, c'est à l'incognito Black Willy que s'était adressée la prédiction, et indirectement à Dieudonné. Et les bootleggers qui passaient pour les plus fins renards du pays avaient mordu à l'hameçon. Le vieux Clovis s'en tapait les cuisses. Puis se penchant à l'oreille de son jeune protégé des États:

— Y a quarante-six façons de prendre un ours au piège, qu'il dit; mais la plus sûre, c'est de faire croire à l'ours qu'il est un renard.

L'apprenti Ti-Louis regarda son maître en calouettant d'éblouissement. L'aventure du rum-running se révélait à lui dans toute sa séduction. Il ne voyait plus dans cette épopée de la contrebande qu'une série de tours et de coups montés entre clowns et jongleurs. Et au centre de la farce à multiples personnages, un vieux fouineur-enquêteur-magicien-fourré partout qui d'un coup de fouet faisait rebondir les péripéties comme le galop d'un cheval fougueux.

... Le réseau de la contrebande, entre les années 20 et 30, était un arbre touffu comme un chêne qui jetait de l'ombre à la grandeur d'un continent. Et l'une de ses branches, forte branche, chargée d'un feuillage impressionnant, couvrait la côte est du pays. Entre le cerveau organisateur de Chicago et le ventre fournisseur des îles françaises de Saint-Pierre et Miquelon, s'échelonnait un chapelet de villages oubliés des explorateurs et des cartographes, et qui servaient de relais au grand réseau du bootlegging. Et dressant fièrement la tête au-dessus des autres, le village de Saint-Marie-des-Côtes.

— Et Sainte-Marie-des-Côtes, c'était Dieudonné.

En l'année 1928, il avait cru voir un instant pâlir son étoile. Cet homme qui avait mis six ans à monter puis étendre son organisation sur les trois provinces maritimes, et même à gruger petit à petit sur le Québec, voyait un beau matin le gouvernement canadien qui s'en venait, tranquillement et sans prévenir, annoncer la fin de la Prohibition. Comme ça, sans consultation ni sondage populaire, de son propre chef, un gouvernement abolissait une loi qui avait plus fait pour l'économie du pays que tous les programmes de relance d'emplois ou d'aide aux déshérités sociaux réunis. Et cela, à la veille même de la plus grande crise économique mondiale. Dieudonné en bavait.

L'abrogation de la loi de la prohibition des alcools, c'était la mort de la contrebande, la disparition des bootleggers. Et l'un après l'autre, en effet, les petits contrebandiers rangèrent leurs cruches et fermèrent boutique. Les comptoirs de l'État avaient remplacé sur la place publique le marché clandestin dans les granges, les caves et les hangars à poisson.

Les petits contrebandiers manquaient d'audace et d'imagination, se remémora le vieux Clovis. Ils auraient dû connaître mieux la nature de leurs congénères, et se rappeler le goût des pommes volées. Dieudonné, lui, s'en souvint, et comprit que les comptoirs publics, ouverts en plein jour, jamais ne sauraient rivaliser avec le commerce de nuit dans les granges, entre deux bottes de foin.

Un jour, il conçut sa grande idée: les États. La Prohibition, terminée en terre canadienne, se poursuivrait aux États-Unis. Et la frontière entre les deux pays, alors comme aujourd'hui, s'étirait en un trait sans fin de l'Atlantique au Pacifique. Des centaines de passages douaniers reliaient le Canada à son seul et unique voisin, plus des milliers de routes clandestines: sentiers de forêt, portages, lacs, rivières, chemins de traverse, champs ouverts, voies ferrées, prairies, cols de montagnes, et la mer.

La mer! quelle prodigieuse liaison!

... Et le vieux Clovis s'en lèche les babines.

À partir de 1928, la mer se couvrit de coques et de voiles, ou résonna sous le vrombissement des moteurs Chrysler et Bessamer. Des navires longs de cent vingt pieds pouvaient porter des cargaisons de quarante-huit tonnes. Jusqu'à douze cents caisses de bouteilles au fond d'une seule cale et livrées dans l'un ou l'autre des ports francs d'Amérique; ou échangées le plus souvent en haute mer contre argent sonnant. Au prix de risques énormes: risque de tempête, de saisie au port ou à l'intérieur des eaux territoriales; risque de combats aussi entre les cutters de la Couronne et les Scottish Fisherman des bootleggers.

Le vieux Clovis et ses pareils regardaient cette drôle de guerre et s'en amusaient, neutres comme le fut toujours le peuple devant le combat des princes. On se contentait d'applaudir celui des deux qui se montrait le plus adroit, rapide ou rusé. Clovis, en les énumérant, rit tout bas au souvenir des noms barbares dont les contrebandiers affublaient leurs bateaux dans le seul but de dérouter les douaniers qui ne parvenaient pas à distinguer le *Tatamagouche* du *Mistouche* du *Malagache* du *Madagouiac* du *Kouchibougouac*! Et c'est l'innocente *Fanny May* qui se faisait arrêter plus souvent qu'à son tour.

Cette course en mer durait depuis deux ans quand Dieudonné tenta et réussit sa première percée par voie de terre. Sa province était un caprice des dieux, toute taillée pour servir les contrebandiers d'alcool en temps de prohibition. Un losange quelque peu échevelé, avec le Maine dans le dos et la Gaspésie québécoise sur les épaules, bottant du pied droit la Nouvelle-Écosse et du gauche le Cap-Breton, et tout le reste ouvert aux vents de l'océan Atlantique. Un nid destiné aux aventuriers. Et les aventuriers en firent leur profit.

L'un de ceux-là, un dénommé Polyte Lévesque, régnait sur un territoire aussi vaste que le royaume de Dieudonné, et avait habitué les trois ou quatre comtés du nord à s'attendre à tout: s'attendre à voir se poser au milieu de leurs champs de patates des petits avions venus de nulle part et repartant aussitôt vers une destination inconnue; à voir défiler la nuit, toutes lumières éteintes, cinq ou six camions parfaitement silencieux; à voir passer sur le chemin du roi plus de corbillards et d'ambulances que la région ne comptait de morts ou de mourants.

— Un jour, raconte le père Clovis, on rapporte que le Polyte du nord offrit au curé de sa paroisse toute une charge de briques pour achever de construire son église. Un plein char de train que le prêtre s'a empressé d'aller qu'ri' à la station. Hé! hé!... un plein char tout muré de briques, mais rempli de bouteilles de rhum que le beau Polyte avait transportées dans sa grange durant la nuit. Hi! hi! hi! hi!... L'église de Saint-Quelque-Chose-du-Madawaska serait point encore achevée à l'heure qu'il est, qu'on me dit.

Et au souvenir de cette anecdote, le vieux Clovis pleure de plaisir et d'émotion.

Mais le grand coup de Polyte, celui qui gagna l'admiration même de Dieudonné et le convainquit de négocier, fut la procession épiscopale. Ça se passait en période de tournée de confirmation. Le pasteur du lieu, comme tous les évêques du monde, faisait tous les quatre ans sa ronde des paroisses pour poser trois gouttes de saint chrême sur le front des baptisés qui avaient franchi l'âge de raison. C'était l'occasion pour les paroisses de partir en procession accueillir leur pasteur, splendide dans sa *magna capa* dorée et sous sa mitre pointant comme un clocher dans le ciel. Et l'évêque bénissait ses ouailles de sa crosse en or scintillante de joaillerie.

Au printemps 1929, le bruit courut que l'évêque repartait en tournée... un an trop tôt... mais qu'importe puisqu'il s'en allait cette fois confirmer les petits baptisés américains de l'autre côté de la frontière. Et le peuple des chrétiens, avide de processions et de dorures brillant au soleil, se groupa aux lignes douanières pour recevoir en grande pompe la bénédiction épiscopale... bénédiction marmonnée en latin de cuisine et pleuvant de la main non pas de l'évêque Polyte mais de Polyte Lévesque qui, dans une Cadillac aux armes de l'évêché, franchit les lignes américaines entre quatre douaniers irlandais agenouillés dans la poussière.

— Apparence que cet évêque-là transportait avec lui son propre vin de messe, ajoute le vieux Clovis qui a peine à reprendre son souffle.

Puis clignant de l'œil du côté de Ti-Louis le Siffleux:

— M'est avis que monseigneur Polyte est en train d'enseigner quelques-uns de ses tours à notre Dieudonné. J'ai comme une idée qu'il nous faudrait nous rendre sans tarzer au bout du chemin des Amoureux.

À la brunante, notre couple de Don Quichotte dut se frayer un chemin à coups de coude et d'épaule pour atteindre le chêne du chemin des Amoureux. Sainte-Marie-des-Côtes était en état d'ébullition et

112

d'euphorie. La grande question circulait de bouche en bouche: reviendrait-il ou ne reviendrait-il pas?

On consulta le père Clovis qui s'y connaissait mieux que personne en fantômes. N'était-ce pas lui qui avait, la veille, déconseillé aux morts mauvais vivants d'apparaître le jour de la Toussaint? Et le mort avait obéi.

— Dans ce cas-là, que risque un solitaire sous son arbre, c'est point le vieux Crache à Pic; parce que v'là un sorcier qui a jamais obéi à personne.

Le père Clovis profite de l'attention qu'on lui porte pour instruire les ignorants sur les vrais rapports entre les vivants et les morts.

... Le royaume des morts, voyez-vous, se tient de l'autre côté de l'horizon, derrière une palissade transparente et invisible. D'un bord, le monde des vivants avec ses crêpes rancies, ses toiles d'araignée, ses messes du dimanche, ses chicanes de voisins, ses marées hautes, ses Marie-Pet, ses lunes embrumées qui annoncent le mauvais temps: ce qui s'appelle la vie; de l'autre, gardé par un grand drap bleu attaché aux quatre points cardinaux, l'Au-delà, qu'on appelle aussi le royaume des morts. Mais il arrive que le drap se déchire ou se fendille comme du bois trop sec. Ç'arrive par exemple au passage d'une comète, ou à la veille d'une guerre ou d'un tremblement de terre. Ces jours-là, les morts les plus hardis et les plus fouineurs montrent le nez par les fentes et on voit ce qu'on a vu.

La foule s'amuse et tape le conteur dans le dos.

— Encore, Clovis, encore!

À force d'écouter les histoires de morts et de fantômes, on en vient à oublier le plus célèbre de tous, le revenant qui a drainé tout le pays ce soir-là au bout du chemin des Amoureux. Mais le revenant, lui, n'a pas oublié. Il est au rendez-vous.

— Maman… !

Un enfant a crié et a reçu en même temps une gifle de sa mère. Deux gestes simultanés, on ne saura jamais lequel a précédé l'autre. La mère et le fils ont eu la même vision en même temps. Elle a frappé de peur et de surprise, tout comme il a crié. Deux réflexes. On était pourtant fin prêts, on s'attendait à tout, à tout instant. Mais qui peut se dire prêt à recevoir en plein dans les yeux, la nuit, un fantôme gigotant sur l'axe de son tronc, un revenant si agressif et vivant?

Une voix sèche réussit à crier:

— Faites-lui du chemin!

Alors…

… Solennel, majestueux, empesé, les jointures fraîchement huilées et les os astiqués à blanc, il sort de son arbre et se déroule à travers le chemin du roi avec la grâce d'un patineur artistique. La foule retient son souffle, muette d'admiration. Ce qu'une âme est légère délestée de son corps! Il tourne, se retourne, disparaissant chaque fois qu'il va montrer le dos, comme un défunt pudique et discret qui répugne à révéler son envers. Puis il réapparaît de face. Toujours aussi grinçant et mystérieux. Il est si magnifique dans son horreur que les visionnaires en oublient presque leur vision et lui tendent des bras hospitaliers. On est tout près de lui crier: Faites comme chez vous! à la mode du pays. Et lui-même semble sur le point de répondre, de rejoindre les vivants qui, le voyant approcher, s'affolent et se marchent à reculons sur les pieds.

Puis soudain, le mystère redouble de mystérieux, l'apparition se multiplie. Il n'est plus seul. Que se passe-t-il? Ils sont deux, deux revenants, l'un aux trousses de l'autre. Un nouveau, tout gringalet et mal poudré, les os désarticulés. Quelle disloque!... Et le voilà tout à coup qui s'en prend au premier, le poursuit, le cogne... non, on dirait plutôt qu'il cherche à l'étreindre... c'est peut-être Crache à Pic le fils, le disparu en mer... sûrement lui! Il veut rattraper son père qui résiste, se défend, se sauve... Et c'est le désordre, la débandade des revenants! L'un cherche à danser, se donner en spectacle, l'autre à s'esquiver. Le fils et le père auraient-ils un compte à régler entre eux... de ces comptes qu'on ne règle pas dans cette vie?

C'est le fils qui gagne, chassant le vieux hors du chemin du roi, et restant seul maître des lieux. Fanfaron, grimaçant, nerveux, pivotant sur sa colonne vertébrale, il n'hésite pas, celui-là, à tourner le dos au monde. Le dos et le cul. Et le peuple réuni au bout du chemin des Amoureux applaudit son triomphe. Comme une marionnette, il danse, et gesticule, et tente de saluer... houp! quelque chose se brise à hauteur de son cou et sa tête penche, oscille, se redresse brusquement, puis lui tombe dans les mains.

Plus rien. Il a disparu à son tour. Le combat des revenants est terminé.

Et les gens de Sainte-Marie-des-Côtes et de son arrière-pays, de Cocagne, Grand-Digue, Pré-d'en-Haut et du Village-des-Trois-Maisons, interdits, jettent les uns sur les autres de grands yeux hagards. Ils reviennent d'un songe, mais tous ensemble. Et petit à petit, le songe éclate comme une bulle. À la jointure du chemin des Amoureux et du chemin du roi, il ne reste plus qu'eux, les pêcheurs, bûcherons, braconniers, planteurs de choux et de betteraves, les femmes et les enfants, les coureurs de Hallowe'en et de veillées des morts, les gueulards, bagouleux, chercheurs d'aventures et crocheteurs de cordes à virer le vent.

Et Clovis, le premier, éclate de rire.

Puis le rire se propage de Pré-d'en-Haut à Grand-Digue, à Cocagne, à tout Sainte-Marie-des-Côtes qui ondule comme une mer en un lendemain de tempête.

On connaissait l'art au pays de rattacher les effets à leurs causes et de rendre à César ce qui revenait à César, souvent au détriment de Dieu lui-même. On savait par exemple la date exacte du retour de la jeune Crache à Pic de son voyage de par le monde; et on reconnaissait qu'à partir de ce jour, les côtes avaient vécu leurs meilleurs moments depuis le début des années difficiles.

Clovis vous dirait que ces années-là remontaient à…

Donc rendez à la fille des Crache à Pic ce qui revient aux Crache à Pic: le vin du président dans les barils du pré aux vaches; la chasse au trésor par bois et par dunes; les chiquenaudes et grimaces sous le nez même des bootleggers; et enfin un combat de revenants en plein air, offert gratuitement aux pauvres de la crise qui n'auraient même pas eu de quoi se payer un combat de coqs. Encore un coup, c'est Dieudonné qui inventait des tours pour berner la loi, et c'est Crache à Pic qui convertissait les inventions de Dieudonné en joyeuse mascarade.

Black Willy voulait la tuer.

Pas trop vite, Black Willy, pas encore. Dieudonné avait la vue plus longue que ses hommes. Il comprit en apprenant les détails de l'aventure que faute d'agiter une marionnette au bout d'une corde, on pourrait actionner le marionnettiste. Il était évident que Crache à Pic avait pris goût au théâtre en cette nuit de la fête des Morts. Crache à Pic et tout le peuple des badauds qui ne demandaient rien de mieux que de s'en venir applaudir à toutes les distractions qui lui feraient oublier sa faim. Et bien qu'à sa deuxième apparition on eût percé le mystère du revenant, on n'en demeurait pas moins abasourdi sous le plus grand choc artistique qui fut offert gratuitement à tout un peuple au plein cœur de la crise. Un spectacle complet, féerie en plein air, avec prologue, mystère, bouffonnerie, nœud, pantomime, rebondissements, et joyeux dénouement. Le tout contre un fond de bouleaux et de trembles dégarnis, au pied d'un chêne énorme qui semblait planté là tout exprès pour recevoir cette farce à deux personnages. Il ne manquait à cette diablerie que le dialogue...

— Black Willy, tu retournes au chemin des Amoureux. Rafistole ton revenant.

— Hey, hey!...

— Et c'te fois-citte, tu le fais parler.

... Parler en plus? Mais il n'a donc pas compris, son maître, que plus personne ne croit aux revenants? que le tour est à l'eau? que faudra se débrouiller autrement pour attirer la foule et les officiers hors de leurs pattes si on veut...

— Quoi?...

Black Willy vient de comprendre. L'enjeu n'est plus le revenant, mais la distraction. Et pour ça, deux revenants valent mieux qu'un. Faire durer la fête le plus longtemps possible: le temps de décharger quatre goélettes ancrées sur la ligne d'horizon et d'écouler leur contenu par les chemins de traverse qui relient les côtes à la grande route du nord. Le nord de Polyte Lévesque.

— En deux nuits, on en a déjà vidé une. Ravigote ton squelette, Black Willy.

Le plus surpris fut encore lui. Cette fois il avait pourtant tout prévu: Crache à Pic reviendrait, bien sûr, chargée d'un, peut-être de deux revenants, revenants de plus en plus sophistiqués, mais qu'importe! Le bootlegger lui céderait le meilleur rôle, la dernière réplique, le coup de théâtre. Pourvu que le spectacle se prolonge jusqu'au petit matin et garde tout le pays au bout du chemin des Amoureux... tandis que trois milles plus au nord, au bout du chemin des Pottes, des camions en file débouchaient sur le chemin du roi.

Il avait tout prévu, Black Willy, sauf ce qui se produisit vers minuit.

La scène se déroulait pourtant très bien. Les revenants étaient apparus à tour de rôle, puis ensemble, s'asticotant l'un l'autre, se provoquant, s'engueulant dans les formes au grand amusement des spectateurs. Puis soudain, sans prévenir, le plus jeune des deux, celui qu'on avait convenu d'appeler Crache à Pic fils, quitta les lieux et surgit quelques minutes plus tard un peu plus au nord. Crache à Pic père n'eut d'autre choix que de le suivre. De même que la foule.

Ce n'est qu'au troisième ou quatrième déménagement que Black Willy comprit: les revenants menaient tranquillement le peuple des côtes, encadré de tous les représentants de la loi, au bout du chemin des Pottes.

Le vieux Clovis n'a jamais voulu avouer à mon père, qui l'en a pourtant soupçonné, d'avoir été à l'origine du nouveau stratagème de Crache à Pic. Il s'est contenté de répondre que la Crache à Pic avait réussi à prouver, dès sa première année sur les côtes, qu'elle avait un plus grand génie que ceux de tous les contrebandiers réunis et que le Dieudonné en personne aurait eu intérêt à mieux fourbir le sien.

Et les camions de Dieudonné, sous les cris d'une foule en délire qui suivait un spectacle ambulant, eurent tout juste le temps de faire demi-tour et d'essayer de retouver leur chemin vers la côte, toutes lumières éteintes, à travers les ronces et les branches cassées.

Le pays eut tout le loisir cet automne-là de découvrir chaque sentier de traverse qui relie la mer à la route nationale. Car, de soir en soir, le théâtre ambulant remontait d'un cran vers le nord, surgissant à l'improviste, mine de rien, au bon endroit, au bon moment, pour faire rebrousser chemin à tout camion assez hardi pour oser montrer le nez hors de ses broussailles.

Le pire, c'est que le ciel s'était rangé du bord des contrebandiers cette année-là, leur octroyant le plus bel et le plus long été des Indiens de mémoire des côtes. Douze jours de brise de mai et de soleil de juin en plein novembre! Les outardes changeaient de direction et revenaient vers le nord; les mouches sortaient des granges; les écureuils mangeaient leur réserve de noisettes; les vaches voulaient vêler, les morues frayer, et les saumons remonter le courant des rivières. Un peu plus et les érables se remettaient à bourgeonner. Un automne qui avait fait rêver à Dieudonné et sa bande de conquérir le marché du Madawaska et renverser le grand maître Polyte lui-même.

Mais la foule qui suivait joyeusement le théâtre ambulant des marionnettes avait elle-même envahi et conquis tout le territoire qui s'étend entre Sainte-Marie-des-Côtes et le Village-des-Trois-Maisons. Il ne restait plus aux contrebandiers que des pistes de brouette à travers champs pour achever de vider trois goélettes chargées du meilleur rhum des Antilles.

Quand la première bordée de neige, à la mi-novembre, balaya d'un coup de nordet l'été des Indiens, elle enveloppa en une nuit les os transis des squelettes et renvoya la foule des spectateurs à leurs contes d'hiver au coin du feu. Les goélettes étrangères, venues vendre des lattes et des planches à un pays qui n'avait même pas les moyens de se construire une niche à chien, et ancrées à trois milles des côtes depuis des semaines, eurent juste le temps de faire voile vers le large, aussi lourdes au départ qu'à l'arrivée.

Encore un coup, Crache à Pic avait jeté sa bande de Galoches au travers des plans de la bande à Dieudonné.

La garce!

Célestine, avant d'épouser son gars du nord, était veuve du fils unique de Cyprien Doucet et avait ainsi hérité de son beau-père une maison, plus un corps de logis, deux cabanes à bois et une demi-grange, l'autre moitié ayant disparu dans un cyclone venu de la mer, le seul depuis l'ouragan du sorcier Crache à Pic à ravager le pays, et qui se spécialisait celui-là, non pas dans les clochers d'église, mais dans les granges à foin. Or Cyprien, en cette année du cyclone, avait rangé par hasard ses fléaux, herse et charrue à l'ouest, et empilé son foin du côté de la mer. Aussi avait-il perdu son foin, mais sauvé sa charrue et ses outils. Il mourut la même année, laissant pour seule consigne à sa bru en veuvage:

— La sorcière de vent se nourrit de foin salé. Gardes-en tes bâtiments.

Et Célestine le lendemain avait vendu douze acres de bonne terre à foin. Vendu à Dieudonné qui acquérait des champs, en ces années-là, comme le père Clovis des lacets de bottine.

— Heh! que ricana le vieux. Si je pouvais chausser autant de paires de bottes que le grand Dieudonné peut labourer d'acres de terre, je prendrais point la peine de faire ressemeler mes chaussures.

Dieudonné, au dire du vieux Clovis, aurait pu, si les neiges ne l'en eussent empêché, labourer et planter sur ses terres à l'année ronde sans jamais repasser dans le même sillon. Ses clôtures sortaient de la mer, longeaient le cimetière, contournaient les terres du couvent, zigzaguaient tout autour des anciennes fermes des pionniers de la paroisse, les encerclant, les resserrant, les étranglant à leur faire crier grâce. Et les pauvres petites terres ancestrales qui ne s'accrochaient plus qu'à la ramenelle et aux chardons finissaient par céder et tomber sous les charrues de Dieudonné.

Et avec les champs tombaient aussi, tombaient surtout les granges et les bâtiments. Mais c'est le reste précisément que convoitait le contrebandier. Depuis cinq ans. Des cabanes encore bonnes, des hangars, une grange proprement coupée en deux: un pâté de logis idéal pour y creuser des caches et enterrer des cruches. Et il voulut tordre le bras à Célestine:

... Fais ton prix, qu'il lui avait dit quelques semaines avant la Toussaint. Mais Célestine songeait à ses enfants. À son homme du nord, surtout, qui avait réussi, en moins de cinq ans, à boire le prix de ses douze acres de bonne terre et à lui faire trois enfants de plus. Célestine calcula qu'elle ne devait pas laisser partir de même ses cabanes et sa moitié de grange, et répondit non une fois de plus à Dieudonné.

Un refus à cet ogre enragé, en ces années de *boom* du bootlegging, était aussi hasardeux qu'une course à cheval sur la baie à la fonte des glaces. Mais Clovis vous dirait que les gens des côtes, à force de vivre entre une bourrasque et une tourmente de vent, avaient appris à plier l'échine sans se courber et que...

— ... chaque année, à la fonte des glaces, on voit trotter des attelages sur la baie.

Après cela, Célestine pouvait bien dire non à Dieudonné. Et tout le village applaudit. Tous les nécessiteux qui avaient laissé partir leurs terres héréditaires pour une bouchée de pain applaudissaient au courage et à la ténacité de Célestine.

Sauf son homme.

— Grande toquée, qu'il disait. Il t'offre même de te laisser faire ton prix. Pour trois cabanes et la moitié d'une grange, t'es capable d'y arracher de quoi nourrir tes enfants durant des années.

Célestine regardait son homme de travers et ne répondait pas.

— Il doit y tenir pas pour rire, le bootlegger, à nos bâtiments. À ta place...

À la place de Célestine, tout le pays eût cédé depuis longtemps, y compris les indigents qui l'encourageaient à résister, pour les laver tous du déshonneur. Qu'un seul tienne tête à Dieudonné, et toutes les côtes dressent le front.

— Et quoi c'est qu'il a besoin d'un tet de plus, avec tous les bâtiments qu'il a déjà au creux de sa main?

Question superflue, tout le monde connaissait la réponse. Le jour où Dieudonné serait maître de tous les relais entre la mer et le chemin du roi, plus aucun représentant de la loi ne parviendrait à le déjouer. Et entre les pattes mêmes des officiers, il s'amuserait à faire rouler ses barils et ses cruches d'un hangar à un autre, sans qu'un seul nez officiel n'ait le temps de les renifler.

Certains osèrent même insinuer qu'un souterrain secret reliait les grottes naturelles du cap à l'un des bâtiments appartenant à Dieudonné. Médard prétendait que le tunnel passait sous sa propre terre; Melchior, qu'il aboutissait à la grange des Babineau.

Pourquoi alors les bâtiments de Célestine? Pourquoi Dieudonné y tenait-il tant? Ça ne serait pas à cause de feu son beau-père Cyprien, vieux chercheur de trésors, qui avait, apparence, creusé de son vivant tant de trous dans ses champs qu'il ne restait plus à Dieudonné qu'à les relier par des galeries souterraines?

On causait, glosait, enfilait les hypothèses comme des grains de chapelet. Pendant que Célestine continuait de résister. Combien de temps durerait ce duel? Dieudonné finirait bien par se fâcher et tordre le cou à cette Madeleine de Verchères.

— Quand il en aura eu assez d'y tordre le bras, je crains que…

Mais le chef contrebandier trouva une solution plus honorable et moins risquée: l'intimidation.

Il envoya un jour l'effronté de petit Philias porter en main propre au mari de Célestine un papier effiloché et jauni, un ancien contrat déniché dans un coffre du grenier qui renfermait des livres de comptes vieux de dix ans.

— Quoi c'est que ça? s'inquiéta le gars du nord.

— C'est pour la Célestine, crâna le messager. Dieudonné lui fait mander qu'elle a point réglé ce compte-là. Et qu'il veut se faire payer dans les huit jours. Avec les intérêts.

L'homme de la Célestine pâlit. Vendre, oui, il était prêt à vendre jusqu'à sa chemise. Mais payer… payer de vieux comptes qui traînaient depuis le temps du défunt Cyprien? Et il empoigna le petit Philias au collet:

— Mon enfant de chienne! qu'il vociféra à la face du pauvre commissionnaire qui se débattait et criait à son assaillant de le lâcher, qu'il n'y était pour rien, que Dieudonné le vengerait…

Le nom «Dieudonné» eut raison de la rage du gars du nord qui n'avait pas renoncé à vendre les biens de sa femme.

— Quoi c'est qu'il veut, ton boss? combien qu'il demande?

— Lis.

Et le gars du nord lut.

— Sacordjé!

Puis il se radoucit. Il devait y avoir moyen de négocier. Ce document leur coupait la gorge, proprement. Il fallait bien aussi au beau farceur de Cyprien leur laisser sur son lit de mort un pareil cadeau! Un compte en souffrance au bout de dix ans.

— Et comment ça se fait que le Dieudonné l'a trouvé rien qu'aujourd'hui, ce damné papier?

Le petit Philias flaira l'embarras chez son adversaire et se rengorgea.

— Il fait son grand ménage du printemps une fois par an.

— Et c'te année, son printemps timbe comme de raison au mois de novembre?

Le petit Philias choisit de rire pour se détendre les nerfs.

— Hé, hé… il l'a trouvé comme ça… dans un coffre du grenier, qu'il a dit.

— Au fond d'un coffre du grenier, tu dis?

Et le petit Philias sentit que Dieudonné venait de se gagner un allié.

— En plein ça, qu'il fit.

… En plein ça! s'exclama la Célestine en prenant connaissance du papier qui arrachait le pain de la bouche à ses enfants. Et le même soir, le contrat vieux d'une décennie qui étalait en toutes lettres la dette de Cyprien Doucet à Dieudonné, passait des mains de Célestine, à sa cousine Céleste, à sa filleule et protégée, Crache à Pic.

— En plein ça? que cingle à son tour la fille des Crache à Pic. C'est ce qu'on va voir.

Elle examina, palpa et huma le parchemin.

— De la marde, qu'elle conclut. Déchire ça, Célestine, et jette-le au feu: c'est point un vrai.

Point vrai?

Les cousines restent interloquées.

— Du papier jauni à la flambe d'un fanal, que je vous dis, pis effiloché à l'allumelle d'un rasoir.

Céleste et Célestine en calouettent des deux yeux.

— T'es sûre?

Crache à Pic pince les lèvres et fronce les sourcils.

— Mais il est point fou, le salaud; s'il t'a laissé en main ce papier-là, Célestine, c'est qu'il en a fabriqué deux pareils et garde l'autre bien au chaud dans sa poche de fesse.

Célestine laisse finalement tomber ses bras le long de ses hanches. Elle avait juré de tenir tête au grand Dieudonné, pour l'avenir de ses enfants, pour la mémoire de son beau-père et de son premier mari, pour l'honneur aussi, et la dignité. Mais là, elle était à bout. Une femme entourée d'orphelins — autant les appeler tous orphelins car son second mari, même vivant, avait déjà réduit ses propres rejetons à l'orphelinage — , n'avait pas les ressources de traîner devant les juges l'homme le plus riche et le plus puissant des côtes.

Crache à Pic sourit... de son splendide sourire des instants d'inspiration.

— Tu penses que le Dieudonné a le goût, même pour ta grange, de passer devant les juges, lui?

127

— Mais lui, il aura point besoin de la cour pour me prendre mon bien. Avec un papier comme ça, il envoie à ma porte le premier shérif venu, et j'ai rien à dire.

Crache à Pic ferme les poings.

— C'est ce qu'on va voir si t'as rien à dire. Laisse-moi ton papier.

Céleste, qui n'a encore rien dit, regarde du côté du pommier où l'on avait enterré jadis le premier du nom des Crache à Pic.

— Oeil pour œil, dent pour dent, qu'elle fait.

Et c'est ainsi que deux jours plus tard, Dieudonné recevait en personne des mains de Jimmy la Puce un papier aussi proprement jauni et effiloché que le document qu'il avait fait parvenir à la Célestine. Ce deuxième contrat, calqué mot pour mot sur le premier, réclamait au sieur Dieudonné de régler aux héritiers de feu Crache à Pic une dette vieille de trente ans et qui se chiffrait, avec les intérêts, au montant exact de la dette du défunt Cyprien.

Dieudonné relut le document trois fois. Puis il le palpa, le huma et laissa échapper de ses lèvres un sifflement admiratif. La Crache à Pic le doublait. Deux fois faussaire. Elle copiait son idée, son encre, ses procédés, ses trucages, elle copiait le copiste, la garce! Et avec quel cran! Et pour la première fois, le grand bootlegger comprit que la jeune louve n'inventait rien, ne prenait jamais les devants; mais que depuis le début de son entrée en scène, elle n'avait fait que mettre ses pas dans les siens. Et tout bas il se dit:

— Jamais personne encore m'a si bien renvoyé mon propre crachat en pleine face.

Et machinalement, il s'essuya le visage d'un revers de main.

Un drôle de petit fripon, ce Jimmy la Puce. C'est la première fois que Dieudonné le tient au bout de sa ligne et... il l'examine de haut en bas, puis remonte tranquillement la filière. Depuis des mois, quelqu'un fouine dans ses affaires les plus secrètes. Le mot de passe Charlemagne, la réserve du président, les caches, le revenant... Ce Jimmy la Puce est bien le fils de Céleste; et cette Céleste, son nom le dit, cousine par les femmes de Célestine, la butée de bru du défunt Cyprien. Mais là s'arrête la chaîne. Pourtant quelqu'un a fouillé sa grange et son logis. Témoin, ce document: même papier, même encre, même moule d'écriture... Dans un pareil pays, où chacun est gendre et beau-frère de chacun et petit-cousin de tous, comment se garder à l'abri de la parenté?

Soudain, Dieudonné se fige.

— Grand Dieu! qu'il fait entre les dents, fallait y penser!

Et tournant le cou du côté de la cuisine:

— Zéphirine!

Lentement Zéphirine sort la tête du four, s'essuie les mains sur son tablier et traîne ses savates de feutre jusqu'à son maître et patron.

Jimmy la Puce se balance d'une jambe à l'autre et cherche une fenêtre, un battant de porte, une issue.

— Zéphirine, répète Dieudonné, tu connais bien la Célestine à Charlitte Grelot. Défriche-moi donc son degré de parenté avec les Damien de l'Anse-aux-Outardes.

Zéphirine, qui a le souffle rendu dans les pantoufles, prend du temps à répondre; mais elle finit par réciter comme une leçon apprise trop vite et qu'on craint d'oublier avant le dernier mot:

— Les Damien à Jude de l'Anse-aux-Outardes sont par la branche du grand-père maternel parents au troisième degré du vieux Charles dit Charlitte LeBlanc venu s'établir au début du siècle dernier au bout de la pointe à Jacquot. Je le tiens de ma mère qui le tenait de la sienne qui fut comme on dit l'une des pionnières de la même pointe nommée du nom de son homme.

Dieudonné calouette, renâcle deux ou trois mots incompréhensibles et congédie sa servante qui, en s'éloignant, fustige Jimmy la Puce d'un œil qui dit: Prends ben garde de rire, petit vaurien!

Et le même soir, les cousines et les Galoches fêtèrent leur victoire dans une joyeuse corvée pour haler en terre *La Vache marine* avant l'arrivée des glaces.

Quand Célestine rentra à la maison, son homme l'attendait assis sur la boîte à bois. Il avait vidé un seize onces de rhum et sifflait entre ses dents. Les fils aînés de sa femme avaient enfermé les petits dans une chambre et se tenaient collés à la porte, sans dire un mot. Célestine vit l'ivrogne s'emparer du tisonnier et s'approcher d'elle. Et elle comprit. Il ne l'avait encore jamais battue, et elle se demanda comment elle allait réagir. Elle réussit à esquiver le premier coup, mais reçut le deuxième sur la hanche. Les fils s'arrachèrent à leur chambranle au cri de leur mère et se jetèrent poings levés sur leur beau-père. Au même instant, Ti-Louis le Siffleux poussait la porte.

Il était frêle et petit, le neveu, mais agile comme un écureuil. Et d'un croc du genou il fit trébucher le saoulard. Il parvint aussitôt à le maîtriser et à lui arracher son tisonnier; et après avoir vu disparaître dans le grenier sa tante et les enfants, il renvoya son oncle au creux de sa paillasse à coups de pied dans l'échine.

— Qu'il ronfle au moins jusqu'au matin, l'enfant de chienne!

Et il lança le tisonnier au fond de la boîte à bois.

L'explication entre mari et femme n'eut lieu que le lendemain. Célestine avait aimé cet homme aux yeux de chien misérable et avait cru trouver en lui un père pour ses enfants. Entre les années 20 et 30, toute veuve avec des orphelins aspirait à un foyer normal, avec son chef de famille pour couper le bois, réparer les toitures des bâtiments, partir en mer ou dans la forêt, et enseigner à des fils leur métier d'homme. Et Célestine avait accueilli son gars du nord comme un sauveur.

— C'est la faute aux bootleggers, que devait dire plus tard le père Clovis à Ti-Louis le Siffleux. C'est ces chenapans-là qui l'ont entraîné à boire. La boisson, c'est point fait pour un homme qu'a les yeux tristes; c'est fait pour c'ti-là qu'a le cœur solide et l'âme joyeuse. Comme toi pis moi.

Il n'était pas méchant, son homme, et Célestine aurait bien voulu lui pardonner. Elle était prête à oublier l'incident, ne lui demandait même pas des promesses de tempérance... on n'enlève pas son os à un chien. Mais elle ne vendrait pas ses biens au Dieudonné. L'affaire était close.

Close pour Célestine, son mari, les enfants. Restait le neveu. Un neveu trop sensible pour ne pas sentir l'aversion qu'il inspirait à son oncle. Aversion réciproque et troublante, et qui poussa Ti-Louis à se croire la cause secrète de la mésentente conjugale. Et aux premier mots de l'ivrogne sur les temps trop durs pour permettre à une famille pauvre de nourrir une bouche de plus, l'orphelin des États enfouit son harmonica dans sa poche de veste, décrocha du clou son sac de jute et le déposa au pied de sa paillase.

Le lendemain matin, Célestine trouva sur la table de la cuisine une page déchirée du calendrier où était griffonné, à travers les derniers chiffres de novembre:

> Traquasse-toi pas pour moi.
> Je me débrouillarderez
>
> Ti-Louis

— Tobie?...

...

Crache à Pic fouille la grange, le hangar aux agrès de pêche, la goélette en cale sèche. Puis elle revient au logis et grimpe l'échelle du grenier. Elle prend enfin le chemin de terre battue qui relie sa cour à celle de Céleste. Et les feux femmes s'amènent ensemble chez les bessons, deuxièmes voisins.

Aux alentours de midi, le père Clovis s'est joint au groupe des Galoches, alertant ses trois compères les braconniers qui s'arment de fouènes, hachettes et harpons... on ne sait jamais. Vers cinq heures, Médard la Grand-Langue a déjà prévenu Jeannette, qui prévient Marie-Pet, qui frappe à coups redoublés à la porte du presbytère. Le curé aussitôt envoie sa servante avertir Martial le connétable, tandis que lui-même coiffe sa barrette et prend le chemin de Cap-Lumière.

... Il a entendu crier son nom: To-bie! Tobie... ça l'a saisi. Puis amusé. Son nom... la seule chose vraiment à lui, son bien propre... Il n'a jamais fait de mal à personne... ce n'est pas sa faute. Rien n'est sa faute de tout ce qui arrive. Il se brûle avec sa soupe de temps à autre; elle est toujours trop chaude, c'est pas sa faute. Un jour il a eu peur d'un chien, le chien à Xavier la Bosse, qui avait une bosse aussi, comme Xavier. Il avait cru que le chien voulait le mordre, mais sa mère l'avait rassuré.

— Il veut jouer, qu'elle avait dit.

Et elle avait lancé une balle au chien qui l'avait aussitôt ramenée en sautant de joie. Depuis, il n'a plus jamais eu peur des chiens. Ni des animaux de l'étable qu'il faisait manger dans sa main. Ou qu'il allait caresser le matin de bonne heure dans la grange des bessons, du temps que les bessons cultivaient leurs champs. Mais Adal-Gobert avaient vendu l'une après l'autre leurs bêtes à cornes et laissé crever la jument, trop vieille, qu'ils avaient dit, pour labourer. Et puis il y avait la mer; et les bessons devaient partir chaque matin au large pour la morue ou le maquereau. Ça fait que Tobie avait pris l'habitude de frotter sa paume contre les madriers de soutien dans l'étable vide, et il parlait avec les poutres le langage des bêtes... Il avait tenté un jour d'approcher les poules, mais elles s'étaient effarouchées, sans comprendre ce qu'il leur voulait. Elles étaient toutes parties en peur, dans un caquetage étourdissant, comme si Tobie avait voulu les tuer. Ça l'avait cha-griné et depuis il n'était plus retourné au poulailler. Il allait parfois sur la côte, de bonne heure, pour parler aux goélands. Les goélands qu'il préférait c'était les hérons, mais les hérons ne se laissent pas approcher; ils ont peur qu'on leur casse les pattes, fines comme des aiguilles à tricoter. Restait la forêt. Mais c'était défendu. Sa mère, puis Céleste, puis Crache à Pic avaient tour à tour défendu la forêt à Tobie.

— Il fait noir dans le bois, qu'avait dit Céleste. Faut point s'y risquer.

Et Tobie ne s'y risquait pas. La noirceur l'avait toujours effrayé. Chaque soir, il fermait les yeux avant de souffler la lampe pour ne pas voir la nuit vide. Il n'approchait pas de la forêt. Mais ce matin, il a vu le soleil allumer les pommiers dans la cour, et tous les arbres sont devenus blancs de la tête aux racines. La neige était tombée en ouate effilochée durant la nuit et avait passé le pays à la chaux. Tobie avait tourné la tête de tous côtés, de la cour d'en arrière à la mer gelée, à la forêt. Et le plus blanc de toute la vie qui encerclait sa maison, c'étaient les bois. Il n'avait pas prévenu Crache à Pic, ça n'était pas la peine, elle dormait. La forêt était blanche comme un drap, pas de danger... Au début, il s'amusait à compter les pistes de ses bottes derrière lui, mais finit par les perdre à mesure que la neige se remit à tomber... Les bois ne ressemblent pas du tout à la forêt noire qu'il avait imaginée. Il y pénètre doucement, presque sur le bout des pieds comme dans la grande allée de l'église tout allumée de candélabres qui pendent comme des glaçons. Les bouleaux joignent leurs branches, au-dessus de sa tête, quasiment comme des mains en prière. Tout blancs. De temps en temps, un écureuil file le long d'un tronc courbé, balayant la neige de sa queue. Et Tobie reçoit le flocon d'ouate sur le front. Puis deux lièvres s'arrêtent en pleine envolée, pour l'avertir... L'avertir de quoi? Il est si bien dans ce tunnel, en équilibre entre le chaud et le froid, entre le ciel et la terre, entre le rêve et la vie. Pour la première fois, Tobie se trouve chez lui, tout seul avec les bêtes, au creux de leur logis. Les lièvres repassent, cette fois sans s'arrêter. Et derrière eux, un paquet de fourrure brune qui se déroule comme un gigantesque écheveau de laine. Tobie écarquille les yeux, mais ne bouge pas. Et l'écheveau s'étire, allonge un cou, sort des pattes. Tobie, dans un premier réflexe, se rappelle le chien de Xavier la Bosse qui lui avait fait peur. Mais sa mère l'avait rassuré, le chien voulait jouer. Les animaux veulent seulement jouer. Sinon ils se sauvent, comme les hérons et les poules… La neige tombe maintenant à gros flocons. Les pattes de la boule de laine s'y enfoncent. Cette bête-là n'est pas habituée à l'hiver, que songe Tobie. Et il la regarde avec compassion et un soudain désir de l'aider. De nouveau un réflexe lui retient le bras. Ils sont maintenant l'un en face de l'autre, l'ours et lui, à se contempler.

— To-bie!… To-o-o-bie!

C'est la voix de Crache à Pic. Et celle de Céleste. L'ours lève la tête en même temps que Tobie. Ils écoutent ensemble. Puis l'innocent s'approche de l'ours, pour le protéger… N'aie pas peur… c'est ma sœur… elle veut rien que jouer… L'ours ouvre la gueule et geint… Non, la bête, n'aie pas peur… Tobie passe ses bras autour du cou fourré… l'encercle sans serrer, à peine, et se blottit contre les flancs de l'ours. On n'entend plus rien. Ils ont perdu sa trace. Tobie sera tranquille.

… Une lueur rouge a filtré entre les arbres, comme un éclair. Puis est revenue. C'est le soleil qui se couche. Avant d'aller dormir, il s'amuse à passer la tête entre les barreaux de son lit, songe Tobie. Puis Tobie ne songe plus rien.

Une longue nuit pour la fille des Crache à Pic. La plus longue depuis la disparition de son père au large. Mais cette autre nuit, c'est sa mère qui l'avait vécue dans toute son étendue. Celle-ci, elle l'assume seule, seul capitaine de sa maison, seule responsable. Elle est rentrée au printemps recueillir le dernier souffle de sa mère et prendre en charge une succession dont l'unique valeur s'appelle Tobie.

Toute la nuit, le prêtre, le connétable, les voisins, Clovis et ses compagnons se sont succédé chez les Crache à Pic de Cap-Lumière. Les hommes allaient et venaient, de la mer à la lisière du bois, en huchant leurs «Tobie!»… Mais seules Crache à Pic et Céleste n'ont pas fermé l'œil.

Et les bessons.

Un peu après minuit, Crache à Pic s'est enquise auprès de Céleste du couple Adalbert-Dagobert. Auraient-ils pris le bois? sous la neige?

…

Pas le bois, non, Crache à Pic. Les bessons ont pris le chemin des bootleggers. Jusque chez le grand Dieudonné qu'ils ont sorti du lit. Et là s'est déroulée une scène étrange, presque sans paroles. Les bessons regardaient le contrebandier dans les yeux, jusqu'à les faire bicler. Puis le contrebandier se défendait, prétendait ne pas comprendre. Mais Dagobert ne lâchait pas, secondé d'Adalbert, deux silences si lourds que le pauvre Dieudonné se débattait comme un diable dans l'eau bénite.

… Comment vouliez-vous qu'il parte, dans cette neige épaisse, en pleine nuit?

… Au matin, la neige cessera, et le soleil éclairera la forêt.

… Mais pourquoi lui? Si tous les hommes réunis de trois villages n'ont rien pu faire…

... Parce que lui, Dieudonné, en a les moyens.

... Les moyens? Mais quels moyens? Quels poids a l'argent devant la vie d'un jeune homme écarté dans les bois?

... Dieudonné cache dans une de ses granges, en haut des terres de Champdoré...

Taisez-vous!

... Non, ils ne se tairont pas, les bessons. Il y va de la vie de Tobie.

... Mais Tobie est un pauvre arriéré, qui ne saura jamais se défendre.

... Raison de plus.

Dieudonné se détourne, et s'esquive, et cherche à renvoyer les bessons à leur Cap-Lumière. Qu'ils aillent dormir! Demain il avisera.

... Demain il sera peut-être trop tard.

... Mais est-ce qu'ils se rendaient compte au moins du prix qu'ils lui demandaient de payer pour cette démarche qui ne servirait sans doute à rien? Ces bessons, qui en connaissaient si long sur les cachettes des bootleggers, se doutaient-ils de l'importance pour Dieudonné de garder ses allées et venues secrètes... et de garder secrets ses...

— Personne sait rien au pays de ma grange de Champdoré, ni de ce qu'elle renferme. Et vous voudriez que je l'ouvre au grand jour, aux yeux des shérifs et du connestable?

Les bessons ne répondent pas au bootlegger, mais restent là, à le fixer.

...

Quand Martial, le connétable, distingua derrière Tobie la forme d'un ours brun qui posait ses pattes dans les pistes du jeune innocent, il décrocha de la poutre la carabine du vieux Crache à Pic et la vérifia. Mais Céleste, dans un geste, la lui arracha des mains, d'instinct. Puis Crache à Pic fit monter tout le monde au grenier.

— Que j'entende point un souffle, qu'elle dit.

Elle sortit seule par la porte de la cour, et doucement, écrasant à peine sous ses pas la neige scintillante du matin, elle partit au-devant de son frère et de l'ours. Les présentations se firent là, au milieu du champ, non loin du pommier où trente ans plus tôt l'on avait clandestinement enterré son aïeul.

Quand les sauveteurs et veilleurs purent enfin descendre du grenier et sortir dans la cour, la première apparition qu'ils virent furent les zigzags et entourloupettes d'un petit avion qui leur tournait autour de la tête. Clovis a juré à mon père, bien des années plus tard, qu'il volait sûrement assez bas pour avoir bien repéré l'ours et Tobie, qui rentraient tranquillement, puisque lui, Clovis, avait pu reconnaître dans la carlingue le grand Dieudonné entouré des bessons Adalbert-Dagobert.

Geste inutile de Dieudonné et qui lui coûtait sa clandestinité de pilote d'avion contrebandier. Mais geste qui fit baisser la tête et relever les yeux à tout un pays d'ordinaire si ricaneur et cancanier.

— À l'avenir, conclut le père Clovis revenu à sa forge, faudra compter avec une bouche de plus à nourrir au pays. Ç'a tout l'air que le vieux revenant de Crache à Pic a décidé de revenir personnellement défendre sa descendance contre les dangers de la vie.

... Mais c'est un ours, Clovis!

— Je le sais que c'est un ours. Et puis après?...

3

Durant le mois de l'avent, Ti-Louis le Siffleux s'était dit chaque jour que l'hiver était déjà bien entamé et qu'à l'hiver ne pouvait succéder que le printemps... Respire, Ti-Louis, prends un grand souffle, tu finiras bien par attraper le mois de mars avec tes dents... Et il respirait, aspirait l'air de tous ses poumons, se figurant à chaque bouffée avaler un brin de la nourriture des oiseaux.

Quatre semaines sans paillasse ni tête de matelas, sans chemise de rechange, sans place à table, sans délacer une seule fois ses bottines. Puis il avait retrouvé sa vieille habitude de flairer les restes destinés aux poules et aux cochons. Il avait réappris à se faufiler la nuit dans les étables. Mais il n'y dormait que d'un œil. Surtout qu'on ne l'y découvre pas, le ramène chez sa tante et fasse des histoires à Célestine! Après tout, il était jeune, dégourdi, et trouverait bien à se débrouiller à travers un hiver. Un hiver, ce n'est que cinq mois, parfois six, au pire sept dans les mauvaises années, Ti-Louis.

Un soir, il dénicha une voiture de contrebandier rangée pour la saison: une Buick chromée, spacieuse et solide, aux quatre portières presque étanches. Personne alentour ne pouvait le voir. Il y dormit durant une heure ou deux. Mais vers minuit, le froid le réveilla et il comprit qu'il lui fallait marcher. Dommage, la Buick était confortable comme un vrai lit. Alors il marcha une bonne partie de la nuit pour s'empêcher de geler. Puis, vers le matin, il trouva une autre voiture dans un hangar ouvert, et s'y enfouit comme un ours dans son trou.

... Un ours. Dire que l'innocent de Tobie avait réussi à ramener un ours sauvage de la forêt! et qu'en cette saison, la bête hibernait tranquillement dans la cour des Crache à Pic. Si seulement Ti-Louis le Siffleux avait pu se faire ours pour l'hiver. Un ours, ça ne doit pas se geler les pattes, ni le museau, ni la peau du cœur... et Ti-Louis s'endormit à l'aube en rêvant que sa peau se couvrait petit à petit d'une fourrure épaisse et soyeuse. Le soleil était haut quand il se réveilla, les oreilles gelées, n'ayant pas laissé le temps à ses rêves de les changer en oreilles d'ours. Et le soir suivant, il résolut de tenter sa chance et d'aller dormir en territoire interdit.

Il attendit que les logis de Cap-Lumière éteignent leurs lampes, et que les chiens du voisinage se taisent. Alors il fit son signe de croix... au nom du Père et du Fi... se cracha dans les mains et fonça. L'ours dormait dans une cache que Tobie et Céleste lui avaient creusée au pied du pommier, puis garnie de feuilles et de branchailles séchées. Ti-Louis savait par son père qu'un ours peut dormir, s'il n'est pas dérangé, durant plusieurs mois... s'il n'est pas dérangé. Un ours se sentirait-il dérangé par le souffle timide et le contact d'un corps aussi fluet que celui d'un gars qui se nourrissait de l'air du temps?... La seule idée de sa faim fit frémir Ti-Louis le Siffleux.

— D'un coup, qu'il se dit en frissonnant de tous ses os, que l'ours itou aurait faim? J'hésiterais-t-i', moi, à manger tout rond et tout chaud un lapin que j'attraperais demain matin à dormir à côté de moi?

Et Ti-Louis quitta le champ des Crache à Pic et repartit en quête de voitures abandonnées.

Au dernier dimanche de l'avent, l'orphelin des États connaissait dans ses reins chaque ressort de chaque siège de voiture que les bootleggers des côtes camouflaient durant l'hiver dans les granges, les hangars ou sous les toits suspendus. Il pouvait vous présenter comme des membres de sa famille la Cadillac au volant gainé de velours vert et baptisée *Mae West* dans sa splendeur; le cabriolet chantant en harmonique des quatre roues et surnommé pour ça l'*Accordéon*; la lente et large Lincoln des Babineau qui avait toujours l'air en vacances et qu'il nomma la *Flâneuse* et la Buick que Black Willy réservait à ses sorties nocturnes, la *Moonshine*, doublement bien nommée. Restait aussi les fourgons, camions, camionnettes et le corbillard.

Le corbillard, quelle aubaine pour un sans-logis! Assez spacieux pour laisser un jeune homme s'y étendre de tout son long, les jambes raides, les mains croisées sur la poitrine, l'esprit dilué et les pieds froids. Mais au matin, le jeune homme se réveilla surpris de se retrouver chez les vivants, et passa la journée à s'interroger sur ses fins dernières. Le soir suivant, il retourna dormir chez *Mae West*.

Et c'est dans le confort douillet de la belle Cadillac qu'une nuit de décembre, Ti-Louis, le vagabond des voitures, fut réveillé en sursaut. Deux hommes de Dieudonné se haranguaient l'un l'autre à coups de: Parle pas si fort... réveille pas les morts... chut!... pousse pas!... et Ti-Louis eut juste le temps de rouler en bas de sa *Mae West* et de sauter derrière une corde de bois.

Il ne comprit pas tout de suite l'ampleur de la catastrophe. À vrai dire, personne ne comprit rien à rien tout de suite. Les événements, déclenchés la veille, s'enchaînaient les uns aux autres à un tel rythme que même Clovis dut épousseter bien des fils d'araignée de son esprit avant d'y mettre de l'ordre.

... Tout avait commencé avec l'apparition à la réception de l'unique hôtel de Sainte-Marie-des-Côtes d'un étrange client: un père Noël rouge et blanc, barbu et frisé, riant dru et parlant avec accent... Tiens, tiens!... et Tim Robichaud avait sitôt fait prévenir les bootleggers. Depuis que les côtes chrétiennes avaient banni Santa Claus du calendrier liturgique pour laisser toute la place au petit Jésus, on pouvait s'étonner de voir un père Noël sorti de la capitale s'en venir distribuer des oranges dans les chaussettes des enfants du pays. Et de Tim à Pierre à Paul, le mot parvint aux oreilles de Black Willy.

De la même manière, l'été précédent, les granges et hangars avaient reçu un message de dernière heure de l'hôtel de Cocagne:

— Un vendeur de moulins à café fait sa ronde dans le pays.

Et tous les bootleggers avaient compris que ce vendeur-là s'était fourvoyé dans un pays qui en était encore au thé et aux tisanes de queues de cerises ou d'herbe à dindon. Et ils s'étaient hâtés de camoufler leurs voitures sous les meules de foin. La Gendarmerie royale à cheval du Canada partie d'Ottawa avait cherché l'hôtel le plus neutre et mine-de-rien des côtes. Clovis aurait pu lui dire de prendre le premier hôtel venu, qu'il était inutile de chercher, que tous les hôtels avaient cette mine-là au pays. Mais Clovis ne se mêlait pas des affaires des autres en 1930.

Le problème pour la Gendarmerie royale, c'est qu'elle ne venait au pays qu'aux heures de grand danger ou de grande cérémonie... pour escorter le roi d'Angleterre ou capturer un assassin. Mais ni les assassins ni les rois ne fréquentaient beaucoup Sainte-Marie-des-Côtes, pas plus que Cocagne d'ailleurs, ou que Pré-d'en-Haut; c'est pourquoi il était difficile pour ces officiers à cheval de bien connaître le pays.

— … La mentalité! que rectifia de son index le vieux Clovis.

Les bootleggers qui par leur métier devaient approvisionner leurs clients dans la clandestinité avaient pris l'habitude de s'approvisionner eux-mêmes clandestinement. Ils avaient donc une idée assez précise sur la provenance des Cadillac, Buick, Lincoln qu'ils obtenaient la nuit en échange de cargaisons de rhum ou de whisky. C'est pourquoi ils jugeaient plus prudent de ne pas laisser les vendeurs de moulins à café fouiller leurs granges ou leurs garages. Pas avant d'avoir refait chaque meule de foin qui avait pris, en cette fin d'août 1930, une taille et une forme inaccoutumées. Les gens sortaient même sur leurs perrons admirer ces mulerons énormes, bossus, biscornus, arrondis des hanches et des épaules, gonflés de partout comme des coccinelles gigantesques et bien repues. Quels fantaisistes que ces fermiers des côtes au temps de la fenaison! Et le lendemain, les fermiers recevaient à domicile, des mains de Black Willy, assez de whisky pour leur permettre de finir leurs foins sans remords.

— Faut vous dire que le temps des foins, cette année-là, se prolongea jusqu'à la rentrée du bois de chauffage pour l'hiver.

Et le vieux Clovis fut pris d'un hoquet interminable.

Avec le père Noël, les contrebandiers affrontèrent une toute autre difficulté. La saison des foins était bien terminée. Et même un inspecteur de la

Gendarmerie royale ne serait pas dupe longtemps d'un douzaine de buttes de neige bien alignées et parfaitement identiques. D'autant plus que le soleil de midi risquait de leur faire des cloques, aux igloos, et de révéler au père Noël...

— Philias! que hucha Black Willy dès qu'il eût compris le message de l'hôtel Beau-Séjour.

Et la journée se perdit en conciliabules entre Sainte-Marie-des-Côtes, Champdoré, Bois-Joli et le Village-des-Trois-Maisons. Par malheur, Dieudonné était parti la veille en mission secrète quelque part en Nouvelle-Écosse.

— Le télégraphe! que suggéra l'un des garçons à Damien. Demandons ses ordres à Dieudonné par télégraphe.

... Le télégraphe, le télégraphe, c'est bien beau un télégraphe, mais... mais Black Willy ne voulait surtout pas admettre devant ses compères bootleggers qu'à la suite de son double échec avec les vaches et les revenants, il était en disgrâce et qu'on lui avait retiré le code pour le punir.

Le code? c'est tout? Pffah! Damien à Damien n'allait pas hypothéquer son avenir pour si peu. Il le connaissait par cœur, le code.

— Quitte-moi faire, qu'il dit.

Et la grand-gueule de garçon à Damien se rendit dans l'aire de la grange, suivi de tous les autres.

Quand, sous la paille et le treillis, apparut une boîte fermée comme une huître et ligotée dans ses propres fils, le Damien eut un instant d'hésitation au bout des doigts, instant qui rendit à Black Willy son autorité de contremaître. Il savait, lui, jouer dans ces machines-là. C'est plutôt devant l'ortho-graphe qu'il eut son instant d'hésitation... Royal Canadian Mounted Police... Santa Claus...

— Laisse-moi t'épeler ça, que s'interposa Téles-phore, sorti deux ans plus tôt de la grande école.

C'est ainsi qu'une heure plus tard, Dieudonné, au fond de la Nouvelle-Écosse, chercha à déchiffrer un message rédigé dans la langue de Black Willy, avec l'orthographe de Télesphore, le code du garçon à Damien, et les idées de tout le monde.

— Godammit! qu'il s'exclama. Quoi c'est qui se passe sur les côtes?

Le même jour, les hommes de Dieudonné en eurent des mottons dans la gorge devant la réponse de leur maître: «Dump it all in the sea» que disait le télégramme. Jetez tout à la mer.

...

Et c'est la nuit suivante que Ti-Louis le Siffleux se faisait arracher en plein sommeil des bras de sa *Mae West*.

... Qu'est-ce qu'on lui veut, à sa favorite? Où la mène-t-on?... Ti-Louis sort de sa corde de bois et se met à suivre Joe Colosse et le petit Philias qui poussent la Cadillac hors du champ... Elle ne passera pas, voyons! le fossé a trois pieds de creux au moins, qu'est-ce que vous faites! Elle passe, rejoint la route, roule vers sa destinée. Ti-Louis s'affole, court der-rière, puis se retourne d'un coup sec et lève la tête vers la grange des Babineau... Pas possible! la *Flâ-neuse*... en robe blanche, vitres givrées, clopin-clo-pant, poussée par trois hommes en casque de poil. Ils vont quand même pas tous au même endroit!

Et pourquoi en silence et dans le noir, moteur et phares éteints? Qu'est-ce qui se passe?... Ti-Louis veut crier, les arrêter et comprendre, mais il est bousculé par un engagé de Bois-Joli qui précède et dirige la *Moonshine* conduite par Black Willy. Elle coince ses roues dans les ornières, la pauvre, reste bloquée au milieu du chemin, inondée de jurons et de coups de pied. Ti-Louis le Siffleux s'attrape le ventre... Oh! non, pas le corbillard! Là-bas, au haut de la butte, découpé dans le ciel comme un dragon nocturne, il grince de toute sa ferraille. La nuit? le corbillard? quel est le défunt qui... Te pose pas de question, Ti-Louis, cours, suis-les, rattrape la procession... Écoute... étrange musique sur la neige... l'*Accordéon* qui râle et pète et crache des notes aiguës dans le ciel glacé de décembre... et qui s'en va, petit cabriolet cadet de famille, rejoindre les autres sur la baie.

— La baie! Sainte-Marie mère de Dieu!

Et Ti-Louis le Siffleux comprend dans un éclair. Ses compagnes et complices de nuit qu'il connaît comme l'envers de sa veste, ses logis qui l'ont défendu contre un froid de -15° C, ses confidentes, ses amies... sont menées à l'abattoir. Et il s'entend crier au bout de ses poumons:

— Arrêtez-vous!

Mais elles ne s'arrêtent pas. Roulant bravement sur la glace de la baie, elles partent toutes l'une derrière l'autre, les roues dans les rouins, la visière sur le front, le capot pointant droit sur l'horizon. Et à l'horizon, c'est l'eau, la mer ouverte.

Plus tard, Ti-Louis le Siffleux aura des sanglots dans la voix pour raconter la suite au vieux Clovis.

... Chaque voiture s'approcha bravement de la bordure d'eau, qu'il dit, en silence, éclairée du seul clair de lune, et au dernier moment, ouvrit sa portière gauche d'un coup sec pour y projeter sur la glace un bootlegger étourdi. Puis doucement, piquant du nez et levant les ailes arrières, elles plongèrent toutes et disparurent au fond de la mer.

Le lendemain, tandis que Dieudonné rentrait pour apprendre qu'il avait perdu la prunelle de ses yeux, qu'il avait eu tort d'abandonner ses affaires, ne fût-ce que trois jours, aux mains de ses empioches de subalternes... vous savez point défricheter un code, bande de têtes croches?... et que la Gendarmerie royale à cheval était repartie bredouille, Clovis et tout le pays se tapaient sur les cuisses.

Car le seul qui eût dormi, en cette nuit de suicide collectif des voitures, fut le Santa Claus descendu d'Ottawa. Toutes les maisons, sauf l'hôtel Beau-Séjour, avaient ouvert toutes grandes leurs fenêtres au clair de lune pour admirer l'étrange procession sur la baie. Et le village, en comptant les Lincoln, Buick, Oldsmobile et Cadillac, se gonflait de fierté devant tant de richesse cachée. Qu'importe si le petit avion fut découvert au lendemain de la Toussaint, et les voitures noyées à la veille de Noël, le pays en sortait gonflé d'importance. Comme devait l'insinuer Melchior le ricaneur:

— Pas seulement qu'on est riche, mais on peut se payer du vrai gaspille. Je connais point une ville au pays, ça s'appelerait-i' Montréal ou Toronto, qui s'en viendrait fêter Noël en garrochant des pareils cailloux à la mer!

Et Gaspard d'ajouter:

— Sous le nez d'un Santa Claus qui ronfle, cargué dans un lit de plumes.

Après Dieudonné et Black Willy, le premier à porter le deuil de la *Flâneuse*, de *Moonshine* et surtout de *Mae West* fut Ti-Louis le Siffleux. Affamé et transi, il se mit à errer dans les champs en quête d'un hangar, d'une étable, ou d'un tet à cochons enfouis sous la neige. Noël, qu'il se dit, la nuit où les bêtes parlent... Vieux conte de son père, légende ou fable des animaux qui une fois l'an, la nuit de Noël, héritent du don de la parole.

Ti-Louis pousse résolument la porte de la grange des Babineau et y entre. Noir comme sous terre. Dangereux de poser le pied sur une fourche, ou de tomber sur les dents de la faucheuse. Petit à petit, ses yeux s'adaptent: il repère la charrue, le semoir, les murs. Il enjambe un tas de planches, puis un tas de paille, puis... entend bouger derrière lui. Il se fige. Surtout ne pas reculer. Soudain monte une forte odeur de purin de cheval qui rejoint le bruit d'une fontaine qui jaillit presque à ses pieds. Il glousse tout bas et se retourne: dans l'obscurité, il a franchi la barrière de l'étable et se trouve en plein centre de la mangeoire des bêtes. Alors il allonge le bras et tâte le museau, la crinière, le cou de la jument.

— Salut, la Blanche! qu'il dit. Dérange-toi pas pour moi. Dérangez-vous pas, personne, je faisais rien que passer; restez assis et continuez votre conversation.

Il distingue maintenant une vache et ses deux taures. Et dans le coin, une brebis toute moutonnée. Mmmm!... Les bonnes côtelettes qu'elle doit cacher sous sa laine, celle-là! L'eau lui en vient à la bouche. S'il fouillait la grange qui garde toujours des faucilles, des haches et des couteaux bien affilés... La vache se tourne vers lui et le regarde, les yeux dans les yeux. Et Ti-Louis a honte. Machinalement, il lui tord la queue en diadème autour des fesses.

— Quoi c'est que tu disais? qu'il lui demande, un genou en terre.

Mais elle se détourne, rassurée.

— Je pourrait-t-i' au moins te quêter une pinte de lait?

— ...

— Je t'assure que tes veaux sont plus gras que moi, sans t'offenser. Et pis c'est Noël.

Et tout en badinant avec les bêtes qui maintenant bêlent et meuglent et hennissent à qui parlera le plus fort, l'invité de l'étable cherche un seau à lait.

... Et c'est dans sa fouille à tâtons entre les bêches, râteaux, étrilles, harnais et roues de charrette qu'il accroche ses doigts dans un anneau camouflé sous la paille du plancher. Il tire et soulève une trappe.

— Pouvez-vous me dire quel diable… ? qu'il se prépare à demander aux bêtes.

Sous terre, il fait encore plus noir que dans l'étable, il ne voit absolument rien… Ça serait-i' une cave ou une simple cachette? Le mot cachette éveille ses soupçons… La grange des Babineau… qui attirait tant d'hommes au nez rouge, dont le mari de la tante Célestine qui n'en sortait jamais sur deux pattes… une cache sous la paille de la grange des Babineau! Et sans perdre une seconde, il allonge le bras, fait jouer ses doigts et sort un bidon. Il le transporte dans le rayon de la pleine lune: un gallon de fer-blanc gravé d'un dessin de la main, marque de fabrique de la première bande de contrebandiers des côtes.

— La Hand Brand! s'exclame Ti-Louis l'affamé. Petit Jésus de Noël, merci beaucoup!

Et ramassant le premier objet pointu qui sort du foin, il perce le bidon d'étain et regarde, ébloui, un jet de whisky doré lui gicler à la figure.

Une heure plus tard, les animaux de l'étable se dandinent le derrière pour accompagner le chant spasmodique de leur hôte couché dans la paille de leur mangeoire.

Il est né… hic!… le divin… hic! Enfant Jouez haut-… hic!… bois, résonnez musettes!

Durant toute la soirée, le vieux Clovis avait attisé son feu de forge en prenant grand soin d'avertir ses mouches:

— Il viendra, étant donné que c'est Noël, il viendra; ça fait qu'efforcez-vous d'y faire bon accueil!

Dès qu'il eut appris de Célestine le départ sur un coup de tête du jeune orphelin des États, Clovis s'était lancé à sa recherche. Il s'était d'abord renseigné auprès de ceux de Sainte-Marie-des-Côtes qui l'avaient vu partir pour Grand-Digue, qui l'avaient aperçu en train de rebrousser chemin vers Champ-doré, qui l'avaient repéré dans le portage menant au Village-des-Trois-Maisons. Ceux de Bois-Joli prétendirent l'avoir reconnu, une nuit, couché dans la boîte d'un camion appartenant à un engagé de Dieudonné:

— Mais quand j'ai voulu aller y parler, il s'a sauvé.

— Le petit effaré! que s'était contenté de répondre le vieux Clovis.

Et durant la veillée de Noël, il l'attendait.

Un peu avant minuit, il quitta sa forge.

— S'il est point à l'église, je le chercherai ailleurs; et que le prêtre se débrouille tout seul avec sa messe de minuit.

Dans l'étable des Babineau, durant ce temps-là, Ti-Louis le Siffleux fait trois fois le tour de son répertoire des noëls anciens et modernes, traîne un long...

Mi - nu - it, chré - ti - ens...
C'est l'heu - re so - le... so - le... hic!

... et se laisse tomber dans la paille, sous l'œil attentif et attendri des bêtes.

— Vous comprenez, qu'il marmonne, faut point être tristes... c'est Noël... et pis Clovis un jour m'a dit... Clovis, c'est le vieux Clovis, mon meilleur ami... il m'a dit que ceux-là qu'ont le vin triste devirent point boire... que boire c'est fait pour les gars qu'ont le cœur solide, qu'il a dit... et l'âme joyeuse. Comme toi pis moi, v'là ce qu'il dit... Il a dit ça, le vieux Clovis... Ça fait qu'asteure, c'est pas le temps de se chagriner et de chiauler.

Et sur ces mots, Ti-Louis le Siffleux plonge la face dans la paille et sanglote comme un enfant.

La vache, la jument et les taures se regardent, inquiètes. Ce jeune homme-là file sûrement un mauvais coton. Si seulement elles pouvaient être utiles...

... J'ai toujours du lait, que meugle doucement la vache.

... Nous, pas encore! que soupirent tristement les taures.

... Moi, intervient la jument, j'ai l'haleine chaude.

La brebis sort à ce moment-là de son coin et s'approche.

— Beeen... j'ai du bon lainage, qu'elle fait.

Et elle saute dans la mangeoire et se blottit contre le jeune homme.

... J'ai du lait, répète la vache, mais faudrait bien quelqu'un pour me traire.

Les taures aussitôt enfoncent le museau sous le ventre de leur mère pour indiquer la technique à suivre à ce fils d'homme.

Mais l'enfant des hommes, en cette nuit de fête, n'a plus ni force ni courage. Il regarde toute cette manœuvre des animaux pour l'aider à surmonter son désespoir... merci! qu'il leur fait des yeux, merci beaucoup!... mais ne bouge pas de son auge. D'ailleurs une vague de fond commence à rouler au creux de ses tripes, une vague qui monte, et envahit son estomac, et lui gicle dans la gorge et...

Prrrt!...

Les animaux se détournent, par pudeur. Ti-Louis s'essuie le menton et les joues du revers de sa main, et contemple tristement ses loques.

— Asteure en plusse, tu vas puer, Ti-Louis.

Et soutenant effrontément le regard de la vache et de la jument:

— Eh ben oui! si fait, j'ai le vin triste, comme l'homme à la Célestine, comme n'importe quel vaurien de bum de hobo d'enfant de chienne qui fera jamais rien de sa vie! Je le sais, et vous avez point besoin de me le hucher si fort.

Il se lève, tricole, s'ajuste les jambes, sourit aux bêtes de l'étable:

— Merci quand même... vous avez fait tout ce qu'y avait à faire, vous avez ben essayé... Eh ben! vous le direz aux autres... vous le direz à Clovis... Clovis c'est mon ami... vous y direz s'il vient à passer par là, et à Célestine... que Ti-Louis itou a ben essayé... essayé jusqu'à s'en briser le cœur.

Et en sortant sous la pleine lune, il reçut au visage un coup de froid qui lui remit la tête sur les épaules.

Clovis sortait du hangar de Médard la Grand-Langue, quand la grange des Babineau se dressa sur son chemin, porte battant au vent... Occupe-toi de tes oignons, Clovis, les granges sont le territoire des bootleggers... Et il veut franchir la clôture qui sort de la neige sous ses pieds... C'est curieux que les Babineau abandonnent comme ça leurs animaux aux vents de la nuit, ils auraient pu au moins loqueter leurs portes... Et il s'approche. Les gonds grincent et la vache répond. Puis la jument, suivie des taures et de la brebis.

— Quoi c'est que ça! Ça serait-i' que vous me souhaitez un joyeux Noël?

Et il songe à la légende des animaux parlant la nuit de la Nativité.

— Puisque c'est comme ça, dites donc, vous auriez point aperçu dans les alentours un jeune homme des États... pas d'importance qu'il venit des États... vous auriez point vu un gars plutôt petit pour son âge, les dents d'en haut écartées quand il rit?... Mais peut-être qu'il a perdu le goût de rire depuis une escousse.

... Rentre, Clovis, et ferme la porte derrière toi.

... Jette un œil autour, Clovis; dépêche-toi, pas de temps à perdre.

... Regarde à tes pieds, le vieux, et sers-toi, il en reste une bonne goulée au fond de la cruche.

— Vous appelez ça une cruche, vous autres? Ça c'est un gallon de la Hand Brand. Du vrai de vrai, de la réserve des Babineau! Et Jésus-Marie-Joseph! un salaud en a déjà bu la moitié. Eh ben!

j'en connais un qui doit avoir de la laine dans les jambes et du coton dans l'estomac c'te nuit!

... Fourre ton nez dans le tas de paille, vieil homme, et tu sauras ce qu'il avait dans l'estomac, le pauvre!

— Une minute! Laissez-moi en premier goûter ce qu'y a au fond du bidon... Mmmm!... du pur whisky écossais d'Irlande, parlez-moi de ça... Savez-vous qu'il fait point chaud dans votre étable en pleine nuit?... Yum... yum! Ça vous dérange pas si je fume une pipe pour me réchauffer les doigts une petite affaire?... Et puis, joyeux Noël!

... Attention! Clovis, la paille est humide d'alcool par endroits, attention à ta pipe...

— Vous inquiétez pas pour moi. Faites comme si j'étais point là et continuez à parler.

... Dépêche-toi, Clovis, c'ti-là qu'est passé par l'étable cette nuit avait le vin triste, dépêche-toi, Clovis.

— Ben, s'il avait le vin triste, c'est point c'ti-là que je pense... À moins qu'une nuit de Noël, tout seul...

... Éteins ta pipe, vieil homme, et prends le chemin du pont.

Ti-Louis le Siffleux lève la tête et calcule la hauteur du pont de fer qui se découpe dans le rayon de lune... Sapristi! que c'est haut! Il a le vertige avant même de commencer à grimper. Maudit estomac! C'est le whisky. Mais il serait point tombé comme du plomb fondu dans un estomac plein.

Donc faut pas blâmer le whisky. Et puis de toute façon, ton estomac, comme tout le reste, en a pas pour longtemps. Va, Ti-Louis, c'est rien que le premier pas qu'est malaisé... après tu verras que ça montera tout seul, barreau après barreau, jusqu'en haut... jusqu'au ciel... Au ciel, Ti-Louis, y a des anges, et des saints, et un agneau de Dieu... non, ça c'est des histoires à Marie-Pet. Au ciel, y a ton pére pis ta mére... Tu peux être sûr que ceux-là sont là, à t'espérer... Et pourquoi pas? Ils ont jamais fait de mal à personne. Toi non plus, Ti-Louis, t'as jamais fait de mal à personne. T'as point eu le temps. Ah! tu t'as moqué du monde ton pauvre saoul, et t'avais accoutume, 'tant jeune, d'inventer des histoires rien qu'à moitié vraies; mais c'était pour rire... Faut bien qu'une personne rie dans la vie... C'est pour ça que t'es rendu là, Ti-Louis, ça fait une bonne escousse que t'as point ri... T'aurais pas dû quitter la forge à Clovis... Le logis à Célestine, t'avais point le choix, son homme t'aurait toujou' ben mis à la porte... mais Clovis... ça c'est le meilleur ami que le ciel t'a envoyé sus tes vieux jours... Tes vieux jours! c'est rendu que tu déparles, m'n homme, t'as pas encore dix-huit ans!... Ah! pis après... je crois ben qu'un homme qui va crever dans une heure, pas de différence son âge, il vit ses vieux jours... Une heure, Ti-Louis, ce qui s'appelle ta derniére heure. Eh ben! si c'est ta derniére heure, fais-en quelque chose que tu ne regretteras pas. Quoi c'est que t'aimerais le plus au monde, si t'avais le choix, pour remplir ta derniére heure? Tu l'as, le choix. T'as rien qu'à le prendre, le choix... ils pourront toujou' ben pas te jeter en prison ni rien te reprocher.

159

C'est pas la coutume au pays de faire des reproches aux morts. Ça fait que gêne-toi pas, Ti-Louis, rentre n'importe où… sus les Babineau, les Robichaud, sus le Dieudonné… tout le monde est à la messe c'te nuit… t'auras tout ton temps pour vider leurs armoires et te réchauffer les pieds dans le fourneau. Une heure, ça devrait pas déranger trop de monde qu'un homme mange son saoul pour une fois. Et pis même si ça les dérangeait une petite affaire, c'est Noël. Tu mangeras ton saoul, Ti-Louis, et tu te réchaufferas jusqu'à la moelle des ous, c'est toute. Pis après… tu sortiras sus le bout des pieds… et tu t'en reviendras faire ce que t'avais à faire… Et t'en entendras plus jamais parler… plus jamais… Mais comment c'est qu'un homme fait pour se décider une deuxième fois, au sortir d'un lit de plume et le ventre plein? Comment c'est qu'un homme fait, pouvez-vous me le dire? pour vivre une belle derniére heure et consentir quand même à la faire sa der- niére?… Grimpe, Ti-Louis, laisse faire la farce de dinde qui grâle dans son jus sus les Babineau, remplis ta dernière heure de ça que t'as le plus aimé au monde… sors ta musique à bouche et joue… rentre au paradis au son de ton ruine-babines, Ti-Louis, et tu verras si quelqu'un ose te mettre à la porte, Jésus-Christ du bon Dieu!… Sacordjé! je peux pas grimper, j'arrive même pas à rentrer mes pieds entre les barreaux, mes bottines sont gelées à mes chevilles. J'ai plus de pieds, bon-ienne! plus rien que des bottes en bas des jambes comme des sabots de cheval, hi, hi, hi, hi!… T'as entendu, Ti-Louis? C'est-i' toi qui as ri?… C'est toi, essaye pas de t'en esquiver, Bon Dieu! T'as ri, Ti-Louis le Siffleux. Et tu l'as dit toi-même: un homme qui rit peut pas s'en aller se tuer. Jésus-Christ, Ti-Louis, tu te souviendras de ça sus tes vieux jours: une nuit de Noël, quand t'avais pas encore dix-huit ans, tes bottines gelées t'ont sauvé la vie... Et pis si tu veux mon dire, ti-gars, c'était point le temps anyway d'affronter saint Pierre; tu viens de jurer par trois fois... hi, hi, hi!

Clovis courait maintenant sur le pont... il venait de distinguer une ombre contre le squelette de fer.

— Ti-Louis!... Ti-Louis le Siffleux! qu'il s'essoufflait... cours, Clovis, tu courras jamais assez vite... ferme ta goule et garde ton souffle, mais cours, branleux!

Et il courait.

Puis soudain il s'arrête. Il ne rêve pas. L'autre est là, le vaurien, qui s'en vient au-devant de lui, la musique entre les babines. Ti-Louis en chair et en os, qui sourit, et rit, et danse, et joue un *Libera* sur un air de gigue. Clovis l'attrape, et l'enlace et l'étouffe, et lui crie à tue-tête:

— Quoi c'est que l'idée de me faire des peurs, mon petit verrat! Sais-tu que t'aurais pu me faire corver?

— Hi, hi, hi! ben non, Clovis, un homme qui rit est point paré à corver. Souviens-toi de ça sus tes vieux jours: aussi longtemps que tu t'escoueras les épaules, la Faucheuse se tiendra loin de ton grabat.

Le vieux Clovis, en clopinant au bras de Ti-Louis le Siffleux, songe que cet enfant-là vient de prendre un étrange coup de sagesse en une nuit.

C'est deux chevaliers de la belle étoile, puant le whisky et chantant des noëls obscènes, que Crache à Pic rattrapa au sortir du pont. Au dernier instant, elle avait eu le même pressentiment que Clovis et s'était lancée vers le pont, distançant les deux cousines qui s'essoufflaient derrière. Quand tous les sauveteurs furent enfin réunis en un seul amas de laine et fourrures et rires et cris de joie, la première phrase avec un sujet pis un verbe sortit de la bouche de Clovis:

— J'ai faim, qu'il dit; venez tous faire le réveillon aux crêpes dans ma forge.

Mais Tobie tirait déjà la cotte de sa sœur.

— Crache à Pic! Crache à Pic!

Et Crache à Pic aperçut l'incendie.

— La grange aux Babineau est en feu!

Clovis échappa un: Sacordjé! ma pipe! puis tenta de le rattraper. Mais personne en cet instant ne prêtait attention au radotage de Clovis. Ti-Louis écarquillait les yeux. Petit à petit, la mémoire lui revint et il songea aux animaux.

— La vache et la jument! qu'il s'écria. On peut pas les laisser là. Et la brebis, et les taures...

Céleste maugréa:

— Les animaux des Babineau! Ceux-là ont les moyens de s'en acheter d'autres, risquez point vos vies.

Mais Ti-Louis ne songeait pas aux Babineau, il songeait aux bêtes... avec qui il avait partagé sa dernière heure. Et il s'engouffra dans la grange en feu. Les bessons l'y rejoignirent aussitôt, puis Crache à Pic et Jimmy la Puce. Céleste et Célestine entouraient Tobie de toute la force de leurs bras.

— Ils brûleront point, Tobie... ni les animaux, ni personne... ils brûleront point.

Il était près de deux heures du matin quand l'église s'ouvrit à deux battants pour déverser sa foule de chrétiens dans la nuit éclairée de Noël. Doublement éclairée: la pleine lune jouait avec le plus splendide feu d'artifice qui fût jamais offert aux côtes. Les tisons éclataient dans le ciel comme des bombes. À croire que les diables attisaient le feu à mesure.

Et tandis que du parvis de son église, Sainte-Marie-des-Côtes admirait le spectable et riait tout bas d'entendre péter entre les étoiles les bidons de la Hand Brand, les Babineau essayaient de se défiler, le visage au creux de la fourrure. Le secret qu'ils avaient si prudemment enfoui sous le foin de la grange, durant leurs plus belles années de prospérité, fusait dans la nuit en joyeux feux de Bengale.

— C'est la danse des feux follets, que s'esclaffait Xavier la Bosse.

— Nenni, c'est l'étoile de Bethléem éclatée en morceaux, que rectifiait Melchior, roi des rois mages.

D'autres insinuèrent que les Babineau, cette nuit, devaient avoir le feu aux fesses. Mais tous tombèrent d'accord sur un point:

— Y en a qu'auront soif demain.

Et le lendemain, le vieux Clovis, Ti-Louis le Siffleux, Jimmy la Puce et les bessons Adal-Gobert reçurent de la part des Babineau dindes et fricots à la poule pour les remercier d'avoir sauvé leurs animaux au péril de leur vie.

— Un beau Noël, que fit Ti-Louis, un damné beau Noël!

C'est en regardant l'orphelin croquer les os de poulet que Crache à Pic conçut son idée.

— Le Dieudonné, il s'a encore enrichi c't'année avec les gramophones? qu'elle dit sans regarder personne.

Les gramophones, c'était la dernière nouveauté sur les côtes. On s'endettait, on se prostituait, on vendait sa chemise pour un gramophone à manivelle. On hypothéquait ses biens surtout. Là encore, Dieudonné avait vu juste. Lui aussi savait faire d'une pierre deux coups: les gramophones servaient à la fois de couverture et d'appât. Au bout de la ligne gigotaient les granges, les hangars et les terres des pauvres diables des côtes. Dieudonné, en homme du pays, avait compris ça: plus on a faim, et plus on tape du pied. À coup de gramophones, il était en train de faire danser tout le monde.

Le vieux Clovis devait avouer à mon père, long-temps après la crise, que Dieudonné, sauf votre respect, ne s'était pas montré dans cette affaire aussi fin renard que d'habitude.

— Non, non, non! le grand Dieudonné dans l'affaire des gramophones avait trouvé son maître.

Et son maître, c'était le peuple des côtes.

— Voyez-vous, que dit le conteur…

Et il dit qu'il ne fallait point pousser un homme à bout. Quand les affamés comprirent qu'on allait finir par les éplucher jusqu'aux os et les dévorer tout rond, ils s'assirent en cercle autour d'une lampe, un bon soir, et se mirent à réfléchir.

— Rien de pire pour les gros que les petits qui se mettent tous ensemble à jongler, confia le vieux Clovis.

Ils jonglèrent si bien qu'ils finirent par trouver. Un gramophone à grosse caisse de résonnance pouvait se faire entendre de Cocagne à Champdoré avec un peu de bonne volonté et un bon bras pour tourner la manivelle. Pourquoi pas se réunir tantôt chez l'un, tantôt chez l'autre, et laisser le reste du pays cultiver ses champs en paix, sans craindre de voir les hommes de Dieudonné s'en venir, papiers en main, saisir leurs biens!

On prétend que l'idée serait née dans la chaise à roulettes de la centenaire Ozite.

… En premier, c'est les Allain qui achètent à crédit pour un mois, mettons janvier. Au bout du mois, comme ils peuvent point payer, c'est la saisie. Dieudonné, point fou, revend le gramophone des Allain aux Collette qui invitent le pays à venir se réchauffer les pieds aux sons de la Bolduc durant les tempêtes de février. Nouvelle saisie à la fin du mois, revente aux LeBlanc en mars, aux Léger en avril, en mai aux Caissie… non, point les Caissie, Marie-Pet danse pas… aux Maillet qui passeront un joyeux mois de Marie. Jamais je croirai que le pays

165

compte pas assez de maisons respectables pour faire tourner la manivelle d'un gramophone douze mois par an!

… Et le seul qui paya fut Dieudonné, tandis que tout le pauvre monde tapa du pied gratis toute l'année! À rusé, rusé et demi.

Et le vieux Clovis en fit une quinte de toux qui faillit l'emporter.

Dieudonné finit pourtant par ouvrir les yeux, le jour où il se coinça le nez entre deux colonnes de son livre de comptes. Il était justement en train de balancer recettes et dépenses, au dernier jour de l'an, quand il ferma d'un coup sec son grand livre et boucla son commerce de gramophones. Et le pays se mordit les pouces. En pleine saison des fêtes en plus! À jeun et sans musique. Pas tout à fait à jeun, non, car Crache à Pic s'était secrètement engagée à désaltérer les côtes à même la réserve des bootleggers. Quand on a pu saisir en pleine mer, une nuit de tempête de nordet, les vins et cognacs d'un président… Vous inquiétez pas pour le rhum et le whisky. Restait la musique.

— Ti-Louis, forbis ton ruine-babines et crinque-toi les ous des jambes. Tu t'en vas passer les Fêtes à faire danser le pays des côtes.

Il y passa tout l'hiver.

C'est le père Clovis qui se chargea de le présenter aux Goguen de Cocagne, la veille du jour de l'an. Les Goguen gardaient des oies, et Clovis soupçonnait que leur plus gros jars achèverait l'année rôti dans sa propre graisse. Il leur proposa d'égayer ça de musique.

166

— Il vous coûtera rien que les ous de la volaille, qu'il fit.

Et cette nuit-là, Ti-Louis le Siffleux mangea à sa faim.

Le lendemain, tout Cocagne soignait ses ampoules aux pieds et dégelait sa gueule de bois. Ce qui entraîna Grand-Digue à rire de Cocagne qui ne savait ni boire ni danser. Puis Grand-Digue en cachette envoya un émissaire à la forge de Clovis se réserver le Siffleux pour les Rois. Mais déjà le Village-des-Trois-Maisons avait pris la précaution d'avertir Champdoré d'envoyer dire à Bois-Joli que Sainte-Marie-des-Côtes était sur le point de manger dans l'auge «comme une fille aînée qui laisse marier sa cadette sous ses yeux».

Ça non!

Et Sainte-Marie-des-Côtes eut son Ti-Louis pour la fête des Rois. Un Ti-Louis le Siffleux qui jouait de l'harmonica, et tapait du pied, et sifflait, et chantait, chantait dix chansons différentes, puis revenait aux premières, ajoutait des couplets, improvisait des airs nouveaux, transposait, turlutait, dansait, gigotait, et tombait d'épuisement. Alors les femmes s'empressaient autour du pauvre enfant de Dieu, lui frottaient les chevilles, la nuque, le nourrissaient... mange encore un morceau, Ti-Louis... et le remettaient sur pied. À l'aube, le musicien rentrait à la forge de Clovis, fourbu mais heureux.

Et le lendemain, il recommençait.

C'est Clovis lui-même qui fit son rapport à Crache à Pic: Ti-Louis mangeait son saoul et Dieudonné avait fermé sa boutique de gramophones.

L'hiver 1931 fut malgré tout l'un des plus durs sur les côtes. Deux plaies d'Égypte frappèrent le pays: le froid et la famine.

… Plaies d'Égypte!… la famine, passe, mais le froid, Clovis?… le froid en Égypte?

Rendu à la mi-carême, Ti-Louis ne savait plus quelle musique inventer pour arracher à ses hôtes une bouchée de pain. Les noceurs avaient eux-mêmes tellement faim qu'ils en oubliaient de nourrir le musicien.

Plus tard, il avouera au vieux Clovis:

— Je jouais pour me dégeler les doigts; je tapais du pied pour me réchauffer les jambes; je chantais pour point entendre crier mes tripes. Ça durait une partie de la nuit. Un soir j'ai même fini par râler et tout le monde a pris ça pour une complainte. Jeannette m'a redemandé la même le lendemain.

Hi, hi, hi!

… Un jour, dit Clovis, cet effaré de Ti-Louis trouva un œuf dans le poulailler du presbytère… un œuf oublié et qui finirait par pourrir. Mieux valait l'emporter, qu'il se dit, les temps sont trop malaisés pour laisser se gâter de la nourriture. Et il s'en vint à la forge le partager avec Clovis. Partager un œuf, vous avez déjà vu ça? Une pomme, peut-être bien, un gland; mais un œuf? Et Clovis avait pressé Ti-Louis de manger son œuf tout seul. Mais le petit était têtu comme une mule. Nous deux ou personne, qu'il dit. Alors Clovis répondit: Dans ce cas-là, personne. Et l'œuf restait là, à rouler sur la table d'une fente à l'autre. Tu sais, que finit par dire Clovis, si c'est pour être personne, autant en finir tout de suite. Et Ti-Louis le Siffleux répéta: Tout de suite. Du coup le vieux Clovis se leva, attrapa l'œuf dans la paume, le réchauffa tendrement dans ses mains et dit à Ti-Louis: Un, deux, trois, j'y vas! Ti-Louis ne broncha pas. Alors le vieux s'arc-bouta puis lança l'œuf dans la cheminée de sa forge qui en eut tôt fait une omelette.

— Au moins, conclut Clovis, on a pu partager la senteur d'œuf fricassé qui a fait grand bien à nos narines.

Certaines familles en arrachèrent plus que d'autres. Xavier la Bosse a rapporté que sa femme avait suspendu au-dessus de la poêle une couenne de lard de cochon. À la chaleur du feu, le lard suintait et dégouttait dans la poêle. À l'heure des repas, les enfants affamés avaient la permission de s'en venir râcler d'une croûte de pain le fond de la poêle.

— T'étais chanceux, renchérit Melchior, que ta femme avait une couenne de lard. Chez nous, c'est ma chaussette qui pendait au-dessus du poêlon.

Et tout le monde s'esclaffa.

Ainsi Ti-Louis put passer l'hiver et rentrer avec les autres dans le printemps, par la grande porte.

— Ah! pour ça, par la grand-porte, insista le vieux Clovis.

Le premier à s'arracher à l'hiver fut l'ours de Tobie. C'est la Céleste qui l'aperçut, sortant du pommier comme un revenant, s'étirant les pattes, reniflant l'air et grognant. Elle venait de verser dans les rigoles de sa cour une baillée d'eau de lessive et se préparait à rentrer chez elle, quand elle vit bouger les racines du pommier. Qu'elle dit... Ils se sont toisés, tous les deux, quasiment mesurés, avant que Céleste ne songe à rappeler à l'ours sa parenté avec les Crache à Pic. Elle lui criait: Céleste, c'est moi, Céleste... je suis de la famille... Mais il n'avait pas l'air impressionné et s'en venait à toutes pattes droit sur elle. Naturellement, la bête avait faim, et Céleste venait de jeter son eau sale au ruisseau. Le champ était complètement nu, il ne restait de comestible dans tout le paysage qu'elle, Céleste.

Alors elle empoigna sa cuve et s'en fit un bouclier. Et elle somma l'ours d'attaquer, s'il osait!

Il osa... mais en prenant soin de contourner la cuve et Céleste, et de s'en venir l'enlacer par derrière. Ils en étaient là, tous les deux, comme des amoureux au printemps, quand accourut Tobie qui criait: l'ours! l'ours! Il se jeta au cou de la bête qui se laissa faire, se laissa doucement entraîner jusqu'à la porte du hangar où Tobie cachait sa réserve de glands et de noisettes.

— Mange, qu'il lui dit. Et aie pas peur, Céleste te fera point de mal.

Céleste, durant ce temps-là, redressait son chignon et s'en allait trouver Crache à Pic en traitant l'humanité entière et les ours en particulier de bons à rien. Et il fut décidé ce jour-là en conciliabule voisinal d'attacher l'ours au pommier et de le laisser approcher par le seul Tobie.

— Et ça va nous faire un moyen chien de garde, d'ajouter Crache à Pic.

Même en laisse, un ours éloignerait de Cap-Lumière tout rôdeur malveillant... Les bessons se demandèrent alors à qui pouvait bien songer Crache à Pic, elle qui n'avait jamais eu peur de sa vie. Mais ils gardèrent cette réflexion enfouie dans leurs reins et se contentèrent de hocher la tête.

Un matin d'avril, Ti-Louis le Siffleux vit accourir Melchior et ses deux compères braconniers.

— J'ons de la visite, qu'il dit à Clovis.

Et la visite poussa la porte à coups de pied.

— Ça parle au diable!

Et ils se mirent à parler tous les trois en même temps.

... Dans le vieux presbytère... la maison de retraite fermée...

— Quoi c'est que c'est encore! Un revenant flambant neu'?

— Mieux que ça, Clovis, mieux qu'un revenant. La plus grosse cachette des bootleggers! Dans le vieux presbytère! Y en avait partout. Et c'est même pas les officiers qui l'ont trouvée.

— Sapristi! qui c'est que le chanceux! Pas la grand-langue de Médard, toujou' ben?

— Pas de danger, tout le monde l'aurait su dès le premier jour. Les bessons!... Apparence qu'ils auraient eu passé un sacré bel hiver dans le boutte de Cap-Lumière.

— Pantoute, rectifia Balthazar. Moi je crois qu'ils ont tout recaché de nouveau et que l'un de ces jours, la bande à Crache à Pic va nous faire une surprise.

171

— En tout cas en attendant, Dieudonné est enragé comme un lion d'avoir trouvé son presbytère vide; et le curé furieux comme un ours de penser qu'il a été plein tout l'hiver.

Tout le monde se mit d'accord sur un point: les sermons des dimanches à venir ne porteraient pas sur les évangiles apocryphes.

Le père Clovis voulut connaître les détails: quelle sorte de Hand Brand? combien de caisses? et qui avait dénoncé les bessons?

… Ça, ça restait à trouver. Quelqu'un avait parlé. Certains ont pensé aux Babineau… Par rapport que les Babineau auraient eu vent dernièrement que leur grange aurait pu ne pas brûler de ce qui s'appelle un incendie naturel. Et ils auraient pensé aux bessons.

— Pourquoi les bessons? se hâta de demander Clovis.

— Pourquoi pas les bessons? Ils étaient sus les lieux à l'heure du feu. Comme toi. Mais les Babineau vont point se mettre à t'accuser d'avoir mis le feu à leur grange. Ils sont des coqs et des vautours, les Babineau, mais ils sont pas fous tout net.

Le vieux Clovis s'en alla à sa cheminée de forge et y vida sa pipe.

— C'ti-là qui s'en viendra accuser les bessons de mettre le feu à une grange aura affaire à moi, qu'il dit sur un ton qui laissa les trois compagnons perplexes.

Le dimanche suivant, le prône du curé Ouellet ne déçut pas sa paroisse. Comme devait dire Clovis, sans les nommer, il donnait des noms et dessinait des figures aux impies qui avaient poussé le sacrilège

172

jusqu'à piétiner les choses les plus sacrées. Des boissons fortes dans une maison de retraite fermée! Et le prêtre en perdait la voix. En perdit même sa barrette, en descendant de la chaire, une barrette toute neuve qui s'en vint rouler jusqu'au premier banc d'en avant où la femme de Dieudonné venait de perdre l'honneur. Jamais elle ne pardonnerait à son homme pareille bévue. Ouvrir ainsi tout grand les portes du scandale, au vu et au su de tout le monde! Elle en suffoquait. Et ramassant rageusement la barrette, elle la lança au premier enfant de chœur qui la reçut dans le ventre comme un ballon de football. La cérémonie tournait au vinaigre, il était grand temps de laisser sortir la vapeur. Et la femme de Dieudonné, suivie de ses filles, enfila la grande allée comme la paroisse se levait pour le *Credo*.

Dieudonné n'eut pas le choix. Et il s'amena un beau matin au presbytère.

À la suite de leur déconvenue de la baie, les bootleggers avaient eu tout l'hiver pour marchander avec les concessionnaires de voitures volées qui étaient revenus au pays sitôt après le départ de Santa Claus. Et avec le retour des outardes, défilèrent sur les routes des côtes des Buick, Ford, Marmen, Oldsmobile, Lincoln et Cadillac fraîchement sorties des gares de triage de Montréal... De nuit.

La Cadillac, comme de raison, revint au grand Dieudonné, pour son usage personnel. Et c'est cette nouvelle *Mae West*, toute doublée de velours or, que le contrebandier conduisit, un matin de mai, jusqu'à la porte du presbytère.

— Mois de Marie, mois des réconciliations! qu'il dit au prêtre.

Il venait sans façons mais avec dignité pardonner à l'Église ses insinuations malveillantes qui avaient tant troublé sa femme... les femmes sont si sensibles... et offrir une franche poignée de main à un abbé Ouellet abasourdi.

— ... Mais... mais...

Mais le prêtre n'eut pas le temps de répondre ni de rectifier; déjà Dieudonné, qui présentait d'une main sa branche d'olivier, de l'autre montrait sa voiture toute neuve qui saurait sûrement mener un curé sur les routes des États passer une semaine ou deux au sein de la parenté.

— Vous voulez dire... ?

Hé! oui, mon père, exactement ça.

Dieudonné en personne, que des mauvaises langues affublaient de tous les noms, prêtait à son curé sa Cadillac même pas encore rodée jusqu'aux cinq mille milles, tout juste sortie de l'usine, une Cadillac qui saurait trouver toute seule le chemin des États.

— Allez en paix, mon père. Si quelqu'un a besoin de vacances à Sainte-Marie-des-Côtes, c'est bien vous! Et sans vous offenser, je crains que votre Ford modèle T vous mène pas jusqu'aux lignes.

— Ah! pour ça, vous avez raison, Dieudonné. Mais un prêtre est au service de Dieu et de sa paroisse. Bientôt, c'est les Rogations, ensuite...

— Ensuite l'Ascension, puis la Fête-Dieu, puis la Sainte-Anne... L'Église a semé ses fêtes sur toute l'année pour empêcher ses prêtres de courir la galipote. C'est pour ça qu'y en a qui finissent leurs jours à l'hospice.

L'abbé Ouellet en calouette d'étonnement. Quelle personnalité que ce Dieudonné! et qui peut même réciter dans l'ordre les fêtes liturgiques sans recours au calendrier. Il ne serait donc pas aussi mécréant qu'on l'avait laissé entendre? Pourtant le vieux père Belliveau n'a pas l'habitude de parler pour ne rien dire.

Comme si Dieudonné suivait la pensée du prêtre, il l'arrêta en plein parcours:

— Pourquoi vous prendriez pas avec vous le père Belliveau qui a un frère plus très jeune dans le Mass, à ce qu'on me dit?

La servante du presbytère n'écoutait jamais aux portes du bureau: le bureau du curé, c'était tout comme un confessionnal. Et si une chrétienne des côtes connaissait ses devoirs religieux, après Marie-Pet, c'était l'Annie du presbytère. Mais cette visite de prestige, le père Ouellet l'avait reçue au salon. Ça changeait tout.

Dès le lendemain, la paroisse apprenait que son curé prendrait des vacances aux États-Unis et ne serait pas à Sainte-Marie-des-Côtes pour les Rogations. Ne vous en faites pas, tout a été prévu. Le prêtre de Cocagne et celui de Grand-Digue se partageraient la relève, Sainte-Marie ne manquerait pas de main sacrée pour bénir ses graines avant de les planter en terre. Il y eut cependant une ou deux fausses notes, surgies d'entre les foins et les roseaux: un prêtre a-t-i' le droit comme ça d'abandonner ses paroissiens?... Un prêtre a-t-i' droit à des vacances quand c'est qu'aucun des chômeurs du pays peut s'en permettre?... Quoi c'est qui lui a pris au prêtre de partir en Cadillac?... Taisez-vous, communistes!

… Il lui avait pris un soudain goût de liberté et d'aventure, un goût d'enfant pauvre qui a vu sa première voiture à trente ans et reçu à quarante son baptême de la route. Et voilà qu'on lui offrait pour quinze jours une Cadillac flambant neuve, noire et or, quasiment les couleurs de l'Église…

— … Couleurs des jours de *De profundis*, ricana un vieux perclus dans un coin de la forge.

L'abbé Ouellet avait tenté de résister, embourrant sa décision de signes de croix et de «Mon Dieu, venez à mon secours!» Mais l'argument final qui devait l'emporter— la dernière carte du diable, qu'il dirait plus tard— fut le geste d'humilité du grand Dieudonné qui s'abaissa jusqu'à offrir de vaquer à ses affaires en Ford à pédales durant que le prêtre roulerait en Cadillac. Ce qui est bon pour un curé est bon pour un paroissien, qu'il avait dit.

— J'en mourrai pas pour deux semaines.

L'abbé Ouellet eut beau sortir du presbytère par la porte arrière, sur la pointe des pieds, à cinq heures du matin, sa paroisse l'attendait: Marie-Pet avec une battée toute fraîche de sucre à la crème maison; Malvina avec un pain au blé d'Inde; les enfants du docteur avec un bouquet de fleurs de mai; les trois rois mages en poussant Clovis qui poussait sa brouettée de foin avec un air si innocent que tout le monde se méfia d'un foin destiné à alimenter un dix chevaux-vapeur. Le prêtre passa la main dans le foin et fronça les sourcils.

— Merci, Clovis, qu'il dit, mais je m'en vas pas en visite aux États pour me faire arrêter aux lignes.

Et il rendit au vieux sa cruche de whisky blanc.

Enfin s'amena la bru Jeannette flanquée d'un plein chaudron de poutines râpées flottant dans leur bouillon. Le curé se demanda comment faire tenir en équilibre sur un siège de velours or une marmite remplie à ras bords de jus gluant.

... Faut-i' ben manquer d'alément à ce point-là! que grimaça Clovis en fusillant la femme de son garçon. C'est point sa fille Agnès qui eût offert au prêtre pareil présent empoisonné.

... Sa fille Agnès offrit à son curé une branche de pommier en fleur pour la transplanter en terre américaine. Le père Ouellet la transplanta dans le fossé à l'entrée du Village-des-Trois-Maisons pour libérer le siège avant et faire une petite place au père Belliveau qui traînait derrière lui une paroisse tout aussi généreuse que Sainte-Marie-des-Côtes.

Quand enfin les curés accablés de tendresse purent prendre la route du sud, ils ressemblaient à deux chercheurs d'or partant pour le Klondyke.

Sans la barrette du père Belliveau qu'il ne quittait que pour aller dormir, et qui coiffait l'amas de caisses, valises, boîtes à couture, trousses de premiers soins, marmites, poêlons, pneus de rechange, cannes à pêche et albums de photos-souvenirs de la part des Bourque à la parenté de Lowell, Mass... , les villages de Champdoré, Cocagne ou Grand-Digue n'auraient pas reconnu les curés voisins. Et le mot eût pris un jour ou deux de plus pour atteindre les oreilles de Martial le connétable, qui le transmit à la Gendarmerie royale, qui le télégraphia aux lignes.

Martial eut tout le reste de sa vie pour regretter son zèle, ou pour déplorer celui des douaniers américains. Car sur le chapitre de la contrebande des alcools, les Américains étaient plus stricts que leurs voisins du nord, surtout que cette loi de la Prohibition, c'est leur Congrès qui l'avait votée en premier lieu et qui continuait à la garder en vigueur. Et les officiers du *U.S. Coast Guard* reprochaient leur laxisme aux gardes-côtes canadiens.

Il fut donc décidé en haut lieu de faire un exemple. Un exemple d'autant plus patent qu'il atteignait le Canada dans ce que ses provinces maritimes pouvaient offrir de plus puissant: l'Église catholique romaine et les bonzes du rum-running.

Ç'avait pourtant été un si beau voyage, mon père! Pas une seule crevaison, pas une seule goutte de pluie, pas un seul troupeau de vaches en travers du chemin pour freiner leur élan— vingt milles à l'heure de moyenne, sans mentir— tout s'était déroulé comme sur des roulettes. Et nos deux curés des côtes s'en étaient venus tout innocemment rouler dans les: «Stop! in the name of the law!» d'une demi-douzaine d'officiers qui n'avaient pas l'intention de badiner ni avec la contrebande ni avec la religion, ce jour-là.

... Et ça s'habille en prêtre par-dessus le marché! Et ça n'a pas honte? Et ça prend les Américains pour des enfants de chœur! Et ça n'a toujours pas honte?...

Si, si, ça avait honte, honte jusqu'à faire dans sa soutane. Encore plus honte quand les douaniers exigèrent des faux prêtres de se déshabiller... qu'on les fouille, et plus vite que ça!... d'enlever jusqu'à leur chemise, leur caleçon... pouah!... et de prouver maintenant, à poil comme des rats, qu'ils savaient chanter une messe diacre sous diacre.

Heureusement pour les douanes américaines que Sainte-Marie-des-Côtes et le Village-des-Trois-Maisons n'apprirent que des semaines plus tard le traitement qu'on avait fait subir à leurs curés! Heureusement pour les officiers catholiques irlandais qu'ils relevaient d'un diocèse américain, les hérétiques! parce qu'on eût pu trouver là matière à excommunication. Même Clovis et sa bande de vieux renards, toujours en retard à la messe, prirent très mal l'injure sacrilège des douanes envers leur Église.

Les pauvres douaniers, pourtant, n'avaient pas prolongé la fouille au-delà des limites permises par la loi et les usages. On déshabillait tout le monde pas assez catholique en ces années-là.

... Pas assez, ou trop.

D'ailleurs on fouilla la Cadillac encore plus à fond que les voyageurs. On dégonfla ses pneus, éventra ses sièges, vida son réservoir, et on songeait déjà à ouvrir son moteur quand le chef douanier entendit l'un de ses prisonniers, nu comme Jésus-Christ en croix, qui chantait en latin la *Préface* de la grand-messe.

L'officier McFadden était, de tous les catholiques irlandais américains, le plus catholique et le plus irlandais. Et il attrapa au collet le premier douanier américain à sa portée et lui secoua si généreusement les puces qu'on dit que le jour même les puces s'enfuirent à la débandade et passèrent toutes du côté canadien.

Affirmation de Clovis.

179

Tandis qu'aux lignes se jouait le drame des curés qui, après leur réhabilitation, reçurent de tels égards et cadeaux des officiels américains qu'ils décidèrent de poursuivre leur route jusque chez la parenté, sur les côtes se déroulait l'envers de la comédie. Chaque jour, un fils Damien ou le petit Philias ou parfois Black Willy lui-même promenait pour la roder la Ford modèle T de l'abbé Ouellet.

— La roder à deux cent mille milles! riait le pays tout entier qui voyait surgir la Ford à pédales à toute heure à tout endroit.

Certains vieux des terres d'en haut, peu au courant des dernières fantaisies des bootleggers, s'agenouillaient dans leurs champs en apercevant de loin la voiture ecclésiastique qui portait le viatique aux malades. Et l'on se signait, tête basse, pendant que Black Willy filait porter aux mourants de quoi les ravigoter avant de leur administrer les derniers sacrements.

Et un matin, Dieudonné fit mander son homme. Il était gai et pétillant d'idées fraîches, toutes plus géniales les unes que les autres. D'abord sa stratégie avait marché: Martial, l'officier, puis les douanes américaines étaient tombés dans le panneau. On avait arrêté à la frontière deux vrais prêtres comme faux; on n'irait pas la semaine suivante arrêter comme vrai un faux vendeur de homard.

Son maître était en si belle humeur que Black Willy n'osa pas émettre d'objections sur le homard pêché hors leur territoire par les braconniers qu'on connaît.

— Je pourrais t'envoyer vendre des gramophones ou des machines à coudre.

… Mais sans compter que les États-Unis produisaient cent fois plus de machines à coudre que le Canada et vivaient sous la loi du protectionnisme le plus rigoureux, une machine à coudre ou un gramophone ont des airs si innocents qu'ils éveillent aussitôt les soupçons. Tandis que les homards… ça regarde les officiers de pêche de distinguer les homards du nord des homards du sud, qu'il disait. Et hop! au suivant!

— Et tu pourras tranquillement t'en aller vendre ton homard aux hommes d'Al Capone.

Black Willy sursauta. Le grand Al Capone, Diamond Legs, ses idoles! Il allait enfin s'approcher du sanctuaire de la contrebande, lui, le tit-gars des côtes né dans une cabane à éperlans! Et l'eau lui gonfla les joues. Alors il voulut tout savoir, connaître jusqu'au moindre détail de sa mission… les homards gardés au froid dans la glace qui, en même temps, garderait au frais les bidons de deux gallons et demi d'alcool à 95° et marqués du sceau de la «Main». Il conduirait un camion de deux tonnes avec un seul compagnon à bord: Joe Colosse. Pour son allure et ses vertus gigantales.

— Joe pourra te changer une roue en levant quasiment le chargement d'une seule épaule, qu'il fit. Et en plusse, un géant fait peur à n'importe quel petit rôdeur qui tourne autour des voyageurs la nuit. La seule chose, laisses-y point ouvrir la bouche; personne d'autre que toi aura à parler quand c'est que vous passerez les lignes.

Il ne restait plus à Black Willy, avant le jour J, qu'à faire transporter les bidons d'étain de ses caches au camion. Jeu d'enfant. Il attela à cette tâche ses meilleurs gars et chevaux, de nuit, en prenant soin d'enrouler un chiffon autour de chaque essieu de charrette avant de lui recoller la roue. Surtout! que ça ne grince pas. Et on attacha au cou de chaque cheval une mangeoire portative pour étouffer ses hennissements; et pour réduire le bruit des cailloux de la route, on enveloppa de guenilles ses sabots. Quant aux hommes... Mais les hommes avaient l'habitude et n'étaient payés qu'après coup.

— Cinq piastres de la nuit, que confirma Clovis, si le coup réussissait. Mais quand la goélette ne se montrait point à l'horizon, ou quand les officiers se montraient trop, un gars avait eu beau grelotter jusqu'au petit jour, couché à plat ventre dans les marais, il s'en allait au matin quêter de la soupe chez sa mére. C'était ça la loi du rum-running. Et personne n'avait rien à redire. D'abord à qui c'est qu'ils auraient pu le dire, hein?

À Crache à Pic.

De plus en plus, les hommes de main, de deuxième ou troisième main, ceux qui jamais ne voyaient la face du grand patron, mais se faisaient engager à la petite journée par le subalterne d'un subalterne, ceux-là avaient été aperçus plus d'une fois à rôder autour de Cap-Lumière ces derniers temps. Et les rois mages se demandaient si c'était dans l'intention de la piéger ou de pactiser avec Crache à Pic. Après tout, la rafle de la maison de retraite fermée, durant l'hiver, n'avait pas dû se faire sans indicateurs, ou sans bras prêtés pour la circonstance.

Mais en préparant son grand coup aux États, jusque dans le giron d'Al Capone, Dieudonné n'avait pas de temps à perdre avec la garce de Cap-Lumière. Comme toutes les pauvres victimes de la crise, Crache à Pic avait passé un mauvais hiver et flottait dans ses jupes. Il ne devait pas au printemps lui rester assez de jarnigoine pour se gréer à neuf et...

Black Willy ne comprenait pas, ne comprenait absolument rien. Qui, quoi, comment??... quel était l'enfant de chienne d'espion de commère qui l'avait dénoncé?

Il avait pourtant quitté Sainte-Marie-des-Côtes de nuit, comme prévu, au volant d'un camion neuf du printemps et acheté chez un concessionnaire licencié, celui-là, pour ne rien laisser au hasard, un camion immatriculé et muni de tous ses papiers, propre, pur, vierge comme une première communion.

— Stop' in the name of the law!

Mais le pauvre Black Willy, lui, ne savait pas chanter la *Préface* en latin. Ne savait même plus réciter en français son acte de contrition dont il avait pourtant un si urgent besoin. Car en voyant les officiers américains se lancer à la chaîne les gallons d'alcool pêchés sous la glace comme des huîtres d'hiver, il sentit venir sa dernière heure. Dieudonné lui avait accordé sa dernière chance. Mais depuis un an, la chance avait failli à Black Willy, comme à son patron. Depuis un an, les roues de sa charrette s'étaient équarries. Du fond de ses réflexions désespérées, il entendit l'un des douaniers jurer comme un diable:

— Goddam little nuns! qu'il vociférait.

Et à travers la brume épaisse qui noyait son cerveau, l'homme des bootleggers perçut un éclair: Crache à Pic!

Elle avait bien préparé son coup, la bougresse! Encore une fois, elle marchait sur les traces du maître. Allait même au-devant. Pas rien que ses pas dans les pistes des autres, mais entre les pistes, pour les mieux brouiller. Un vrai fox-trot! Dieudonné n'aurait plus le choix: elle ou lui. Ou bien c'est lui qui l'envoie au fond de la mer, ou c'est elle qui l'envoie aux orties.

Et Black Willy, pour s'aider à avaler, jurait et crachait et criait des injures aux douanes et des menaces à Joe Colosse qui se dandinait d'un pied sur l'autre sans plus savoir sur lequel reposer son corps de géant. On l'avait renchargé de se taire et il se taisait. Mais il n'en grimaçait pas moins comme un gorille en cage.

— Je la tuerai! je la tuerai! rageait Black Willy en voyant gigoter les homards qui, dégagés de la glace, se dégourdissaient lentement au fond du camion.

Mais déjà deux jeunes officiers, tandis que leurs aînés s'affairaient autour de la Hand Brand et regardaient ailleurs, enfournaient les plus beaux spécimens dans des sacs de jute, sous les yeux ronds de Joe

Colosse qui avait fait serment à Dieudonné de ne pas ouvrir la bouche aux lignes.

— Je la tuerai à la pioche, la maudite! continuait de s'égosiller Black Willy.

Et il finit par saigner du nez, comme chaque fois qu'il perdait la maîtrise de son fougueux tempérament. Cette saignée le calma et l'obligea à pencher la tête par en avant, le front dans la main, au-dessus des cenelliers. Les officiers l'abandonnèrent à son malheur, trop empressés à décharger puis étiqueter leur précieuse prise pour venir changer les mouchoirs d'un gibier de potence qui saigne du nez.

Quand une heure plus tard, pourtant, les douaniers voudront livrer ce gibier-là aux officiers venus du chef-lieu le plus proche, ils devront se contenter d'embarquer Joe Colosse. Black Willy, ayant laissé son mauvais sang aux lignes, avait réussi à prendre le bois.

Et, ironiquement, c'est dans un couvent du Maine qu'il partagea, avec l'hospitalité réservée aux nombreux vagabonds de grand chemin de ces années de la crise, le récit d'une extraordinaire odyssée que leur fit l'une de ces belles grand-gueules de crève-faim comme le pays en comptait tant à l'époque: l'odyssée toute fraîche et pas encore touchée par la légende de la révérende sœur Marie de la Sainte-Crache de l'Enfant-Jésus, et de sa compagne sœur Marie des Étoiles-Célestes.

— La quoi?!!

Dans la grange de l'hospice des pauvres, où les sœurs envoyaient dormir les vagabonds des routes,

Black Willy n'eut pas besoin de déguisement pour passer incognito. Et il se fondit dans la caste des rôdeurs-maraudeurs-sans feu ni lieu comme un pois dans la soupe. Il était affalé entre un borgne et un bec-de-lièvre, quand il entendit un beau parleur affichant fièrement le sobriquet de Barabbas vanter les mérites de la révérende Marie de la Sainte-Crache.

Ce nom fit sauter Black Willy comme un ressort.

— Qui c'est que t'as dit?

Et Barabbas, rouge de piquette, de bonne humeur et d'inspiration, reprit son récit depuis le début au bénéfice de son nouvel admirateur.

... Il n'ouvrait pas la bouche inutilement, Barabbas, pas autrement que pour philosopher, manger et respirer. Dans l'ordre. Les temps étaient déjà assez malaisés sans ajouter à son malheur de son plein gré par des actions aussi futiles que le travail, par exemple. Certains de ses compères des grands chemins, le beau Trou de Dieu, entre autres, croyaient de leur devoir de se chercher de l'embauche durant une heure chaque lundi matin. Peuh! bouillie pour les chats! Barabbas les regardait partir penauds et revenir heureux, après avoir quand même gaspillé soixante minutes par semaine de leur vie. Une honte! Et c'est comme ça que ces zélotes enragés avaient raté le passage des comètes.

Black Willy frétillait et grattait ses puces de foin. Rageusement. Au fait! Barabbas, viens-en à l'histoire des sœurs... la Sainte-Crache et les Étoiles-Célestes...

... Il y arrivait, tranquille. Deux comètes, une jeune et une vieille, surgirent dans la grange juste après matines, à l'heure où le monde ronfle, les bêtes renâclent et les sœurs prient. Elles ne devaient pas s'attendre à trouver dans l'aire âme qui vive, car elles ricanaient sous leurs voiles comme des novices en sacristie.

— Deux willygieuses, Monsieur! Si fait, des willygieuses blanche et noire de la tête aux pieds. Même que je leur ai vu les jupes d'en-dessous, noires itou.

... Il avait vu bien des curiosités dans sa courte vie, Barabbas: des aléphants au Central Park de New York, des veaux à cinq pattes, les chutes Niagara, la basilique du Cap-de-la-Madeleine, la maison des nains, une tortue d'une demi-tonne et la comète Halley. Mais jamais il n'avait imaginé voir un jour se déshabiller une willygieuse. Deux willygieuses: une jeune et une vieille. Pas si vieille... cinquante ans. Encore appétissante quant à ça. Mais la jeune, saint père! Une fée, toute ronde et taillée au couteau, la peau douce comme de la crétonne de rideau, une sainte à en faire des médailles de scapulaires!

Et Barabbas s'en léchait encore les babines, sous les yeux exorbités de Black Willy.

... Et ça riait sous le voile, et ça s'engottait en chantant:

> *Prends ma couronne,*
> *Je te la donne!*

...et ça se tapait sur les cuisses, et ça se tapait dans le dos, et ça se roulait dans la paille, et... et au même instant s'en est venu quasiment rouler dans la grange le rumble seat d'une Ford modèle T conduite par un enfant d'école.

— Je sais point où c'est que c'ti-là avait pris ses leçons, mais il vous faisait reculer c'te bazou-là par en avant, et pis l'avançait à reculons. Et tout le temps qu'il jouait de la roue, il arrêtait point de jouer à pleine gueule de la ruine-babines.

— ... Ti-Louis le Siffleux, que murmura Black Willy.

— Comment tu dis ça? demanda Barabbas.

Mais il n'attendit pas la réponse et enchaîna la plus belle histoire vraie que la vie lui avait offerte l'avant-veille sur un plateau d'argent.

— Venez pas me dire après ça que j'ai rien vu, ni jamais entendu chanter les anges!

... Des anges, m'sieur, qui se déshabillent: voile, jupe, jupons, coiffe, froc aux orties! et qui t'aperçoivent tout à coup couché dans le foin, et qui te regardent, et te toisent, et te mesurent et finissent par s'asseoir à côté de toi et tout t'avouer. Elles se nomment: sœur Marie des Étoiles-Célestes — bonjour, ma sœur! — et sœur Marie de la Sainte-Crache de l'Enfant-Jésus — enchanté de faire votre connaissance! Voilà qu'elles ont passé la nuit au couvent, reçues avec les honneurs par la supérieure en personne qui les a conduites à leurs cellules avec lit, draps blancs, lavabo, images saintes, rameaux, et chacune ta bouteille d'eau bénite pour t'asperger et chasser les démons avant de t'endormir. La sœur des Étoiles-Célestes, apparence, en aurait bu la moitié dans sa grand-soif, y trouvant un goût de samedi saint un petit brin ranci.

... Elles ont toutes deux et en même temps fait à Barabbas le récit de leur aventure, puis le récit du récit fait à la supérieure du couvent: deux willygieuses canadiennes parties quêter pour les missions.

... Quêter aux États? que s'enquit la supérieure.

... Pour les petits Chinois d'Afrique, que fit sœur Marie des Étoiles-Célestes.

... Et apparence que la supérieure aurait eu calouetté.

Black Willy sent la bile lui sortir par tous les pores du foie.

— Et la supérieure a cru ça! qu'il tonne à Barabbas.

Mais Barabbas n'aime pas être interrompu en plein élan. Il se contente de lever deux doigts de la main comme un évêque, et enchaîne.

... Ces willygieuses-là, voyez-vous, s'étaient trouvé une vocation en se trouvant un habit, deux habits de sœurs, pendus à des clous dans le portique du couvent... par adon. Je veux dire qu'elles les ont trouvés par adon. Parce que tous les jours de la belle saison, les sœurs chargées du jardin échangeaient leurs habits de chœur contre des frocs de ferme, juste là, dans le portique de la cour, pour pas s'en venir chanter les vêpres en sentant la grange. Et un beau jour, nos deux voyageuses qui avaient affaire à passer les lignes sans être reconnues, et qui avaient eu l'idée de passer en willygieuses, qu'elles ont dit, par rapport que des douaniers qui la veille arrêtaient deux vrais prêtres comme faux, le lendemain...

C'est Black Willy qui termine la phrase, la calquant sur l'idée géniale de Dieudonné:

— ... le lendemain quitteront passer les yeux au ciel deux fausses sœurs comme vraies.

Et il serre les dents.

... Fallait qu'elle aille se faufiler juste entre les deux, la vaurienne, entre le prêtre et le vendeur de homard, et s'en vienne du coup le démasquer, lui, Black Willy, et le garrocher avec sa chance habituelle dans la gueule du loup.

Barabbas, voyant ce nouveau venu si dépité et qui semble ne prendre aucun plaisir à son histoire, déniche au fond de ses loques un petit flasque encore scellé et qu'il s'était juré de garder pour une grande occasion.

— Présent de l'Église catholique à Barabbas, qu'il dit en tendant le goulot à Black Willy, qui à travers sa rage, ne peut retenir un sourire.

— T'as raison plus que tu penses, mon vieux. Même que ce whisky-là a passé l'hiver dans un presbytère.

Et il boit à même la réserve que son patron destinait aux hommes d'Al Capone.

Barabbas, en mesurant la soif de son hôte, s'inquiète.

— Les willygieuses m'ont ben rechargé de le faire durer, qu'il dit. Par rapport qu'elles s'en allaient tout livrer dans le boutte de Boston, et qu'en repassant, y en aurait plus.

Black Willy attrape le mot au vol.

— Elles vont repasser par icitte? qu'il demande, l'air de rien.

— Dans trois ou quatre jours au plus. Même que c'est moi qu'a été chargé de garder leurs hardes de sœurs.

Trois jours plus tard, Barabbas entend un moteur au loin et reconnaît le son de la Ford au rumble seat.

— Viens voir! qu'il crie, c'est les willygieuses qui s'en reviennent.

Mais Black Willy ne vient pas au-devant, il reste terré dans son nid de foin.

La Ford fait alors un grand détour pour accoster à la grange par derrière, écrasant des tas de paille et des clôtures renversées. Ti-Louis le Siffleux qui avait appris à conduire en deux jours et en vue de cette expédition — il connaissait le pays, Ti-Louis, et parlait la langue mieux que Jimmy la Puce qui la baragouinait, ou que les bessons qui baragouinaient même leur propre langue — Ti-Louis le Siffleux commençait à prendre goût à sa nouvelle fonction de chauffeur-interprète-et-valet d'une congrégation de contrebandières.

Et la congrégation descendit de voiture et s'enfourna comme des habituées dans l'aire de la grange. Barabbas en voyant surgir son ami du foin, ouvrit la bouche pour faire les présentations, mais fut arrêté par le cri de la sœur des Étoiles-Célestes.

— Jésus-Marie-Joseph! quoi c'est qu'il fait sur notre chemin, c'ti-là!

Black Willy, barbouillé de poussière et rayé de paille, triomphait.

191

— Il est là pour vous le barrer, mes son-of-a-bitch!

Crache à Pic prend un long souffle, jette un œil autour, puis poussant Céleste et Barabbas, elle s'avance jusque sous le nez de l'ennemi.

— Salut, Black Willy! Il me semble que t'as maigri c'te dernière semaine. Ça serait-i' que tu mangerais point ton saoul dans les granges de couvent? Si tu veux, je peux te faire inviter à la table des sœurs.

Black Willy se retient de lui tordre le cou. De toute façon, elle ne peut pas lui échapper. Deux femmes et un adolescent à peine sorti de ses culottes courtes, coincés dans une grange, en flagrant délit de bootlegging, plus de vol d'habits de sœurs, plus de fausses identités... attendez que la supérieure apprenne à qui elle a fourni son eau bénite pour chasser les démons!

Crache à Pic soutient ces yeux enflammés et ne bouge pas. Elle en vu d'autres.

... Ah! oui? d'autres trappes comme celle-ci? La bougresse qui se spécialisait dans les pièges n'avait sans doute pas prévu qu'un jour elle tomberait elle-même dedans.

... Un piège? quel piège? Elle s'en venait tranquillement chercher ses habits pour s'en aller tranquillement manger et dormir au couvent, et partir le lendemain, elle, Céleste et Ti-Louis le Siffleux, tranquillement passer les lignes. Quel piège?

— Ah! parce que tu crois, mon enfant de chienne, que je vas, moi, tranquillement te laisser faire?

— Tranquillement, comme tu dis.

— Eh ben! c'est ce qu'on va ouère!

Et il se cabre et remplit l'embrasure de la porte.

Barabbas se gratte partout et interroge tout le monde des yeux. Allons, allons! les temps sont-i' pas déjà assez malaisés comme ça, sans en plus se barrer le chemin les uns les autres? Il a encore une demi-bouteille de scotch, un petit coup chacun...

— Tu vas me laisser faire, que dit Crache à Pic, parce que c'est ta seule chance de rentrer au pays sans te faire arrêter aux douanes. Et pour un déserteur, les jours de prison sont doublés.

Black Willy cligne des yeux, mais se ressaisit aussitôt.

— J'irai en prison, j'irai même pour meurtre, parce qu'auparavant je t'aurai pendue à une poutre de grange dans tes hardes de sœur, ma vaurienne!

Sœur Céleste, qui avait déjà commencé à se rhabiller, s'arrête net, en train de passer le voile, et décide qu'il est temps de mettre c'te effarée face à sa place. Elle arrache des mains de Barabbas une fourche à foin que le vagabond avait ramassée à tout hasard et menace Black Willy de lui passer son trident à travers le ventre. Mais Crache à Pic s'interpose avant que quelqu'un se fasse mal.

— C'est ben, Black Willy, dans ce cas-là, chacun pour soi. Tu rentres le premier ou tu nous suis?

Black Willy ne comprend pas où elle le mène, mais sait qu'il ne doit pas l'y suivre.

— Je rentre ni après ni avant, par rapport que vous rentrez pas pantoute.

— Pantoute?

— Plus jamais!

— Well, well!

— Well quoi?

— Rien. Je pensais à Dieudonné.

— Ah! parce que tu crois qu'il va te regretter, Dieudonné?

— Point me regretter, nenni, mais...

Black Willy attend.

— Mais quoi?

Crache à Pic prend son temps, le temps calme le bootlegger, à son insu, et joue pour elle.

— Rien, qu'elle dit, l'air le plus mystérieux du monde.

— En tout cas, qu'il fait, tu perds ton temps, je te larguerai pas.

Mais elle sait déjà qu'elle ne l'a pas perdu et qu'il la larguera. Alors elle passe à l'offensive.

— Barabbas, vieux chum... mais qui c'est anyway qui t'a affublé d'un pareil sobriquet?

— C'est point un sobriquet, c'est un vrai nom de la bible.

— O.K. Barabbas, tu vas t'en aller au couvent par la porte d'en avant, tu sonnes trois coups, la tourière va passer le nez à travers la grille et dira trois mots en latin. Tu répondras ce que tu voudras, elle comprendra toujou' pas. Puis tu y diras d'aller dire à la supérieure que ses consœurs... tu diras le mot consœurs...

— Hey, hey! s'approche alors Black Willy qui s'arrache à son éblouissement. Tu grouilles point d'icitte, Barabbas.

Crache à Pic joue aussitôt l'étonnée.

— Écoute, Black Willy, je veux ben croire que tu nous tiens au boutte de ta ligne, moi pis Céleste, mais le monde entier va point se mettre à tes genoux. Le Barabbas t'a jamais rien fait, lui, il t'a même traité au scotch comme je vois; ça fait que seye une petite affaire respectueux.

Black Willy n'en revient pas de tant d'audace et de sang-froid. À l'instant même où il a le pouvoir de l'écrabouiller juste là contre le mur, elle le nargue et lui rit au nez! Hé ben, ça se passera pas de même, ça s'adonne. Et il s'élance.

Mais son geste est arrêté par un bruit de moteur qui lui fait tourner la tête vers la Ford que Ti-Louis le Siffleux actionne à la manivelle. Dès les premiers mots de la lutte verbale, Ti-Louis avait saisi la stratégie de son chef et était rentré dans le jeu. Crache à Pic était de taille à jouer sur trois échiquiers à la fois. Pas Black Willy. Il n'avait point été entraîné pour le judo et la dialectique en même temps. Et le Siffleux lui avait filé entre les pattes.

— Asteure, décide-toi, qu'elle lui fait.

— Ma garce!

— Hé ben, la garce va te surprendre, vieux loup-cervier! Tu te souviendras sus tes vieux jours, si jamais t'en as, qu'une Crache à Pic oublie pas plusse un service rendu qu'un coup en bas du ventre. Dieudonné a pas craint d'aveindre son aéroplane de sa cachette, à l'automne, pour se joindre aux autres et chercher mon frère Tobie au-dessus du bois. C'était lui en demander gros ça, au Dieudonné, d'éventer son secret. Aujourd'hui, je règle mes comptes. Et je suis parée à te faire passer les lignes sans qu'un seul douanier songe à te mettre la main au collet.

Le discours fut si long et si parfaitement construit, que Black Willy, l'as des demi-phrases cinglantes, resta charmé comme un serpent à sonnettes. Crache à Pic fit alors signe à Céleste de lui passer sa coiffe.

Et là, dans l'aire de la grange, sous le double regard d'un vagabond et d'un contrebandier, les deux sœurs revêtirent l'habit au son de l'harmonica qui jouait en mineur:

> *Prends ma couronne,*
> *Je te la donne;*
> *Au ciel, n'est-ce pas,*
> *Tu me la rendras.*

Barabbas se consola de se séparer de ses amis en caressant sa veste, sa chemise et son pantalon en vrai drap rayé bleu qui avait appartenu à Black Willy et que Crache à Pic lui avait fait troquer contre les loques du vagabond.

— Si tu veux point qu'on te reconnaisse, laisse-moi faire, qu'elle avait dit au contrebandier en lui barbouillant le visage de fumier séché. Et souviens-toi que tu ouvres point la goule. À partir d'asteure, t'es un sourd-muet que deux religieuses des pauvres ramènent de l'hospice.

Il avait été décidé que le cortège prendrait par le nord et passerait la frontière du Madawaska. Car

Black Willy avait avoué à Crache à Pic que dans le sud, on avait le signalement des «goddam little nuns». Et quant à décider de rentrer au pays, le contre-bandier préférait se donner toutes les chances et rentrer en un seul morceau. Il lui resterait toute sa vie, après, pour se venger sur la maudite vaurienne d'enfant de beda!

On roula jour et nuit, Black Willy et Ti-Louis le Siffleux se relayant au volant, tandis que les deux religieuses, voile au vent, chantaient des cantiques obscènes, carguées dans leur rumble seat:

> *L' curé de chez nous*
> *S'en allait à la chasse;*
> *Prit son fusil,*
> *Et son chien le suivit.*
> *Sur son chemin,*
> *Il rencontre un crapote;*
> *Prend son fusil,*
> *Et vise en plein cu... u...*
> *... ré de chez nous...*

Un matin, alors que les sœurs de la Sainte-Crache de l'Enfant-Jésus et des Étoiles-Célestes échangeaient des échantillons de latin dans le style

> *Et in cœlo et in terra...*
> *Si tu te salis, salaud, tu te néteyeras...*

un grain subit leur creva sur la tête. Avant qu'elles n'eussent le temps de fermer le rumble seat et de se fourrer sur le siège arrière, les deux religieuses perdirent la vue simultanément: leurs coiffes empesées à l'empois de patate venaient de leur tomber sur les yeux.

Et c'est attifées dans un habit qu'aucune congrégation de droit pontifical ou diocésain n'eût reconnu que nos «two goddam little nuns» répondirent aux indiscrétions de la douane canadienne.

— Nées... ?

— Oui.

— Citoyennes?

— Du pays.

— Résidence?

— Couvent de l'Immaculée-Conception.

— Parties combien de temps?

— Le temps d'aller et revenir.

— Raison du voyage?

— Bonne raison.

— ... But du voyage?

— Premier but.

— Taise-toi, Céleste... Au premier but, on a laissé un aveugle; au deuxième, on a ramassé un sourd-muet: le v'là... le voilà.

Et levant le coin de sa coiffe flétrie, Crache à Pic indique de l'œil Black Willy, sourd comme un accordeur de piano.

— Son nom?

— ... Ildefonse Laporte, Ti-Cul pour les amis.

Black Willy ferme les poings et marmotte, mais au même instant Ti-Louis lui marche sur le petit orteil qui sort par la savate trouée de Barabbas et Black Willy lâche son soupir dans la nature.

— Tous sujets canadiens?

— Sujette à faire...

Mais Crache à Pic cette fois coupe Céleste d'un suave:

— Si fait, mon fils, par la grâce de Dieu. Nous prierons pour vous.

Et elle glisse une aumône dans la main du douanier qui, surpris et satisfait de la réponse à son interrogatoire, salue la communauté qui reprend le chemin du couvent.

Quand Crache à Pic peut enfin s'arrêter de rire et reprendre son souffle, le cortège religieux était déjà sorti du Madawaska et se trouvait bien engagé dans un chemin de traverse de la forêt. Black Willy a dû songer un instant à jeter tout ce beau monde hors de la voiture et filer seul à son port. Mais outre qu'il ne se sentait plus la force de se battre, n'ayant rien avalé de ces deux derniers jours, il n'aurait rien trouvé à dire à Sainte-Marie-des-Côtes qui sûrement attendait Crache à Pic et son équipage à la barrière du pays.

... Il se trompa d'une clôture: on les attendait au bout du chemin des Amoureux.

C'est là que Black Willy décida qu'il avait assez voyagé et que, sautant de la voiture, il prit le bois, sans dire merci. Crache à Pic le salua de la main et lui cria:

— Va dire à Dieudonné qu'asteure on est quitte et que j'y dois plus rien.

Et elle laissa Ti-Louis le Siffleux filer entre deux rangées de curieux-braconniers-flâneurs-traîneux de forge-et-fumeux de pipe prévenus par ceux du Village-des-Trois-Maisons que la fille des Crache à Pic rentrait saine et sauve de la chasse au loup-marin.

Clovis gloussa:

— J'avais encore jamais vu personne au pays chasser le loup-marin après les glaces parties. Mais faut dire qu'au pays, c'te année, on a vu ben des merveilles que personne encore avait jamais vues.

Et prenant deux rois mages sous le bras, il enjoigna le troisième à les suivre au Cap-Lumière.

Crache à Pic s'en vint tout droit sous le pommier où l'innocent Tobie consacrait désormais toutes ses énergies à dresser son ours. Il lui avait déjà montré à s'asseoir, à se tenir debout sur ses pattes arrière, à dérouler lui-même sa laisse du tronc de l'arbre, à grogner tout bas, à marcher à pas feutrés, et à lécher la paume de son maître qui le nourrissait de glands, faînes, pommes et fruits sauvages.

— Tu en prends grand soin, Tobie?

Et Tobie était tout heureux d'exhiber son ami et protégé. Alors Crache à Pic s'approcha d'Adalbert... non, c'est Dagobert... et s'informa du soin que l'ours avait pris de Tobie. Et le besson la rassura.

À l'avenir, Crache à Pic aurait le champ plus large : Cap-Lumière était bien gardé.

— Un Crache à Pic a point encore eu besoin d'appeler un connestable à sa rescousse, jamais. Je veux pas que ça seyit dit qu'un jour je demande au beau Martial de s'amener à Cap-Lumière défendre son dernier rejeton.

Le besson ouvrit alors assez grande la bouche pour en laisser sortir une phrase complète.

— Le connestable Martial viendra plus jamais au Cap-Lumière, ours ou point d'ours.

— … ?

— Le connestable Martial a quitté le comté.

Crache à Pic, depuis sa petite enfance, aimait tout savoir mais détestait, pour l'apprendre, avoir à poser des questions. Elle cherchait toujours à atteindre le but par la perpendiculaire. « Toi tu te rendras au ciel, que lui avait dit un jour sa mère, par le plus court chemin. » Et Céleste avait ajouté : « Par des chemin de traverse. »

Elle planta ses yeux dans ceux de Dagobert et attendit. C'est Adalbert qui répondit.

— Martial a été rappelé à cause des revenants de la Toussaint, et surtout de… du Santa Claus, qu'il fit.

Mais déjà la foule venue l'accueillir à l'entrée du village, et qui avait suivi la voiture en courant, débouchait dans la cour de Crache à Pic. Cette chasse aux loups-marins sur une baie complètement dégelée, c'était une aventure trop risquée et trop belle pour en laisser tomber les premiers mots en des oreilles profanes, le conteur Clovis en voulait la primeur.

Mais le conteur Clovis cette fois fut déçu. On eut beau le traiter, lui et ses compères, au meilleur petit-blanc, on eut beau faire semblant de faire accroire, Clovis, en vrai connaisseur, sentit que l'âme n'y était pas. Crache à Pic, la virtuose, ne se donnait même pas la peine aujourd'hui d'accompagner de la main gauche le récit de son expédition. Le conteur Clovis cherchait même à l'aider, lui suggérant des images, l'engageant dans l'allégorie… Allons, Crache à Pic, son auditoire était un vieil habitué, elle pouvait tout raconter sans jamais nommer une fois les lignes, les États, le froc qu'elle avait pris soin d'envoyer Jimmy la Puce rependre à son clou dans le portique du couvent; elle pouvait revivre pour son public avide sa grande aventure au large entre les loups-marins et les chasseurs, chacun saurait donner tout seul le nom qui convenait à ces loups-marins-là.

— T'as dû avoir chaud par boutte, que la relance Balthazar.

Elle ne mord pas et laisse répondre Céleste. Car sous le babillage de sa marraine, en plus sourd, lui parviennent des effilochures d'un autre discours, celui que les bessons sont en train d'arracher au vieil accroupi appuyé au piquet de la clôture.

… Martial est parti à cause des voitures volées que le flanc-mou n'a pas réussi à récupérer à temps, et qu'il a bêtement laissé se naufrager dans la baie. C'était un brave homme, Martial, et un gars du pays qui connaissait son monde. Mais dans les temps que l'on vit, le pays n'en est plus à jouer à bouchette-à-cachette ni à *Hoist the sail*.

— … Y en a même qui contont que ça commence à aller mal dans les Europes et que le jour que ça ira mal par là… Ça se parle même que l'Amarique pourrait bétôt abolir sa Prohibition. Ça fait que ceuses qui tenont les cordeaux, à Ottawa, avont jugé que ça serait peut-être une bonne affaire de les serrer un petit brin. Par rapport aux bootleggers qui voyont leur dernière heure approcher et allont pour sûr larguer toutes leus amarres et hisser toutes leus voiles d'un coup. C'est pour ça qui fallit envoyer Martial ailleurs et bailler à Sainte-Marie-des-Côtes quelqu'un de… quelqu'un qui ressemblerait plusse à un homme.

Au même instant, Crache à Pic lève la tête. Elle n'a vu ni entendu personne, mais elle a quand même levé la tête vers l'horizon. Et abandonnant ses hôtes de plus en plus nombreux— il vient maintenant des femmes et des enfants— au récit rebondissant de péripéties saugrenues que multiplie Céleste, Crache à Pic s'esquive et se dirige tout droit vers le quai.

C'est la brunante, une brunante claire des plus longs jours de l'année. Elle est seule. Et comme toujours en ces moments-là, elle parle à ses morts. À son père et à son grand-père, vieille habitude d'enfance, à ses frères qu'on n'a jamais retrouvés, et depuis un an, juste un an ce jour-là, à sa mère. La mort n'a jamais effrayé Crache à Pic, pas plus que l'inconnu, le mystère ou l'étranger. Elle n'y réfléchit pas, ne l'interroge pas, elle la sent qui la frôle parfois le soir et lui souffle des mots à l'oreille. Mais ces mots ont toujours la même résonnance, suscitent dans sa tête les mêmes images: la mer, un arbre, un champ de blé, le vent, des images de vie.

Et Crache à Pic rit à la mort qui lui inspire le goût de vivre.

... Le soleil a encore un coup laissé sur la mer sa travée de sang. Il fera chaud demain. On sortira *La Vache marine*, de bon matin... Quelqu'un a bougé sur le pont... c'est rendu qu'on fouille sa goélette de nuit?... Non, on se tient debout, juste sur le gaillard d'avant, droit, face à la mer. C'est quelqu'un qui est venu renifler, ou simplement prendre l'air. Et du pont de *La Vache marine*, on a une vue plus... plus large... plus prime...

Elle ne bouge pas. Il l'a vue. Et il s'en vient. Elle sait que c'est lui: le nouveau connétable. Hé, hé! un beau morceau à se mettre sous la dent. Martial, c'était de la bouillie pour les chats. Mais celui-ci, le vieux prétend qu'il ressemble plusse à un homme... C'est vrai. Tant mieux! La partie n'en sera que plus belle.

Il s'arrête à dix pas d'elle. Elle a le temps de détailler ses traits: un sauvage ou un Viking? Ni l'un ni l'autre. Encore plus ancien. Il doit remonter à...

Il lui a parlé, elle a entendu sa voix. Et elle va répondre. Mais une seule phrase lui vient à l'esprit: à nous deux! Elle ne dit rien. Car au même instant, elle aperçoit sur le sable, de l'autre côté du barachois, la silhouette du grand Dieudonné. Et la phrase qui est sortie des lèvres de la jeune fille a fait dresser l'œil du nouveau connétable:

— À nous trois!

4

— C'est la faute au bon Dieu, que devait dire à mon père le conteur Clovis, un jour qu'il allait sur ses cent ans. Il avait fait trop beau cet été-là, vous comprenez.

Eh oui! trop beau, mon père avait compris! Si beau que les côtes en transpiraient de la saumure. Et vous savez que le sel donne soif et creuse la tripe. Jamais le pays n'avait éprouvé un tel besoin de s'empiffrer qu'en cet été 1931. Surtout après le long hiver. Mais à la saison de la pêche, les gens des côtes n'ont aucune raison de sortir la langue et de se frotter la panse.

— Jos Beef, en juillet-août, échange ses crochets de boucherie pour des filets, et s'appelle Jos Fish.

Et même les pauvres et les miséreux mangent de la morue fraîche, du homard et de la truite saumonée. Et puis ils ont soif.

Un drôle de bel été!

Sauf pour Dieudonné. Le pauvre homme, au dire de Zéphirine, avait dû se refaire un estomac à coups de grands verres de sel d'Epsom puis de lait de magnésie. Un plein camion de whisky saisi aux lignes américaines, figurez-vous! Plus une piste éventée, l'honneur meurtri, un homme en prison. L'homme, passe! Dieudonné au bout de quelques jours l'avait remplacé. Le chômage frappait un père de famille sur deux, en ce temps-là, et le bootlegger voyait chaque matin des loqueteux descendus des terres d'en haut, ou surgis des pointes et des dunes, faire la queue à la porte de sa grange. Il remplaça Joe Colosse par deux frères braconniers de Grand-Digue qui avaient croisé la veille le cutter des officiers de pêche en territoire défendu.

— Je vous prendrai tous les deux au prix d'un, qu'avait suggéré Dieudonné.

Et les Grand-Digue avaient fait signe que oui, les yeux au large.

Pour remplacer le camion, ç'avait été plus malaisé. Car si quelque chose ne chômait pas en ces années-là... Les camions, les bateaux, les charrettes, même les petits avions qui vrombissaient et tournoyaient entre les cornes des animaux au milieu des champs, de jour ou de nuit, tout ce qui volait, voguait ou roulait dans les portages ou chemins de traverse était fort en demande au pays des côtes, dans les années 30.

Dieudonné rageait et se vengeait.

Se vengeait sur la vie qui lui avait largué dans les pattes, un an plus tôt, cette vaurienne de canaille de garce de Crache à Pic! De quoi se mêlait-elle?

Elle n'était pas bien au fond de ses cales de cargo, à fourbir les boutons de cuivre des officiers de bord? Elle n'aurait pas pu y rester, rester fondue dans les brumes des mers du sud? Il fallait bien qu'elle revienne, entre en lice sur son terrain réservé, au Dieudonné, et finisse par attirer dans son giron de Cap-Lumière la foule des crève-faim et besogneux qui tournaient autrefois autour des granges des bootleggers.

... Un sale tour de la girouette à Dieudonné, disait Clovis, qui a viré ses ailes du bord du quai en délabre des Crache à Pic, y poussant tous les flâneurs, rêveurs et assoiffés du pays à y venir chaque matin se raconter des menteries et rebâtir le monde à l'ombre de *La Vache marine*.

Et Crache à Pic, l'air distrait, laissait couler à portée de becs le flot doré de rhum et de scotch whisky qui s'échappait de ses caches. Par accident.

— Christ Almighty! se plaignait le roi des rois mages, on a pourtant réussi à renifler dans toutes les trappes à Black Willy; pourquoi c'est donc qu'on trouve pas les cachettes à Crache à Pic?

Parce que Crache à Pic avait appris à se taire. Se taire au point que même le vieux Clovis s'est souvent demandé par quel subterfuge— qu'il a appelé truc du diable— elle était parvenue à s'emparer de la réserve de l'ancien presbytère.

— À commencer par le déterrage du secret, qu'il dit. Comment c'est que la Crache à Pic a fait pour déniger c'te cachette-là?

Il oubliait, le vieux, qu'il la connaissait lui-même déjà à l'époque des revenants, et qu'il n'avait pas su résister à la démangeaison d'insinuer. Comme tous les conteurs de sa promotion, le vieux Clovis se spécialisait dans les feintes, les provocations, les je-sais-tout-mais-ne-vous-dirai-rien, et aurait trouvé en-dessous de sa condition de se mettre à conter de A à Z. Crache à Pic, qui avait des conques à la place des oreilles, les ailes du nez palpitantes, et point les yeux dans sa poche, comme devait dire mon père, tourna bien des défricheteux-de-parenté en informateurs sans que la parenté n'en sût rien.

C'est ainsi que durant le fameux été 1931, si chaud que les mouettes languissaient et que les champs d'avoine se doraient comme du blé, Crache à Pic se gagna le pays.

Et tout le monde, hormis Marie-Pet, la famille du docteur, le presbytère et le couvent, et quelques maisons qui sans aller jusqu'à s'appeler respectables restaient pourtant attachées à certaines traditions, s'adonna au grand jeu de la petite contrebande. On n'y aurait pas songé du temps du connétable Martial, le pauvre!... ce n'était pas sa faute s'il sortait de Pré-d'en-Haut... de ce temps-là, des astucieux de la trempe des rois mages, de Zéphirine, Alisca ou Xavier la Bosse, ne se seraient pas fendus en quatre pour tendre un piège à un homme qui marchait à reculons, les deux pieds dans la même bottine. Mais avec l'arrivée au pays du nouveau représentant de la loi...

— Il s'appelait Vif-Argent, de son surnom. Et je vous dirai pourquoi. En premier, par rapport que tout le monde sur les côtes a un sobriquet, officiel ou pas; secondement, par rapport que cet homme-là, même un étrange venu d'ailleurs, avait une si tant grande ressemblance avec le pays, que ç'aurait été lui faire injure que de l'appeler par son nom propre. Mais avisez-moi pas, c'est point moi qui l'a surnommé; ni Melchior, pour une fois; apparence que ce serait la vieille Ozite.

Clovis n'avait pas dû se creuser les méninges pour trouver ça, Ozite était responsable de la moitié des sobriquets qui circulaient dans le pays. À commencer par les rois mages eux-mêmes. Mais Vif-Argent, elle était allée le chercher plus loin.

— Quand il s'en a venu accoster au quai, qu'elle aurait dit, le nouvel officier avait des ailes aux jarrets.

Sans mentir!

Et le centenaire Clovis, en rapportant trente ans plus tard les discours de la vieille qui passait cent ans, gloussait devant pareille sénilité.

Il venait d'ailleurs, le nouveau connétable, et pourtant il était tout comme du pays. Originaire des îles Saint-Pierre et Miquelon, il avait les mêmes ancêtres que les Martin des côtes, que défricha Clovis. Mais sa parenté remontait à la Déportation. Je suppose. Ça ne l'empêchait pas de parler la même langue que ses ad germains, ou à peu près.

— Il a juste une petite affaire d'accent, répétait Clovis. Il parle gras, comme ceux de Cocagne. Mais il parle franc.

— Avec une si belle gueule, n'importe qui parlerait franc.

— Pas rien que la gueule; tu y as vu les yeux?

— Malaisé de les distinguer sous une pareille broussaille d'usses en bas du front.

— Un front plus large que tes deux fesses côte à côte, Gaspard. À la place des taureaux, j'esseyerais point de croiser mes cornes avec les siennes.

— À la place des bootleggers, je laisserais pas ma grange ouverte c'te hiver.

— Je laisserais rien d'ouvert à la place de n'importe qui.

Et tous les fumeurs de pipes crachèrent de côté en même temps, sans regarder personne.

Crache à Pic n'entendait pas ces bavardages de forge et de hangar, et ne bougeait pas un cil sous le flot saliveux de ces mauvaises langues. Pas un cil. À peine une aile du nez.

Alors le vieux Clovis pensa bien faire en renchérissant:

— Certains ont mentionné Martin, d'autres Mathieu. C'est donc ou ben Martin Mathieu, ou bedon Mathieu Martin. D'une manière ou d'autre, c'est un nom du pays. Et c'est franc.

C'était franc. Et hardi. Les côtes devaient apprendre dans les mois qui suivirent que le nouveau connétable n'avait point l'intention de badiner avec les apprentis contrebandiers.

— Souvenez-vous du beau Tilmon à Tilmon, le jeune effaré de la baie, qui chantait d'entre ses barreaux, le matin du 15 août, *Honneur à la patri-i-e!*

Sa mère était la seule de toute la procession des fidèles sur le chemin de l'église qui n'avait pas ri. Un fils en prison, t'as qu'à ouère! Et durant la pêche au homard par-dessus le marché! Tout ça par la faute des bootleggers, les bandits! Célestine avait

dû franchir trois champs et sauter quatre clôtures
de lices pour s'en venir consoler la mère Tilmon et
lui expliquer que son fils, s'il était aujourd'hui en
prison, c'était parce qu'il avait été plus chanceux
que les autres, c'est tout.

... Plus chanceux?

... Plus chanceux, je te dis.

Et Célestine entreprit de relater l'événement à
la mère éplorée au bénéfice de Clovis, là présent,
qui le rapporta à mon père, trente ans plus tard,
qui me le raconta dans les mots même de Célestine.

...

... Plus chanceux, que je vous dis, puisque c'est
nul autre que lui, le Tilmon, qui était tombé par
pur adon sur la cache de la dune. Figurez-vous une
jeunesse qui s'en va chasser le canard appelé petit-
noir, comme c'est permis, sur la dune qui est à tout
le monde, un jour qui n'est ni férié ni empoisonné
par les canicules. Il est dans son droit et ne fait de
mal à personne. Puis voilà qu'en s'asseyant sur le
sable pour se rouler une cigarette — un jeune homme
de vingt-cinq ans qui gagne sa vie a bien le droit
de fumer, en dehors des avents et du carême — en
s'écrasant dans le sable, donc, voit l'un de ses talons
s'enfoncer plus que de raison. Ça le saisit. C'est
quand même curieux un pied qui creuse tout seul
dans le sable de la dune, tandis que l'autre reste
bien tranquille, aplati comme une plaise. Ça fait
que le Tilmon s'est demandé si d'un coup il ne serait
pas assis sur du sable mouvant... Voyons! Tilmon,
du sable mouvant sur la dune, asteure! On l'aurait

su depuis le temps... Rendu là dans son raisonnement, il a vu qu'il ne voyait plus sa cheville, ni son jarret, qu'il aurait bientôt le genou sous terre, et qu'il était grand temps de s'arracher à la malédiction s'il voulait point se faire enterrer tout vif et tout rond. Mais en se redressant, voilà que la jambe s'enfonce jusqu'au... jusque-là, qu'indiqua Célestine de la main.

— Et le temps d'un acte de contrition, Tilmon l'Effaré avait l'air d'un pirate qui vient de perdre sa jambe de bois.

Célestine, ayant entendu siffler un premier rire des lèvres de la mère Tilmon, s'était rengorgée.

... Il n'acheva pas sa prière, le chanceux, parce que ses orteils venaient de reconnaître quelque chose, enfoui sous la dune, qui avait tout l'air de ressembler à un coffre... ou une caisse... ou un bidon de fer-blanc! Si le Tilmon avait été plus instruit, il aurait eu chanté là le thé *Deum* au lieu de *ma Darling Clémentine*, parce qu'il venait de dénicher l'une des plus grosses et plus précieuses caches des bootleggers, par pur adon et pure chance.

Le vieux Clovis devait commenter là-dessus, comme de raison.

— À mon dire, qu'il fit, y a pas plus de chance là-dedans que de malchance dans la mort d'un soldars. Un houme de guerre tôt ou tard vient face à la mort pour la bonne raison que sur un champ de bataille, la mort se cache partout. C'est une affaire de temps. De même le pays, durant ces années-là, était un champ de rum-running où c'est qu'on cachait partout des cruches, des bidons et des barils. Fallit

212

bien que tôt ou tard un écervelé timbît dessus. Et on l'appelait le chanceux.

— ... Sauf que la chance de Tilmon, poursuivit Célestine, se tourna contre Tilmon le jour où un plus chanceux que lui dénicha à son tour sa cache.

Nouveau venu dans le métier, il n'avait pas pris assez de précautions, l'Effaré, et pas observé la règle d'or de Crache à Pic. Il parla. Sans rien dire, il révéla tout: l'endroit de la découverte, le nombre de bidons, la marque de fabrique gravée dans le fer-blanc... pas la Hand Brand! jamais je croirai!... et combien il comptait tirer de cette fortune tombée du ciel. Et là fut sa première faute... Combien il compte en tirer? C'est qu'il a donc l'intention de se faire lui-même bootlegger, l'Effaré, au lieu de s'en venir tout bonnement et généreusement partager avec ses compères coureurs de filles et de galipote?

Et les compères se mirent aussitôt à le suivre, l'observer, étudier ses moindres gestes et lui déclarer la guerre. Et le pauvre traqué, qui ne savait plus où donner de la tête, finit par donner bêtement dans le piège.

Un piège tendu par Edmond à Arcade, mais sur une idée, apparence, de Ti-Louis le Siffleux. Selon Clovis. Il n'était d'aucune bande, Ti-Louis, ce qui lui permettait de semer généreusement ses idées à qui en voulait, premier venu premier servi, sans marchander sur les profits. Un artiste, voilà. Et il avait jeté son idée dans l'oreille d'Edmond, à tout hasard. Le bel Edmond, qui avait le double de l'âge du Siffleux, avait par conséquent deux fois plus soif, et deux fois moins de scrupules.

Il s'amena un jour hors d'haleine et les yeux exorbités chez Tilmon en train de nettoyer tranquillement son fusil.

— Grouille-toi le cul, qu'il lui dit, t'as une demi-heure pour sauver ton bien.

— Quoi c'est que tu dis?

Et Tilmon sauta sur ses pattes.

— Je dis que t'as pas de temps à perdre si tu veux sauver ce que tu caches.

— Moi?... Je cache rien.

— Dans ce cas-là, t'as rien à perdre et rassis-toi. T'auras rien qu'à y mettre sous le nez, au Vif-Argent, ce que tu caches point.

Le nom de Vif-Argent remit des ressorts aux jambes de Tilmon l'Effaré qui attrapa son ami par les épaules.

— Godêche de hell! Edmond, viens m'aïder.

— Prenons par le bois.

— Non, c'est trop risqué. J'ai entendu dire que le Vif-Argent connaît déjà les bois autant que les chasseux de perdrix. Faut remonter la côte.

— La côte? T'es pas fou! Les rois mages y flânent toute la journée, asteure que la pêche est commencée.

... C'est bien vrai, songea Tilmon le pêcheur. Les seuls à rester à la côte, durant la saison de la pêche, à se moquer des autres, c'est les braconniers qui sont au large le restant de l'année.

Edmond eut alors une meilleure idée.

— Quoi c'est que tu dirais de la petite chapelle des sœurs au bout du calvaire...

...

Et de croix en croix, les bidons de la Hand Brand enfilèrent le calvaire jusqu'à la chapelle que les sœurs n'ouvraient qu'aux fêtes de la Vierge.

— On aura tout bu avant le 15 août, s'esclaffa Edmond, ce qui fit s'arrêter, au pied de Pilate se lavant les mains, l'effaré de Tilmon qui éprouva comme une morsure de serpent à l'endroit du cœur.

Puis il se ressaisit:

— Quand le danger sera passé, je te payerai ton trouble, Edmond à Arcade. Trois gallons feraient-i' ton bonheur?

Le rêve de bonheur d'Edmond à Arcade, qui transportait un tel trésor sur ses épaules, augmentait à chaque station du chemin de croix. Rendu à la chapelle... Mais il se contenta d'un pfff! désintéressé et sublime que Tilmon avala comme une couleuvre.

... Il la rendit le surlendemain, la couleuvre, avec son dernier souper, au pied de saint Joseph appuyé sur sa fleur de lys et qui riait tout bas sous son armure de plâtre. Mais il eut tort de rire, le saint homme, car Tilmon à Tilmon, dans sa rage, lui cassa si proprement le bras que la fleur de lys s'en vint s'écraser sur le marbre de l'autel.

— Le petit maudit! que réussit à dire l'Effaré en se signant devant la Vierge, il me payera ça.

Il paya.

Car Edmond à Arcade, en deux jours, avait eu le temps de commettre les mêmes erreurs que Tilmon l'Effaré. Sans rien avouer, il promenait sous le nez de ses compères assoiffés le sourire d'un Christophe Colomb qui sait que la Chine n'est point la Chine mais l'Amérique, mais qui sait que personne d'autre ne le sait que lui. Ça, par exemple! Si vous pensez que Champdoré, Bois-Joli et le Village-des-Trois-Maisons allaient s'en accommoder! Et on se mit à le suivre.

Quand Tilmon l'Effaré réussit enfin à le rattraper, son voleur venait à son tour de se faire voler. Et leur différend s'acheva dans un seul cri de malédiction contre le reste du pays.

Ainsi de Tilmon à Edmond, à Pierre, à Jean, à Jacques, la prise de la dune vola de main en main et de cache en cache... jusqu'au jour où l'un de Sainte-Marie-des-Côtes s'ouvrit les yeux, se frotta les cuisses et proposa aux autres un marché. Puisqu'il était écrit que le pays était trop grand pour un seul et trop petit pour se le partager... Et où c'est que tu veux en venir, Queue de Renard?

— J'ai soif, qu'il dit.

Et sans plus de «si» ni de «puisque» ni de «par rapport que», on se mit d'accord sur la proposition.

... Fallait point demander à Célestine de raconter en plus comment les noceurs avaient fini dans le cimetière, et quel était le mécréant qui avait eu l'idée de cacher le restant dans une fosse... deux ou trois fosses que ça prendrait, mais des fosses, le cimetière en était plein, il n'y avait même que ça dans le cimetière, des fosses, surmontées de leurs croix... quelques coups de pelle et... hé! pas celle-là, Queue de Renard! tu creuses la tombe de ton beau-père, cherches-en une assez ancienne pour que le mort s'en vienne pas te crier son nom en se montrant la face... un Irlandais de préférence, par respect pour la religion catholique apostolique et

216

française… et oubliez pas, personne, que c'est moi, Tilmon, qui l'a trouvé le premier à la dune et que ça… aaaaaaaah!…

Le cri de Tilmon l'Effaré bouscula Bois-Joli sur Champdoré sur le Village-des-Trois-Maisons qui poussa Sainte-Marie-des Côtes dans la première fosse ouverte. Et c'est là, dans la tombe du défunt Crooked O'Leary, qu'un bon échantillon de nos fossoyeurs de nuit fut surpris, arrêté puis délesté de cinquante-six gallons d'alcool quasiment pur.

Vif-Argent les détailla tous les sept, honteux comme des péchés capitaux. Un an après le carnaval du chemin des Amoureux, le nouveau connétable s'en venait enseigner à Black Willy et à Dieudonné qu'une apparition peut se passer de drap et d'ossements pour figurer un revenant.

— Car rien ne ressemble plus à la mort que la peur qu'on en a, de clamer le vieux Clovis en citant les Écritures.

Mais la vraie prise de Vif-Argent, cette nuit-là, ce n'était pas sept effarouchés qui l'avaient mépris pour le vieil O'Leary, et coupables seulement d'avoir bu dans les cruches. Que le pays apprenne dès maintenant que Martial aurait des vacances prolongées et que dorénavant le connétable, c'était le gars de Saint-Pierre et Miquelon.

Et à la lumière des éclairs de phosphore:

— À qui appartient cette réserve à l'heure où je vous parle?

La réponse ne se fit point attendre et sortit en chœur:

— À Tilmon l'Effaré de Sainte-Marie-des-Côtes.

... Voilà comment Tilmon à Tilmon dit l'Effaré aboutit dans la prison du comté et reçut chaque nuit des mains de ses compères repentants sa part de réconfortant. Et voilà comment Célestine convainquit la mère éplorée que son fils avait été chanceux.

Le sacré Clovis qui avait appris en même temps... pardon! une heure plus tôt que toutes les côtes, la découverte de la dune, et avait suivi d'une bonne longueur d'avance l'odyssée des bidons entre les croix du calvaire, à la petite chapelle, au quai, jusqu'au cimetière, conclut que l'époque de Martial était vraiment révolue.

— Dorénavant, qu'il dit...

Et toute la forge comprit.

Mais personne n'avait rien à dire contre Martial. Un brave. Et bon comme du pain doux. Et qui avait honnêtement pratiqué son métier. Mine de rien, chaque mois à peu près à la même date, Martial avait coutume de payer aux maisons louches une petite visite de courtoisie, genre : je passais-par-là-et-je-vous-apporte-les-salutations-de-la-parenté. Mais comme personne des ainsi honorés ne se connaissait de la parenté chez les représentants de la loi, on ne sortait jamais son vin au pissenlit ou sa bière aux mères pour souhaiter la bienvenue à cet effronté-là. On ne sortait surtout pas ses cruches de Hand Brand. Pas si fou.

Il arrivait pourtant que la visite déroge d'un jour, par mégarde ou accident... fallait surtout pas en accuser Martial... et que l'un ou l'autre des petits trafiquants se fasse attraper la culotte aux chevilles.

Clovis se souvient qu'un jour, lors de l'une de ces visites de courtoisie chez les Tom à Ozite, Tom fut quasiment surpris la main dans son alambic où bouillait l'une de ses inventions à base de blé sauvage. L'arôme suspect avait déjà envahi la cuisine d'été, la cuisine d'hiver, la dépense, la chambre plâtrée et allait atteindre les narines du connétable qui passait-par-là-et-qui-vous-apportait-les-salutations... quand Ozite la centenaire brouilla l'arôme d'un hurlement qui attira la bru effarée au pied de sa chaise à roulettes. Et la bru reçut dans le giron un flacon ouvert d'alcool à friction.

— Frotte-moi l'échine, que balbutia la vieille dans un long geint qui arracha un soupir de compassion même à la loi.

Et la plus entêtée bien-portante des centenaires du pays se laissa tranquillement frictionner la colonne, les reins, les cuisses, sous le nez pudique d'un connétable qui ne distinguait plus l'alcool à rhumatisme de celui du whisky frelaté. Et ayant souhaité à Mame Ozite un prompt rétablissement, il bredouilla son je-passais-par-là... et toute la maisonnée le remercia de lui apporter les salutations de la parenté.

Mais avec le débarquement à Sainte-Marie-des-Côtes de Vif-Argent, l'époque de Martial, répéta Clovis, était bien révolue. Avant même de lever le petit doigt, Vif-Argent avait fait comprendre aux côtes que dorénavant — pour ne point dire dumeshui — la partie se jouerait à deux... à trois si l'on comptait les neutres. L'incident du cimetière ne fit donc que confirmer le pressentiment de Clovis et de la forge.

... Le pressentiment de la fille des Crache à Pic avant tout le monde.

Depuis son printemps aux États, elle traversait chaque jour Sainte-Marie-des-Côtes au volant de sa Ford à pédales, du nord au sud, de l'est à l'ouest, parfois même de l'ouest au nord, arrondissant les angles du chemin du roi à figer Marie-Pet dans son torticolis.

— La vaurienne achèvera ses jours en bas du cap, faites-vous-en pas, personne!

Mais le jour où le rumble seat regorgea de têtes d'enfants épanouies comme un plant de rosier, et que Marie-Pet eut le temps d'en récupérer une qui portait le nom de Caissie, la grand-mère ramassa ses jupes et s'engouffra dans le tourbillon de poussière.

— Arrêtez-les! arrêtez-les!

Et Clovis se tordait.

Crache à Pic n'était pas au bout de ses inventions. Quel officier de la loi se méfierait d'une brave fille qui promène généreusement par les buttes du Village-des-Trois-Maisons des marmots inoffensifs et déshérités? Quel malapris s'en viendrait inspecter un rumble seat bourré d'une marmaille qui chante *you-kaïdi-youkaïda?*

Mais en se tordant, Clovis clignait de l'œil du côté des rois mages qui laissaient fuser leurs rires sur les routes du village.

Le petit vieillard perclus rappela alors à Sainte-Marie-des-Côtes:

— C'ti-là qui rit le vendredi braille le dimanche, qu'il fit.

Ce à quoi les jeunesses répondirent qu'on était jeudi et que ce jour-là tout était permis. Et on éclata de plus belle. Même sous le nez de Vif-Argent, un soir qu'il scrutait l'horizon du côté de Cap-Lumière.

— Crache à Pic... qu'il fit.

Et tous allèrent chercher leur respiration au fond des bronches.

— Crache à Pic, comment vous dire, c'est une fille qui ferait s'escouer la queue de votre chien, sans mentir.

Vif-Argent sourit.

— En attendant, elle secoue les foins de la dune et les blés des champs, qu'il dit.

Mais les jeunesses étaient tous des inconditionnels de la contrebandière et ne souffleraient pas un mot de ses aventures à un représentant de la loi, pas un mot, sinon :

— Tout ce que je peux vous dire, c'est que le jour de ses noces, je sais point qui donnera le bras à l'autre pour enfiler la grande allée.

Il n'avait pas fini de rire, le connétable. Car le jour où Crache à Pic s'inventa un code, en vraie contrebandière qui fait les choses en grand, elle vous laissa imaginer les messages savoureux qui devaient sortir de *gratte-cul, cul-de-poule, trou de cul, cul-de-jatte, cul-de-sac, culbute* et *culture*.

— Va me qu'ri' *le trou de cul*, Tobie, et dis-lui de venir en *cul-de-poule*.

Mais Tobie revint au bout d'une demi-heure, les bras ballants et la langue sortie. Ni sur le quai, ni dans la goélette, ni chez Céleste, ni nulle part ne pointait un Jimmy la Puce.

— Amène-moi Ti-Louis le Siffleux, dans ce cas-là. Ça presse. Le *trou de cul* doit être aux coques.

Tobie ouvrit la bouche, mais la referma. Il avait déjà oublié ce qu'il voulait dire au sujet de Jimmy. Et il s'en fut quérir Ti-Louis.

— Un gars qui sait mener un *gratte-cul* doit pouvoir partir en *cul-de-poule,* qu'elle fit.

Ti-Louis le Siffleux comprit et se dirigea vers la grange d'où il sortit une défroque sur quatre roues qui s'était appelée autrefois un camion. En mots de cul, Crache à Pic expliqua à ses hommes de charger ce véhicule de la meilleure *culture* et de partir vers le nord; tandis qu'empoignant une cruche de rhum, elle en inonda le rumble seat et le capot de sa Ford à pédales.

Céleste fronça les sourcils.

— Mon père contait, lui, que la chance s'attarde pas sus les gaspilleux.

Crache à Pic posa les mains sur les épaules de sa marraine.

— Ton père t'aurait point dit en plusse de jamais juger aux apparences?

Et après maintes recommandations à Ti-Louis et aux bessons où se culbutaient les *culs-de-poule*, *gratte-cul* et *culs-de-sac*, elle monta dans sa petite Ford et partit en faisant revoler les cailloux. Elle passa et repassa devant le magasin des Babineau, l'église, la banque, les Léger, les Colette, les Allain, attirant de plus en plus de curieux sur leurs perrons qui sortaient renifler l'air étrangement piquant pour les narines, ce jour-là. Quand enfin frissonnèrent les papilles de Marie-Pet, Crache à Pic sut qu'il était temps de s'engager sur la grand-route et de filer vers le sud.

Son plan réussit. Vif-Argent se mit bientôt à sa poursuite, à fond de train, par les graviers et les ornières, humant l'odeur de rhum à deux milles. Quand il réussit à la rattraper, il la fouilla, serra les dents, et lui colla une contravention pour excès de vitesse.

— Pas mal, qu'il dit en cherchant à cacher son admiration.

Il venait de comprendre que durant sa folle course contre le lapin des champs, il avait laissé s'échapper le gros gibier par la route des bois.

Ainsi Crache à Pic continuait à apprendre chaque jour son métier, car elle avait bonne tête. Mais Vif-Argent, qui l'avait bonne aussi et bien faite, apprenait durant ce temps-là Crache à Pic. La lutte devenait de plus en plus serrée, les dieux souriant tantôt à l'un, tantôt à l'autre. Au point que la contrebandière en avait oublié ses rivaux contrebandiers et ne concentrait plus ses énergies que sur un seul adversaire : Vif-Argent.

— On verra bien jusqu'où le chenapan peut se rendre, qu'elle marmonna un jour en enfonçant ses griffes dans l'avant-bras de Céleste.

Et Céleste l'examina par en-dessous... Une Crache à Pic, une vraie, avec de l'Aglaé aux coins des lèvres, au creux de l'œil et le long du cou. Une belle et splendide créature de Dieu. S'il fallit asteure qu'elle s'énerve, et se morfonde, et prenne feu... Jésus-Christ!

La contrebandière devint de plus en plus hardie, de plus en plus téméraire, narguant la loi jusqu'à son devant de porte, jouant avec le feu à s'en griller les ailes, puis dans une pirouette, se sauvant au tout dernier moment pour se cacher dans les haubans de sa *Vache marine*. Pour rire.

Vif-Argent avait tout l'air de se prêter au jeu... est-ce que j'ai dit d'y prendre plaisir? Il tenait son bout du fil sans lâcher, en tout cas, marquant des points de plus en plus.

L'affaire des douzaines de cruches de vin nouveau que les Galoches s'en allaient livrer à l'Anse-aux-Outardes en *cul-de-jatte* — lisez: ambulance — eh bien! l'ambulance se transforma vite en corbillard, semant ses corps morts — lisez: cruches de grès — le long du chemin, à la grande joie et au profit des gens de l'anse qui cueillaient la manne quasiment entre les pattes du connétable, qui finit pourtant par rattraper le *cul-de-jatte* et lui faire décliner son nom.

Contretemps qui obligea Crache à Pic à récrire complètement son glossaire. Et pour brouiller les pistes, elle abandonna la scatologie et donna dans le liturgique.

— Et c'est Marie-Pet qui fut premier témoin, s'esclaffa Clovis, d'une drôle de dispute entre les bessons et Jimmy la Puce qui se garrochaient des *surplis de dentelle, éponge de bénitier, barrette de curé, guimpe de sœur, tronc de saint Antoine, dimanche*

des Rameaux, chaudière qui fait de la boucane d'encens,
et *Ecce Homo.*

Avec Clovis, le pays tout entier jubilait.

Puis une bonne fois, c'était dans les mois avancés de l'automne, Crache à Pic et ses Galoches disparurent durant plusieurs jours.

— Six, fit Melchior.

— Au moins huit, renchérirent Gaspard et Balthazar.

Mais Clovis savait, pour les avoir comptés, que c'était sept, ni plus ni plus moins.

Allez pour sept!

Durant sept jours, donc, plus aucune trace au pays de la bande à Crache à Pic.

— Pourvu qu'il soit point arrivé de malheur, geignait Célestine.

Mais Célestine ne se lamentait qu'afin d'arracher plus vite la vérité de la bouche en cœur de son neveu qui avait reçu des ordres.

— Quels ordres? se rebiffa Célestine, piquée contre sa cousine Céleste partie sans lui laisser un mot.

— L'ordre de ne point dire aux hommes de Dieudonné que *La Vache marine* a pris par le Cap-Breton.

Il dit ça, Ti-Louis, sur le ton détaché d'un gendarme royal à cheval du Canada à qui le Canada aurait eu confié la garde de son sceau… si le Canada avait eu un sceau à lui en 1931. Pour bien se faire comprendre.

Et Célestine, après avoir longuement biclé, calouetté et cligné des yeux, comprit.

Elle comprit qu'elle devait faire suivre le mot *Vache-marine-au-Cap-Breton* par la filière habituelle, mais à rebours. Cette fois, de Céleste, par Ti-Louis, à la cousine Célestine, à la belle-sœur Zéphirine, Crache à Pic envoyait dire à Dieudonné qu'elle était partie en mer par le Cap-Breton. Et Dieudonné, vieux renard rompu aux demi-mots et messages apocryphes, déchiffra que la garce devait se trouver déjà aux abords de Saint-Pierre et Miquelon.

Et il s'organisa.

Il commença par mettre en branle son télégraphe. En moins d'une heure, il alertait son réseau. Et en moins d'une journée, il recevait confirmation de ses soupçons: *La Vache marine* venait de quitter Saint-Pierre, chargée jusqu'aux ouïes.

Dieudonné s'en frottait les mains. Enfin! Tu vas me rendre mes vins de Bordeaux et mon cognac Napoléon, vaurienne! Au centuple. Tu vas cracher jusqu'à la dernière bouteille, en pleine mer, et cracher ton âme de damnée si tu oses résister...! Et il convoqua ses meilleurs hommes: les fils Damien, les frères braconniers de Grand-Digue, de la bonne pâte à bootlegging ceux-là, et Black Willy.

— V'là ta chance, qu'il dit à son contremaître.

Et Black Willy comprit que c'était sa dernière. Mais cette fois, la bougresse ne pouvait pas lui échapper. Dieudonné s'était acquis durant l'été le *Sail Alone*, navire terre-neuvien qui jouissait de tous les privilèges de l'enregistrement britannique. Et le vieux Clovis, en rappelant cette époque à mon père, en crachait plein son crachoir.

— La limite des eaux était à douze milles pour les bateaux canadiens et trois pour les anglais. Vous

226

me parlez d'une loi royale! Ça veut dire que n'importe quel chaland portant pavillon d'Angleterre pouvait s'en venir narguer nos officiers à trois milles des côtes; tandis qu'une goélette comme *La Vache marine* se trouvait à portée de bras de la loi à onze milles et trois quarts et un demi quart du dernier quart. C'était ça le Commonwealth.

Et Dieudonné fut le premier sur les côtes à en profiter... Profiter... manière de dire! On verra.

En attendant, la bande à Black Willy jubilait et s'armait déjà. Puis:

— Si la bougresse essayait de se défendre? de risquer Black Willy pour dire quelque chose... et pour tâter un brin des intentions les plus retranchées de son chef.

Mais le chef ne fit qu'un pffft!

... Crache à Pic était une femme, entourée d'un ramassis de guenilloux, face à cinq fiers-à-bras!... Vous devriez avoir honte... Et il les engagea à ne pas perdre de temps. Il leur ferait dire au dernier instant, par code, l'emplacement exact où *La Vache marine* comptait passer la frontière du douze milles. Il leur en resterait neuf pour naviguer en toute liberté, sous le nez des cutters des gardes-côtes.

— Les derniers trois milles, ça sera un jeu d'enfant. Des petits bâtiments vous rejoindront aux lignes. J'en enverrai assez pour faire perdre la tête au beau Vif-Argent qui saura pas qui suivre le premier.

Et tout le monde se cracha dans les mains en clignant au ciel vêtu, ce jour-là, du manteau de la Vierge.

Ti-Louis le Siffleux, sous le même ciel, s'en vient prévenir son ami Clovis qu'il avait affaire dans le nord, dans le bout de Caraquet, pour être précis, pour régler une question de parenté.

Clovis qui connaissait la parenté du petit Siffleux mieux que le Siffleux lui-même qui ne s'en connaissait aucune en dehors de Célestine, comprit que les affaires de Ti-Louis devaient s'écrire en langue liturgique et qu'on lui demandait indirectement à lui, Clovis, au nom de l'amitié qui les liait, de ne pas poser de question. Et il bénit Ti-Louis de deux doigts, comme un évêque, et le chargea de transmettre à la parenté du nord ses meilleures salutations.

... Heureux de faire votre connaissance!

Et Ti-Louis partit en *cul-de-poule* rebaptisé *éponge de bénitier*.

À Caraquet, il se rendit au quai, demanda à parler de la part de l'*Ecce Homo* à un certain Séraphin, et fut conduit dans une cale de goélette où trois hommes le firent asseoir, lui offrirent du thé et le prièrent de faire comme chez lui.

— Ça ne devrait pas tarder, fit celui des trois qui portait le mieux le nom de Séraphin mais qui se révéla plus tard être Mâche-Marde; en attendant, prends tes aises.

Ti-Louis le Siffleux, qui depuis à peine plus d'un an qu'il était au pays en avait vécu cent, prit ses aises et attendit. Un jour ou deux, tout au plus, et le contact se ferait, juste là au quai, de nuit. Et il se mit à guetter le large, sous le soleil ou au clair d'étoiles, le cœur gonflé de gratitude et de bien autre chose.

... C'était son premier amour à Ti-Louis, depuis la mort de son chien. Et il en était tout maladroit! Cette nuit de Noël, s'il avait finalement refusé de mourir, c'était sans doute à cause d'elle... Pas possible, Ti-Louis, tu dérailles, c'te nuit-là tu la connaissais pas encore. C'est même cette nuit de Noël que tu l'as rencontrée pour vrai... Quelle femme!... Mais perds pas la tête, ti-gars, elle est point pour toi. Elle a au moins l'âge de ta sœur... si t'avais eu une sœur... une sœur aînée qui aurait pris soin de toi... une sœur, une mère, tout ce que tu n'as jamais connu... Crache à Pic les avait remplacées toutes d'un seul geste. Un geste de la main, la nuit de Noël, quand elle lui avait enlevé doucement ses bottines soudées à ses pieds comme deux glaçons.

— Des bottines de femme! qu'elle s'était écriée. Pas étonnant que ses pieds sont en train de passer à travers. Mais qui c'est qu'est la bonne chrétienne qui a fait à un homme la charité de le chausser dans des bottines de femme!

Célestine s'était alors détournée. Elle aurait bien voulu lui donner les bottes de son homme... Et Ti-Louis n'avait rien dit.

Alors Crache à Pic lui avait dégelé les chevilles, puis les talons, puis les orteils, l'un après l'autre, dans ses mains, et Ti-Louis en avait eu si chaud au cœur qu'il avait cessé de penser à ses pieds. À partir de cet instant-là, il avait juré de ne plus mourir du haut du pont. Il avait mieux à faire: il irait se faire tuer pour Crache à Pic.

229

... Crache à Pic ne demandait ce sacrifice-là à aucun de ses fidèles. Mais à Saint-Pierre, elle demanda encore plus à ses bessons: elle les sépara.

— Adalbert, qu'elle fit, tu vas prendre Jimmy à bord du *Diable vert* et vous allez le mener à Caraquet. Séraphin sera là à vous espérer, avec Ti-Louis le Siffleux. Dagobert, tu restes avec moi pis Céleste sus *La Vache marine*.

Pour la première fois en cinquante ans, Adalbert et Dagobert n'allaient pas dormir sous le même toit ou sous la même belle étoile. Et chacun chercha dans son sommeil à accorder son ronflement aux soupirs de l'autre.

Crache à Pic fit le premier quart, envoyant Céleste et le besson dans la cale. Mais Dagobert remonta au bout d'une heure, nerveux comme une poule qui compte et recompte ses poussins.

— Voyons, Dagobert! *Le Diable vert* est plus vif que n'importe quel cutter du nord. Après-demain, ils accosteront à Caraquet, et je peux me fier à Séraphin et sa gang d'archanges. À l'heure qu'il est, Ti-Louis est déjà en chemin, ou rendu. Et il joue de la ruine-babines pour faire taire les poissons.

Le vieux pêcheur secoua la tête pour dire qu'il se fiait aux poissons, et que le petit ferait mieux d'essayer d'endormir les officiers de pêche.

Mais surtout, sans poser de questions, Dagobert aurait bien voulu comprendre pourquoi Crache à Pic s'était donné tout ce mal pour affréter un deuxième bâtiment alors qu'une seule goélette pouvait bien se charger de quinze barils de rhum et de cent vingt caisses de whisky. Sans compter que

Caraquet, c'était au bout du monde. Après les risques sur l'eau, restaient les dangers de la route qui traversait la moitié d'une province.

Crache à Pic écoutait parler cet homme qui n'avait jamais émis autant de sons de toute sa vie et qui, amputé de son frère, redoublait d'énergie, de courage et d'affection pour défendre la fille d'Aglaé contre sa propre ambition de recréer le monde en sept jours.

— Le septième, c'est écrit que Dieu se reposa. Par rapport que c'était dimanche.

Et elle éclata de rire pour calmer son fidèle besson qui s'agitait comme un épileptique secoué de pressentiments.

Au petit matin, Céleste remonta sur le pont en bougonnant... Si vous pensez que c'est drôle d'essayer de dormir au large au mois de novembre! Les Saint-Pierre et Miquelon auraient bien pu se décider, ce me semble, de marchander leurs barils et leurs cruches en moins de temps que ça. Quoi c'est que l'idée, itou, de prendre le plus long chemin de retour sur une mer qui appartient à tout le monde?

— J'ons assez tournoyé autour des îles c'te nuit que je m'ai réveillée au petit jour tordue sus ma paillasse comme une queue de cochon. Si Jimmy pis Adalbert ont fait de même, nos deux bâtiments vont se rejoindre au Labrador.

Crache à Pic n'écoute pas. Mais ses yeux disent à Céleste que *La Vache marine* a eu bien tort de la prendre à son bord et que la prochaine fois... Quoi? Et Céleste se débat entre le roulis et le tangage comme un prince chassé de ses terres. Le jour où la goélette partira sans elle, quelqu'un le regrettera. Qu'on n'imagine jamais de laisser Céleste derrière!

À mesure qu'on approchait de la ligne des eaux territoriales, le besson sentait les plus sombres pressentiments l'envahir de partout. Et si on faisait un léger croche vers le sud…

— Ça nous tarzerait point beaucoup de mettre le cap sur Cocagne et…

— … et timber tout droit dans les bras au Vif-Argent? que se rebiffa Crache à Pic, surprise du lapsus… elle avait songé *pattes* et avait prononcé *bras.*

Dagobert la vit rougir, malgré le suroît qui lui couvrait les yeux et la moitié des joues. Il se détourna et aperçut la proue d'un cutter qui sortait de la vague et piquait sur eux.

— L'officier! À bâbord!

Crache à Pic retient son souffle, plisse les yeux, puis respire.

Non, point le cutter. Le *Sail Alone.* Le *Sail Alone*, Dagobert. La dernière trouvaille du grand Dieudonné. Céleste fait la moue. Trouvaille, mon cul! Grand Dieudonné, mon cul! Que tous les ronneurs de rhum aillent se faire…

— Black Willy aurait-i' l'intention de passer les lignes en plein jour? s'inquiète Dagobert. Ça serait-i' ben que sa cale serait vide?

Crache à pic prend des airs étranges.

— Si un botte à Dieudonné passe le douze milles la tête haute, c'est qu'il a des plans derrière le cagouette. Des plans que même Vif-Argent connaît point.

À ce moment-là, Dagobert comprend que Crache à Pic les connaît, ces plans, et qu'elle s'apprête à jouer les siens, il ne sait comment. À tout hasard, il empoigne un harpon et se plante en avant des femmes. Céleste, saisie, relève les pans de son tablier, passe une épingle à travers son chignon, et se prépare un vocabulaire d'ordures qu'elle destine au beau fils de pute, ici présent, que l'Église a baptisé dans l'eau des égouts, un jour de mauvais temps. Crache à Pic, se faufilant à l'insu du besson en première ligne, reçoit le premier choc de la gueule du dragon.

— Voile à bas! et tout le monde sur le pont! Le premier qui se sauve pourrait le regretter.

... Pas mal, pas mal, Black Willy. Un vrai commandement d'amiral de flotte anglaise. Je sais point où le premier qui se sauve se sauverait, par exemple, *La Vache marine* n'ayant point de porte d'en arrière et point de vue sur le chemin du roi...

— Faites comme chez vous, capitaine. Venez donc prendre le thé en bons voisins.

Mais Black Willy, qui rumine sa vengeance depuis un an, n'est pas d'humeur à badiner, surtout qu'avec les femmes, cette femme-là en particulier... attention, Black Willy, la salope a jamais joué franc, te laisse pas avoir, Black Willy, prends la garce de très haut et de plein fouet.

Et la voile de *La Vache marine* tremble et se froisse sous le choc des proues. De même le chignon de Céleste qui tombe en mèches. Dagobert aussitôt plie les genoux, serre sa lance et barre la route au premier fils Damien qui vient de sauter sur le pont. Mais au même instant débarque l'autre, suivi des braconniers de Grand-Digue, puis de Black Willy qui commande de maîtriser d'abord les hommes du bord.

... Les hommes du bord? En dehors de Dagobert qui est paré à y laisser sa peau, c'est Céleste qui se débat comme un diable dans l'eau bénite et crie déjà aux deux fils Damien que le premier enfant de chienne qui osera porter la main sur une mère de famille de religion catholique romaine recevra point le viatique sur son lit de mort ni la communion du premier vendredi du mois à domicile sur ses vieux jours. Les fils Damien, éberlués, n'arrivent plus à démêler sous ce flot de semonces la part de religion qui leur revient et ils restent pantois.

En même temps, au pied du grand mât, les deux frères braconniers de Grand-Digue, qui ont eu souvent l'occasion de fraterniser au large avec les bessons de Cap-Lumière, cherchent comment aborder puis neutraliser ce compère sans lui faire outrage.

Black Willy, durant ce temps-là, crie, bombe le torse et exige qu'on lui ramène les autres.

... Les autres? quels autres?

... Voyons, Crache à Pic! depuis quand *La Vache marine* se lance-t-elle dans pareille expédition avec une moitié de son équipage?

... Ah! ceux-là!

— Où se cachent le restant des bessons et le vaurien de Jimmy la Puce?

Et à l'instant où il lève la tête pour vérifier les haubans et la voilure, aïe!... un coup de genou là où il ne l'attendait pas de la part de Céleste, mon ami!, qui veut bien croire que son fils est un vaurien mais qui se réserve seule le droit de le dire tout haut.

Et vlan!... Ouche!

— Ça t'apprendra, vaurien, à parler de la vaurienneté des autres.

Black Willy, piqué et vif comme un tigre, attrape Céleste par les épaules, la fait tourner sur son axe, et l'envoie choir dans un amas de cordages, les quatre fers en l'air, exposant aux yeux des fils Damien la preuve qu'elle n'avait pas menti en défendant ses droits de mère de famille catholique romaine. Au moins seront-ils dispensés, ceux-là, d'avoir à poser la main sur une voisine de leur mère.

Et ils se tournent vers Crache à Pic, appuyée sur son mât, le suroît renversé sur la nuque, et qui regarde le match d'un air passionné. Dagobert, à lui seul, continue à tenir les braconniers en respect, et menace maintenant les fils Damien de son harpon de pêche... attention, le besson, point de sang, pas trop loin, Dagobert, on s'amuse.

Mais Céleste est parvenue à se dégager, elle ne s'amuse pas, la matrone, une piraterie c'est point un jeu, c'est de la saloperie à la Dieudonné, une vraie honte, et grrr!... et tchchcht! et ose si tu oses!... et elle lance une brassée de cordages entre les pattes de Black Willy qui se préparait à sauter sur le dos du besson, en traître, et qui vient plutôt rouler à ses pieds. L'un des fils Damien se gratte alors la tête comme s'il revoyait l'image du grand catéchisme où l'archange saint Michel, une lance à la main, pose le talon sur un Lucifer terrassé.

Quel beau jour!

Mais sous les cris de Céleste — chenapans! bons à rien! honte à vos pères et mères! — Dagobert, assailli par cinq hommes, finit pourtant par s'essouffler. Alors Crache à Pic juge que le combat a duré assez longtemps pour démontrer aux hommes de Dieudonné de quel bois se chauffe *La Vache marine*.

— Ça va faire! qu'elle huche, arrêtez!

Et tous les hommes, habitués à reconnaître un capitaine au ton de la voix, se figent.

— Assez! qu'elle dit. Larguez le besson et touchez point à Céleste. Pis dites-moi ce que vous cherchez.

Ma foi! ce qu'ils cherchent, ils ne le savent plus. La bataille était si grandiose. Y a longtemps que les braconniers n'avaient pas eu une si belle occasion de se battre. Ça fait du bien.

Puis Black Willy se ressaisit.

— Les autres... Jimmy la Puce, Adalbert...

— Adalbert? Il est là devant toi.

— ... ?

— Quoi c'est que tu y veux?

— Je veux Dagobert. Où c'est qu'il se tient?

Dagobert s'avance.

Les pirates tournent la tête de gauche à droite... surtout pas se laisser prendre. Black Willy s'énerve.

— Je veux le deuxième besson.

— C'est lui le deuxième, coupe Céleste, le premier est au lit avec la fièvre des foins.

Black Willy prend alors son air méchant.

— Amarrez le besson au mât, qu'il commande à ses hommes, et passez-moi c'te bicoque au peigne à poux.

… Va pour l'injure, Black Willy, mais tu me le payeras. Aujourd'hui même, tu me le payeras. Vous en faites pas, Céleste et Dagobert, faites pas ces têtes-là. Laissez faire le temps, et la vie, et… le destin qu'est de notre bord aujourd'hui.

Et Céleste et Dagobert, les yeux ronds, regardent monter de la cale les barils de rhum et les caisses de whisky sous le nez de Crache à Pic qui ne dit rien. Crache à Pic ne lève même pas le petit doigt pour défendre son bien, et laisse ricaner Black Willy qui baragouine des proverbes sur la pluie et le beau temps et sur les vaches grasses après les vaches maigres.

— Comptez-vous chanceux, qu'il leur crache à la tête, on vous a point laissé de quoi vous faire prendre aux lignes par les officiers.

Et il rit fort et gras, tandis que Crache à Pic, sans un pli aux lèvres, rit tout bas.

— Ils sont peut-être pas loin, les officiers, qu'elle leur dit; à votre place, je boirais tout de suite les six barils et les trente-deux caisses.

— Inquiète-toi pas pour nous autres, Crache à Pic. On navigue sus un Scottish Fisherman terre-neuvien. Personne a le droit de nous toucher au-delà de trois milles des côtes, si tu connais la loi.

Elle la connaît, la loi, elle la connaissait même mieux que bien des hommes de loi, cette nuit-là. Mieux que Black Willy sûrement. Et pour qu'il s'en souvienne durant les longues nuits d'hiver derrière les barreaux, elle lui crie au moment où le *Sail Alone* va s'éloigner:

— Oublie pas, Black Willy, que c'est tant de jours de prison par caisse.

Et son rire vrombit en même temps que le double moteur du Scottish Fisherman.

Sainte-Marie-des-Côtes, Cocagne, Champdoré, le Village-des-Trois-Maisons se tiraillaient et se battaient à qui cueillerait les meilleurs morceaux de cette histoire extraordinaire. En deçà de deux ans, Crache à Pic, fille de rien, sortie de nulle part, s'était payé cinq fois la tête du maître du golfe. Et voilà que d'un seul coup, elle s'en venait sans anesthésie lui arracher ses plus grosses dents.

Ça s'était passé ce matin-là, en haute mer. Dieudonné, trop occupé à tendre des pièges aux autres pour s'apercevoir que les mailles se tissaient autour de lui, avait bêtement largué ses cinq meilleurs hommes dans la gueule du loup.

… Black Willy n'en revenait pas, ne comprenait rien.

— On est dans la loi, qu'il hurlait au cutter de la garde côtière qui l'appréhendait, vous n'avez pas le droit! le *Sail Alone* est un navire anglais et navigue dans ses eaux, les eaux internationales, vous n'avez pas le droit…

Mais Vif-Argent n'écoutait pas ces jérémiades et commandait aux officiers la saisie du *Sail Alone*.

— Au nom de quoi?

— Au nom de la loi.

— La loi protège un bateau britannique jusqu'à trois milles des côtes, m'sieur.

— Cette loi est changée, m'sieur, à l'avenir, les eaux territoriales canadiennes sont à douze milles pour tout le monde. Traité de Westminster.

— ... Quoi?... Depuis quand?

— Depuis minuit.

Chienne! Et Black Willy revit la tête de Crache à Pic et, selon le vieux Clovis qui jura ne dire que la vérité, entendit son rire danser sur le faîte de l'eau.

Et voilà pourquoi Black Willy, les deux fils Damien et les malheureux braconniers de Grand-Digue, qui venaient tout juste de perdre leur bateau aux mains des officiers de pêche, s'en furent passer Noël derrière les barreaux.

... Tant de jours de prison par caisse, Black Willy!

Et il jura de la tuer.

Cette fois, Dieudonné aussi y songea. Cette fille serait sa perte. En plus des quolibets qui s'arrachaient à toutes les pipes et surgissaient de chaque corde à linge du pays des côtes, le maître du golfe devait décoder les félicitations télégraphiées du Madawaska et de la Nouvelle-Écosse qui avaient reçu la nouvelle en s'attrapant les côtes. Elle l'aura voulu, la garce, qu'il se dit. Et sans fixer son attention sur aucune idée précise, il sentit qu'il ne s'arrêterait devant aucune.

Le ressoudage des bessons au petit port de Cap-Lumière fut la scène la plus touchante que devait cueillir le vieux Clovis dans sa chronique de ce qu'il appelait la grande époque.

Le *Diable vert* avait devancé *La Vache marine*, comme convenu, et Ti-Louis le Siffleux avait eu le temps de ramener ses deux compères chez eux. Quand enfin accosta la goélette de Crache à Pic, allègre, pure, délestée en haute mer de sa dernière cruche, et garrochant sur le quai une Céleste superbe comme une pleine lune et un Dagobert ébloui comme un soleil levant, Ti-Louis, Jimmy et le reste des bessons attendaient depuis l'aube le retour de l'ex-pédition. Le premier cri fut pour Céleste:

— Gee! maman, on dirait que t'as envalé le mât!

... Mais tous les regards furent pour Adal-Gobert.

Ils étaient là tous les deux, pantelants, les yeux pleurant de l'eau de mer, la bouche gonflée de mots qui ne sortaient pas, se retrouvant au bout de cent ans. Clovis prétend avoir entendu l'un dire à l'autre: t'as grossi.

— Mais je saurais point vous dire, d'ajouter le conteur, si ce fut Adalbert à Dagobert ou Dagobert à Adalbert.

On ne saurait tout savoir...

En poussant sa brouette enfaîtée de varech — à l'approche de l'hiver, qu'il se dit, je terrasserai ma forge, comme tout logis qui se respecte — un varech fraîchement débarqué du nord, de Caraquet pour être plus précis, et offert royalement à Clovis par son ami le Siffleux, le conteur mâchonnait le tas d'idées qui l'assaillaient des quatre points cardinaux de son cerveau.

… Vif-Argent attrape d'abord les petits pilleurs de caches, les apprentis bootleggers qui boivent l'eau miraculeuse de la grotte et fouillent les tombes irlandaises. Pas grand mérite à ça. Une affaire de rien pour un connétable un peu doué. Pas de quoi encore se prétendre la tête à Papineau. Pourtant en trois mois, c'est plus que Martial en trois ans.

— Martial, pffft!

… Après les apprentis, les vrais bootleggers. C'te fois, il attrape le gros gibier: Black Willy, quatre gorilles-en-manches-relevées-au-dessus-du-coude, un navire de contrebande et une cargaison complète. Sacré bon coup de filet pour un jeune homme fraîchement débarqué au pays. Mérite le respect. Dieudonné doit se ronger les pouces. Pas fini d'en voir, le maître après Dieu.

— Heh!

… Et Crache à Pic? Vif-Argent s'arrêtera-t-i' à Dieudonné? Faudrait parler à Ti-Louis, l'avertir d'avertir Cap-Lumière que jamais deux sans trois, que le connétable pourrait dorénavant— pour ne pas dire dumeshui— … hum!… faut prévenir Ti-Louis le Siffleux. Le connétable doit se demander pourquoi elle lui a fait ce cadeau du *Sail Alone* sur un plateau d'argent. Tout le monde doit se le demander. Je me le demande itou.

— Voyons, Clovis, mille raisons à ça. D'abord pour se moquer de Dieudonné. Puis pour ôter le

Black Willy et ses hommes de son chemin. Puis pour rire. Puis pour montrer à tout le monde qui est le vrai renard au pays. Puis pour... et si c'était pour éblouhardir le Vif-Argent?

Le Vif-Argent aussi se demandait pourquoi, et comment, et par qui cette fille avait appris la nouvelle loi du traité de Westminster. Le diable au corps, cette Crache à Pic. Un vrai coup de génie. Pourquoi? Pour qui?

... Et si c'était pour lui?

Pourtant, il faudrait bien l'attraper à son tour. La cargaison du *Diable vert*, intacte, reposait au frais quelque part sur ses terres. Un officier responsable ne pouvait pas laisser faire ça.

— Vif-Argent va sûrement s'en venir creuser des trous sur nos terres, que dit Crache à Pic à ses bessons. Bâtissez-moi des cordes de bois de chauffage tout autour des barils et des cruches.

En attendant. En attendant de tout expédier aux États par la route du sud.

Mais Vif-Argent ne vint pas creuser ses trous à Cap-Lumière. Il avait mieux à faire. Il forçait Cap-Lumière à rester chez soi. C'est la vieille Ozite qui avait raison: ce connétable-là se révélait du véritable vif-argent. Partout en même temps, et visible nulle part. Il tissait en silence sa toile d'araignée.

Jeu nouveau pour Crache à Pic formée à l'école de Martial ou de Black Willy. Pas comme les autres, cet homme-là. Inquiétante, cette tranquille assurance d'un adversaire assis à la porte de ta maison et qui en garde toutes les sorties. Vif-Argent faisait le siège de Cap-Lumière. Hé bien! Restait à attendre.

... Elle attend, qu'il se dit. Attend que je fasse le premier pas. Pas bête, la petite... Et puis pas si petite que ça. Les autres ne lui arrivent pas à la cheville. Preuve, le coup du traité de Westminster.

Et Vif-Argent se sentit débordant de gratitude pour cette fille qui par sa seule astuce avait amené l'ours jusqu'à la trappe.

... Faut point réveiller l'ours qui dort, qu'elle se dit, même si l'ours ne fait que semblant de dormir. Laissons-le s'assoupir tranquillement sur notre devant de porte, il finira bien par regarder ailleurs un instant, un seul instant. Et durant cette petite heure de distraction...

Mais Vif-Argent ne dormait pas, ne se laissait pas distraire, il continuait jour et nuit à garder toutes les portes et tous les chemins de traverse. Crache à Pic ne sortirait pas son camion, ni sa *Vache marine*, ni aucune charrette chargée de foin ou d'herbe à outarde, pas avant la tombée des neiges. Et avec les premières neiges, adieu la route du Madawaska ou des lignes américaines, jusqu'au printemps. Alors Vif-Argent disposerait de tout un hiver pour entreprendre les fouilles de Cap-Lumière.

... Hum!... un géant, ce connétable, un homme comme il ne s'en faisait plus au pays depuis l'ancêtre Crache à Pic... le vieux Crache à Pic enterré là sous son pommier, gardé par un ours... Et l'héritière des sorciers se frappe le front. La tombe du vieux Crache à Pic, gardée par un ours qui bientôt s'enroulerait dans sa fourrure pour hiberner!

Ce jour-là, pendant que Vif-Argent continuait le siège tout autour de Cap-Lumière, à l'intérieur des murs un va-et-vient de bessons, de Jimmy la Puce et de Ti-Louis le Siffleux faisait rouler des barils et des bouteilles dans un trou au pied du pommier. À la brunante, Tobie ramena fièrement son ours en laisse qu'il s'en était allé promener une dernière fois dans la forêt avant de le laisser s'endormir pour l'hiver. Il a bien mérité de revoir un peu ses bois, qu'avait dit Crache à Pic à son jeune frère. Et on attacha au pommier un ours promu gardien du trésor des Crache à Pic et des mânes des aïeux.

L'année qui s'achevait en désastre pour Dieudonné créait l'égalité entre Vif-Argent et Crache à Pic. Non-lieu. Match nul. Et le vieux Clovis fut tenté de raviver le feu, de les pousser à reprendre le combat, mais à un autre niveau. Quel niveau, il n'aurait pas su le dire. Plus bas que le front, plus haut que les reins. Un affrontement de deux forces qui s'attirent et se repoussent d'instinct, mais dont le seul contact produit des étincelles qui éclaboussent le paysage.

— Tu crois pas qu'on devrait commencer la nouvelle année dans les beluettes? que dit en clignant de l'œil le vieux Clovis à son ami le Ti-Rien-tout-nu.

Et Ti-Rien-tout-nu se tapa dans les mains. Les projets de Clovis ne lui avaient toujours apporté que du bonheur. Et l'enfant faisait confiance à la forge, les yeux fermés.

— Va dire à ta mère d'avertir Céleste que la nuit du jour de l'an, Clovis se fera un bon feu de forge et contera des contes que personne connaît.

Et le petit morveux se retapa dans les mains.

— Dis-lui de dire qu'il va inviter Vif-Argent, par rapport que c'est pas chrétien de laisser un étrange sans famille ni parenté fêter la boune année tout seul... Céleste peut amener n'importe qui de Cap-Lumière, tant qu'à ça. Crois-tu que tu vas te souvenir de tout ce que j'ai dit, c'te fois-citte?

Ti-Rien-tout-nu avait appris en un an. Il n'oublia rien. Et prit bien garde de confondre la Grand-Langue avec un roi mage, ou Céleste avec Célestine. Et la nuit du dernier de l'an, le conteur Clovis attisa un bon feu de forge.

En premier entrèrent Melchior, Gaspard et Balthazar, pompeux comme des mages; puis Céleste et son fils Jimmy la Puce, accompagnés des bessons; la fille Agnès et la bru Jeannette qui ne firent que passer, chargées d'un chaudron de fricot à la poule; enfin Vif-Argent qui s'en vint sans façons serrer la main au maître de céans... merci, Clovis!... et bien sûr Ti-Louis le Siffleux, assis sur un seau renversé, et qui accompagnait chaque entrée sur son harmonica.

À plusieurs reprises, le père Clovis se leva et, sous prétexte de faire aérer sa forge, jetait un œil par la porte entrouverte et scrutait l'horizon... Jamais je croirai que la têtuse viendra pas!... Et il revenait s'asseoir devant le feu et reprenait le cours de son histoire. De belles histoires toutes neuves, plus vieilles que Mathusalem mais neuves pour les oreilles des côtes dont Clovis était le premier fournisseur.

À minuit moins cinq, il s'excusa: un homme a bien le droit d'aller pisser... pisser le sang vicié de la vieille année, qu'il dit en sortant dans la nuit noire.

Les rois mages profitèrent de l'absence du conteur pour placer leurs trois grivoiseries; le joueur d'harmonica pour changer de tonalité; Vif-Argent pour essayer d'arracher un mot à chacun des bessons; Céleste pour défendre les bessons contre ce qu'elle qualifiait d'intrusion dans la vie privée des gens; Jimmy la Puce pour dire à sa mère de... mais les conseils de Jimmy n'atteignirent ni Céleste ni personne. La porte venait de s'ouvrir d'un coup de vent qui garrochait dans la forge un centenaire couvert de la tête aux pieds d'une peau blanche, courbé jusqu'aux genoux et marchant sur sa barbe. Suivait un bambin quasiment tout nu, fouettant le vieillard d'un rondin, et criant de sa voix de nouveau-né:

— Va-t'en, Vieille Année! quitte la place à l'An Nouveau!

Et le Ti-Rien-tout-nu frappait et criait et jouait de toute son âme le rôle que lui avait fait répéter maître Clovis. Sa mère Maria courait derrière pour essayer de couvrir d'une peau de buffalo son Nouvel-An grelottant, aux rires et applaudissements des invités et aux cris de la Vieille Année qui s'essoufflait et finit par s'effondrer dans ses loques. En apercevant cette dépouille inerte, Céleste, qui n'avait pas l'habitude du théâtre, voulut sortir le vinaigre; mais

246

en ouvrant la bouche de la Vieille Année, elle l'entendit râler:

— Vous vous souviendrez de moi... vous vous souviendrez que j'étais point une année comme les autres.

Et il s'écrasa de nouveau sur le plancher de terre battue de sa forge.

Tobie n'arrivait pas à s'endormir cette nuit-là, car Céleste lui avait annoncé que tout Cap-Lumière s'en irait accueillir la bonne année dans la forge du vieux Clovis. Mais Crache à Pic, en apprenant qu'on y accueillait aussi le représentant de la loi, engueula Céleste, la traitant de colporteuse et porteuse de paquets, de Judas, d'en-dessous, et de vendue au diable. Céleste se rebiffa et décida qu'à son âge elle avait le droit de manger dans le bol qui lui plaisait et de s'asseoir sur le banc de son choix; que Clovis avait été dans le temps le compère de feu son homme; et que Vif-Argent, vous allez voir, lèvera le nez sur une telle invitation et fera à peine sa petite passée à la forge. La vérité vraie, c'est que Céleste avait déjà goûté au fricot d'Agnès à Clovis et qu'elle s'en léchait d'avance les babines. Quant aux bessons...

— La seule façon de forcer Crache à Pic à venir, c'est d'y aller en premier, que l'un avait suggéré à l'autre.

Car l'un et l'autre savaient que Crache à Pic mourrait d'envie de se rendre cette nuit à la forge du vieux Clovis.

Elle mourait d'envie, mais elle résistait.

— Quoi c'est qu'on irait faire à la forge, Tobie? Les histoires au vieux Clovis, on les connaît sus le bout de nos doigts. Essaye de dormir.

Mais Tobie ne dormait pas. C'était la nuit du nouvel an, Ti-Louis jouerait de la musique à bouche et Clovis conterait l'histoire du sorcier Crache à Pic, l'aïeul sorti des vieux pays...

... L'aïeul Crache à Pic? il la conterait devant un étranger?...

Clovis conta. Depuis le début il reprit l'histoire du plus grand sorcier et géant des côtes, qui avait triomphé de l'Église, de la loi et de la nature elle-même, en s'arrachant à sa propre tombe, un an jour pour jour après sa mise en terre, et en se changeant en feu follet pour venir rappeler au monde que...

... La porte de la forge s'ouvre et tout le monde croit voir entrer l'ouragan du sorcier Crache à Pic... mais ce n'est que la rafale, une bouffée de neige entortillant deux têtes rougies sous le froid.

— Jésus-Marie-Joseph! s'exclame Clovis en sautant sur ses pattes. Je crois que j'ons de la visite.

Et il court mettre le loquet à la porte derrière Tobie et sa sœur qui cherchaient à rentrer sur la pointe des pieds.

Les bessons sourient, sans en avoir l'air; Céleste, qui n'a pas oublié le Judas et le vendue au diable, boude et ne reconnaît plus personne; Maria, qui depuis une heure n'a d'yeux que pour le grand officier aux sourcils en broussaille, feint de ne pas s'apercevoir qu'une intruse vient d'entrer et continue de bercer son enfant endormi. Une forge figée, soudain, devant cette nouvelle apparition.

Et c'est Ti-Louis le Siffleux qui, d'une mélodie complètement neuve, improvisée, redresse la girouette et empêche le monde de chavirer. Il se déchaîne, le musicien, change d'octave, passe du mineur au majeur, fait dégringoler les notes et force tout le monde à se passer la main dans les cheveux et à se déraidir les joues. Même Céleste finit par s'approcher de Tobie pour lui dérouler son foulard de laine et le traiter de bon à rien qui apprendra quand à lacer ses bottes, hein? Jusqu'à Maria qui caresse la filasse de son petit Eugène qui a changé de rêve avec la musique. Et au moment où le maître de la forge invite les rois mages à se pousser pour faire de la place, c'est Vif-Argent, le principal invité, qui se lève et offre sa chaise à Crache à Pic.

— On vient d'enterrer la vieille année, qu'il dit.
Et il lui tend la main.

Une main aux articulations nouées comme des racines d'arbre, songe Crache à Pic. Si seulement il montrait la paume, qu'on y lise sa ligne de vie!

— Et le paradis à la fin de vos jours, qu'elle répond en sentant les veines de ses doigts se gonfler.

Puis elle cherche dans sa mémoire le reste de la formule, quand elle se rend compte qu'elle a commencé par la fin et a sauté la «bonne et heureuse année». Tant pis pour le connétable! elle ne se reprendra pas. Depuis quand fait-on des vœux de bonheur à ses ennemis? Alors elle englobe toute la forge dans un seul tour de tête:

— La bonne année à tout le monde du pays! qu'elle fait.

Et elle sourit à Vif-Argent avec l'air de dire: vous en ferez ce que vous voudrez! Mais elle sait lire le sourire de l'homme qui répond: j'en fais des provisions.

Vers deux heures du matin, le fauteuil du conteur était passé du vieux Clovis à Vif-Argent. Racontez! qu'on lui avait dit, c'est votre tour.

Et il avait pris son tour.

... Dans les débuts de l'histoire du monde, du temps que les lions parlaient aux serpents, et que les commères du pays faisaient leur blanchissage le lundi matin dans l'indigo de l'arc-en-ciel, un terrible accident se produisit sur la terre. Lucifer avait trop attisé son feu et le couvercle de la chaudière sauta. S'ensuivit une chaleur intense au centre du globe qui fit lever sur la croûte de la terre des cloques ou des ampoules qui suintaient une eau salée. La peau de la terre finit par se dessécher, se fendiller comme des rides en laissant s'échapper la saumure par les fentes qu'on appela des ruisseaux, puis des fleuves. Ainsi naquit la mer.

Crache à Pic attendait de Vif-Argent qu'il raconte son passé, sa vie à Saint-Pierre et Miquelon. Mais elle ne lui en voulait pas de faire remonter ses anté-cédents à la création du monde. Pourvu que la nuit dure et que les premiers rayons du soleil ne viennent pas détruire le charme avant la fin du conte, pourvu qu'il ait le temps de se rendre à l'an de grâce...

... La mer reçut toutes ces eaux qui dévalaient des buttes et des montains et qui couvrirent d'océans les trois quarts de la croûte terrestre. Bien des ani-maux périrent dans le déluge, de même que beaucoup d'hommes, de femmes et d'enfants. Seules survécurent les bêtes les plus rusées qui eurent l'idée de pousser des ouïes à l'endroit des pattes et d'apprendre à nager et à respirer sous l'eau. Nos ancêtres descendent de ces poissons-là, en ligne directe des tortues de mer qui réapprirent à marcher sur le sable, à rentrer dans les bois, à grimper dans les arbres, à se tenir debout sur deux pattes, et à peler les bananes et décortiquer le homard avec leurs doigts.

Le vieux Clovis a cessé d'aspirer dans sa pipe. Cette histoire-là, il ne la connaissait pas. Mais il la retiendrait, ne vous en faites pas, personne, et saurait la transmettre avec ses cinquante-six variantes. Continue, Vif-Argent...

... Cependant les hommes, même après des années plus longues que des siècles, n'ont pas oublié complètement le temps où ils étaient poissons et tortues de mer. C'est pourquoi un si grand nombre d'entre eux sont attirés encore aujourd'hui par les aventures au grand large, au-delà des océans. C'est pourquoi surtout tant de peuples habitent les îles ou les côtes, bien que la vie y soit plus malaisée. C'est parce que ceux-là sont les derniers à être sortis de l'eau, et à avoir converti leurs ouïes en pattes. Les hommes de ces peuples-là en ont gardé la voix plus rauque, et les femmes la peau plus lisse. Et tout le monde parle une langue un petit brin salée...!

La forge éclate pour se détendre. Il était temps. Car l'envoûtement était tel, que le couvercle de la chaudière risquait de sauter de nouveau et la croûte de la terre de se couvrir de cloques encore un coup.

On n'était pas rassasié cependant. Tobie nageait déjà dans son passé primordial, y cherchant au fond

251

des mers la lignée des Crache à Pic accrochée aux algues et aux rochers sous-marins; Ti-Louis le Siffleux devançait le conteur, élaborait, prolongeait, agrandissait le récit dans toutes ses ramifications possibles dont l'une le happait, lui le fils d'un rejeton de la mer, et l'embarquait dans la grande aventure; les bessons, le nez fin et l'œil pointu, regardaient dans la direction de Crache à Pic qui ne regardait nulle part: elle avait les yeux tournés par en dedans, l'obstinée, et cherchait à lire dans son âme.

Mais la voix rauque du conteur l'y rejoint, jusquelà, et la force à lever les yeux. Il raconte maintenant les luttes de l'homme avec la mer enragée; ses combats avec la baleine, réincarnation du dragon antique; et son éternelle quête du fin mot du mystère caché de l'autre côté de l'horizon et que personne encore n'a réussi à rapporter de ses voyages.

— Ce mot-là, qu'il dit, celui qui le trouvera ne le racontera pas aux autres, mais l'emportera avec lui dans des îles d'où personne encore n'est revenu... des îles que chacun entrevoit de temps en temps, dans le mirage, et cherche à atteindre à bout de bras, tenté, et pourtant transi de peur.

Crache à Pic s'aperçoit qu'elle a tendu les bras, comme si elle avait cherché à protéger cet homme contre une ombre qui un instant s'est profilée sur les murs de la forge. Puis elle se recroqueville, durcit son visage et évite de regarder du côté d'Adal-Gobert.

Comme tous les auditeurs l'avaient espéré, le conte de Vif-Argent se prolongea jusqu'au matin, peuplant la forge d'une faune et d'une flore qu'elle n'avait jamais imaginées, y faisant revivre des héros rêvés depuis le début des temps, et les lançant dans des aventures qui consolaient l'humanité d'avoir perdu le paradis.

Et au petit jour, les rois mages et les Galoches sortirent de la forge en titubant, saouls de rêves, de tendresse et de gratitude pour la création qui ne les avait pas perdus en route dans son long voyage entre la mer et la vie à Sainte-Marie-des-Côtes.

Mais rendu sur le perron, Vif-Argent se tourne vers les hommes et:

— Quel est le diable qui nous a fait oublier cette nuit la plus vieille tradition du jour de l'an?

Tout le monde s'arrête et s'ébroue.

— Dans mon pays, c'est coutume d'embrasser les femmes le premier jour de l'année.

Les rois mages ne se le font pas dire deux fois. Ni Clovis. Ni même les jeunes Jimmy la Puce et Ti-Louis. Seuls les bessons restent pantois, les quatre bras ballants enchevêtrés les uns dans les autres. Tobie, lui, se laisse attraper par Céleste, puis Maria, puis Crache à Pic qui a grand besoin de décharger son cœur sur quelqu'un. Et elle enlace son frère à l'étouffer. Mais au moment où elle va s'approcher d'Adal-Gobert qui réussissent à rougir même sous le ciel blafard du petit matin, Crache à Pic jette un regard entre les deux têtes et surprend Vif-Argent qui embrasse goulûment cette pute de Maria sur les deux joues. Et les bessons, au lieu d'une bonne bise de jour de l'an, sentent les griffes de leur capitaine leur égratigner la nuque.

La neige a cessé, le vent s'est éteint, il ne reste de la nuit que cinq ou six étoiles effilochées, et le vieux Clovis, gesticulant sur son perron de forge découpée contre le ciel comme la maison du Chat botté. Crache à Pic attrape la main de son frère et veut l'entraîner, l'éloigner d'une nuit trop... Mais elle est happée à son tour, main, bras, taille, happée et enroulée, engloutie dans le drap râpeux d'une vareuse qui sent le sel et le tabac. Elle n'a pas le temps de se débattre, ni de se demander si elle devrait se débattre ou pas; et elle laisse son âme couler comme du miel dans ses veines, en un éclair. Les lèvres de Vif-Argent se sont imprimées sur ses joues, et glissent jusqu'aux commissures de sa bouche qui laisse échapper un léger cri, chuinté dans un souffle que Vif-Argent cueille comme le vœu de bonne année que tout à l'heure elle a escamoté.

— Bonne et heureuse année, qu'il lui murmure au creux des yeux.

Crache à Pic veut répondre mais parvient à peine à formuler:

— ... et le paradis.

Le lendemain, le capitaine convoquait ses Galoches pour les inciter à une vigilance redoublée.

— L'hiver est juste entamé; ça donne bien du temps à un fin renard pour préparer sa sortie du printemps, qu'elle dit.

Un long hiver. Ce n'était pas de trop pour calmer le sang en ébullition qui gonflait les veines du connétable. Un fin renard, qu'elle avait dit. Le fin renard avait peut-être asséné son coup de mort à Dieudonné et forcé tous les petits bootleggers qui jouaient à Robin des Bois dans les affaires des autres à se terrer dans les granges et greniers de leurs pères, mais il n'avait pas percé une seule brèche dans la muraille invisible qui encerclait Cap-Lumière.

Bien sûr qu'il savait tout, Vif-Argent: la cargaison du *Diable vert* cachée sur la terre des Crache à Pic. Mais justement, c'était la terre des Crache à Pic, race de sorciers capables de souffler un ouragan à partir de leur tombeau... N'allez pas conclure qu'il avait peur, l'officier, pas lui! Pas le gars de Saint-Pierre et Miquelon. Il avait du respect, c'est le mot. Du respect pour le lignage des Crache à Pic. Il n'irait pas faire boucherie sur leur sol. S'il devait un jour y planter son pic, il creuserait en un seul endroit. Et cet endroit, il disposait de tout l'hiver pour le trouver. Il prouverait à Crache à Pic que le jeu à l'avenir se jouerait entre elle et lui. Il lui laissait même, en galant homme, choisir l'heure et le lieu. Mais il était déterminé, autant qu'elle, à gagner.

... Deux fauves, oui, soupira le vieux Clovis, qui s'épiaient de chaque côté de la clôture de lices et qui attendaient le printemps. Mais en attendant, chacun s'enroulait les bras autour du tronc pour empêcher son âme de s'envoler. Un long hiver où le connétable et la hors-la-loi en étaient venus à oublier la loi que l'un avait juré de défendre et l'autre de narguer, et à ne plus lutter que pour rescaper deux cœurs à la dérive.

— Au printemps, se rengorgeait Crache à Pic pour se donner de l'aplomb, on lui filera entre les pattes jusqu'à l'un des bâtiments d'Al Capone.

Rien de moins. Si le pape s'était fait bootlegger, cette fille n'aurait pas hésité à mettre le cap sur Rome. Il était loin, le temps des revenants au bout d'une corde, ou celui des willygieuses en rumble seat. La contrebandière avait désormais à prouver quelque chose à quelqu'un. Et elle piaffait.

Vif-Argent de même. Mais en silence, lui. Car l'étranger n'avait aucune bande à qui parler. En dehors de la forge, il n'avait encore mis les pieds en ami dans aucun logis de ces côtes qui se vantaient d'être les plus hospitalières au pays... Hospitalier... bien sûr, on était hospitalier. Mais il était connétable, Vif-Argent.

Il lui arrivait pourtant de causer avec Clovis qui avait toujours fait à sa tête et à l'envers de tout le monde. Et à travers Clovis, de causer avec Ti-Louis le Siffleux qui était sans préjugés et qui avait tout à apprendre sur ses origines. Vif-Argent, qui avait beaucoup à apprendre sur les origines des autres, relançait Clovis sur l'époque de la sorcellerie, de l'ouragan dévastateur et de la lutte du vieux Crache à Pic avec son curé.

— C'est vrai, Clovis, qu'on l'avait enterré sous un pommier, le sorcier?

— Vrai comme je suis là. Et enterré à sa place au cimetière, dans un cercueil doublé en satin crêpé, une bûche de bois franc, t'as qu'à ouère!

Et Clovis se signa sur le front, le bec et la gorge pour renforcer son dire.

Le gars de Saint-Pierre et Miquelon laissa filtrer entre les notes de la musique à bouche et le bourdonnement des mouches dégourdies, une phrase sans importance, juste bonne pour le crachoir de Clovis:

— Pour enterrer un pareil géant, ç'a dû faire un moyen trou sous le pommier.

— Un moyen trou, c'est moi qui vous le dis.

Clovis l'avait dit, il était trop tard. Il aurait voulu ne pas l'avoir dit, mais... Tant pis. Pour faire oublier un mot, un homme n'a qu'à le couvrir de mots plus gros, plus nombreux. Et Clovis jacassa.

— Oubliez pas que le vieux sorcier en a ressoudu au bout d'un an, s'a changé en loup-garou, appelez-le ouragan si vous voulez. Depuis ce jour-là, prenez mon dire, il reste plus dans la cour des Crache à Pic que les racines du pommier, qui produit chaque automne les plus belles mac-intosh du pays. Vous connaissez les mac-intosh? Je demanderai à ma fille Agnès de vous bailler de sa confiture. Tobie lui apporte à tous les ans trois minots de pommes...

... Tobie! Vierge Marie! C'est bien le temps de parler de Tobie. Entre Tobie et l'ours, un pas que le rusé de connétable aura tôt fait de... Parle plus, Clovis!

C'est ainsi que l'officier apprit, en rejoignant Tobie dans sa cabane à éperlans sur la glace de la baie, que l'ours hibernerait tout l'hiver sous le pommier.

— Sous le pommier! intervint Vif-Argent.

— C'est son nique, confirma Tobie. Faut point le déranger avant la fonte des neiges.

— Ah bon! pas avant la fonte des neiges...

— Par rapport qu'au printemps, un ours se réveille, vous comprenez.

Il comprenait.

— Le premier jour de doux temps, je le détacherai de l'arbre et je le mènerai au bois toute une journée.

— Pour visiter la parenté?

L'innocent agrandit les yeux. L'idée que son ours aussi pouvait avoir de la parenté le ramena à la nuit du premier de l'an. Il saliva de joie.

Vif-Argent résista à la tentation de poursuivre son interrogatoire. Auprès d'un arriéré, Vif-Argent, tu n'as pas honte? D'ailleurs il en savait assez.

C'est Crache à Pic qui, le soir même, continua l'enquête. Vif-Argent avait rejoint Tobie sur les glaces? Et lui avait parlé de l'ours? et du pommier? Il savait. Rusé, le connétable, et drôlement dégourdi. Point de la pâte à Martial, ça. Voilà un adversaire qui jouait franc et serré. Il n'avait pas ravagé ses terres comme c'était son droit. Il avait pris son temps, étudié le terrain et creusé par en dedans. Bien calculé.

— Mais il lui reste à venir le prendre.

Et elle tourna vers les bessons un visage où chacun retrouva le double lignage des Crache à Pic et de la belle Aglaé.

Le père Clovis, prévenu par Ti-Louis le Siffleux, courut de la forge à Cap-Lumière au logis de Vif-Argent à Cap-Lumière, à la statue de saint Joseph à qui il montrait le poing.

— Jamais je croirai que c'te fois-citte vous allez pas vous en mêler.

... Pour une trentaine de caisses de whisky et trois barils de rhum, faut-i' ben! risquer sa peau!

Puis Clovis se donnait des coups de pied... Voyons, vieux radoteux, tu sais bien qu'y a belle lurette qu'on ne se bat plus pour du rhum et du whisky. Tu sais bien qu'au fond de la fosse sous le pommier, y a pas rien que de la boisson. Les cendres et l'âme du vieux Crache à Pic sous le pommier, Clovis. Un vieux Crache à Pic qui a décidé de revivre, que vous le vouliez ou non, dans ses descendants. Je vous l'avais point dit, le jour où j'ai vu le jeune Tobie sortir cet ours-là du bois? Je vous l'avais point dit que le sorcier, mort y a trente ans, avait point encore dit son dernier mot?

Vif-Argent avait pu entendre les propos de Clovis. Car en dévisageant la bête tout en muscles, crocs et griffes, à l'œil intelligent et au nez fin, l'homme a commencé par arracher sa chemise et la tordre. C'est Melchior qui l'a vu.

Clovis dira par la suite qu'au début du combat Melchior n'était même pas sur les lieux, mais personne n'était d'humeur ce jour-là à contredire le roi mage ou quiconque. On n'avait d'yeux que pour Vif-Argent. Transi de peur ou pas, ça ne l'a pas empêché de marcher d'un pas ferme vers Cap-Lumière, sans se retourner, sans même regarder du côté des lucarnes des Crache à Pic, ni des fenêtres de Céleste ou des bessons, marcher franchement et par le plus court chemin jusqu'à la clôture, sauter les lices de bois sans se tenir au piquet, puis s'arrêter à trente pieds du pommier, la longueur de la chaîne qui attachait l'ours au tronc.

Clovis ne savait plus où jeter les yeux: sur l'ours? sur Vif-Argent? sur la maison des Crache à Pic qui se dressait contre le ciel comme une citadelle assiégée? Il arrivait à peine à retenir son ami le Siffleux qui tremblait et voulait se garrocher entre la bête et l'homme.

— Tâche de comprendre, que lui répétait Clovis... ça servirait à rien. Cet homme-là est point en train de lutter contre un ours. Tâche de comprendre.

Mais Ti-Louis le Siffleux ne comprenait pas. Il fallait venir au secours de Vif-Argent. Le défendre contre sa folie. Rassembler les bessons, Jimmy, les rois mages, envoyer Tobie devant pour calmer la bête. Et raisonner Crache à Pic.

— Ça servirait à rien, répétait Clovis. Mets-toi dans sa peau.

Oh! non, pas ça. Ti-Louis en ce moment n'avait aucune envie de se trouver dans la peau de Vif-Argent. Pourtant il était prêt à le rejoindre, avec tous les autres, à combattre à ses côtés.

— Chut!... Regarde du bord du châssis, sans te retourner... le châssis de la lucarne du côté sû.

Une ombre. Elle est là.

Elle a réussi enfin à calmer Tobie... Il veut jouer, Vif-Argent, il faut le laisser faire. Il fera point mal à l'ours, je te le promets, Tobie, il veut juste essayer ses forces, voir qui des deux jouera au plus fin. C'est rusé, un ours, l'homme le sait. Et en plus, c'est très fort. Mais n'importe qui a son point faible, faut juste le trouver. La preuve, l'ours s'est bien laissé entraîner hors du bois par Tobie... un innocent inoffensif.

Les bessons sont sur leur galerie, soudés l'un à l'autre, muets et immobiles comme des gardiens du temple. Mais Clovis aperçoit dans le coin, appuyé à l'un des poteaux de soutien, un harpon qui venait des ancêtres chasseurs de baleines.

Soudain le silence est rompu: Céleste vient de sortir sur son perron. Elle crie et gesticule et huche à Tobie... où est Tobie? où c'est qu'il se tient? Mais Tobie est collé aux jupes de sa sœur qui lui répète que tout va bien, que Vif-Argent est fort comme un ours, et rusé comme un ours, et brave, loyal, généreux comme un ours... il réussira, tu verras, et puis en-dessous du pommier, c'est la tombe du grand-père qui saura bien reconnaître un homme de sa race, t'en fais pas, Tobie, t'inquiète pas... t'inquiète pas, Crache à Pic...

Ti-Louis tire la manche de Clovis. Vif-Argent vient d'étaler ses armes sur l'herbe: une pelle, une masse, un...

— Un croc-barre! s'écrie le Siffleux. Je croyais qu'il avait point l'intention de le tuer?

— Chut!... répond le vieux Clovis, tremblant, il doit avoir son idée.

Il a son idée, reste tranquille, Clovis! Ne bougez pas, personne! Voilà qu'il sort quelque chose de sa poche de veste... il parle à l'ours qui ne grogne pas, ne s'agite pas, mais tire sur sa chaîne à en faire frissonner les feuilles naissantes du pommier. Vif-Argent verse une huile épaisse sur l'herbe...

— Il va y mettre le feu?

— Taise-toi... espère... c'est point de l'huile, c'est du sirop d'érable, regarde l'ours se friponner les babines.

261

Une large tache dorée sur l'herbe, sous le museau de la bête gloutonne et vicieuse... mais non, Clovis, pas vicieuse, tu déparles, juste alléchée... bonne façon d'appâter un ours, Vif-Argent, bravo! L'ours lèche l'herbe à ses pattes, tendant la chaîne au-dessus du sol... deux pieds au-dessus du sol... Quoi c'est qu'il compte faire après, le faraud?

... Qui c'est qui vient là?

... Les rois mages. Faites-les taire!

Vif-Argent vient de quitter l'ours, il prend ses distances, fait ses calculs. La chaîne mesure environ trente pieds. Ça fait soixante pieds de circonférence autour de l'axe du pommier: le champ de l'ours. Bien brave qui osera y pénétrer. Pourtant, la fosse est là-dedans, au pied de l'arbre... Plus vite, Vif-Argent, l'ours aura bientôt rasé l'herbe jusqu'à la racine... Il est pas fou! Jamais je croirai qu'il va tenter de creuser à la pelle dans le territoire d'une bête sauvage... Taisez-vous! Il doit savoir ce qu'il fait.

Il s'empare de la masse et du croc-barre, un pieu en fer avec sa tête de clou... il contourne l'arbre, revient par l'arrière, s'approche à dix pieds de l'ours qui ne se retourne pas... Taisez-vous!... il passe le piquet dans un anneau de la chaîne... soulève la masse et... vlan! L'ours a senti le choc, a dressé la tête... et vlan!... l'ours vire sur ses pattes... vlan!... la bête vient de se rendre compte qu'on joue dans sa cour... vlan!... ça ne se passera pas comme ça, bonhomme! Et il charge.

Sors de là, Vif-Argent!...

Le cri est parti des quatre coins de Cap-Lumière. Vif-argent a dû l'entendre. D'ailleurs il n'avait pas perdu la bête de l'œil. Il lui demandait le temps de quatre coups de massue. En quatre coups, il venait d'enfoncer le pieu... File, Vif-Argent... pourvu que le croc-barre tienne! L'ours s'est arrêté, au bout de sa chaîne raccourcie des deux tiers. Ça c'est un sale tour, bonhomme, mais chapeau! Et l'ours se contente de tourner autour de son pieu, grognant de surprise, de honte et d'indignation.

Trois coups de pelle et Vif-Argent sort de la fosse du sorcier Crache à Pic une première cruche du meilleur rhum des îles qu'il soulève à bout de bras comme un drapeau ennemi.

Alors des galeries, des hangars, des clôtures de Cap-Lumière s'arrache une clameur qui étourdit Vif-Argent. En cet instant, il est plus grand que le pommier, un géant avec des ailes aux jarrets. Il peut sortir du territoire ennemi, il a vaincu. Et contournant l'ours, il marche tranquillement vers son ami Clovis à qui il remet son trophée.

— Du cidre, qu'il dit sur le ton le plus neutre du monde. Ce pommier-là, ma parole, est un véritable alambic.

Et il s'éloigne du côté de la mer pour laisser aux assoiffés du pays la liberté de fêter dans la joie la victoire de l'homme sur la bête.

— Hé, hé! fit le centenaire Clovis bien des années plus tard. Non pas victoire de l'homme sur la bête, mais de l'amour sur les usages et coutumes. Le Vif-Argent qui abandonnait aux fêtards du pays de quoi se souvenir toute leur vie de cette glorieuse époque de la Prohibition, en réalité invitait tout le pays à célébrer les noces défendues entre un connestable et une hors-la-loi. Personne osera jamais affirmer de certitude comment Crache à Pic et Vif-Argent passirent le restant de la journée et de la nuit. Mais Ozite les a vus, de son châssis vus, s'embarquer sur *La Vache marine* et partir en mer.

Bien malin qui oserait contredire Ozite, Clovis ou Ti-Louis le Siffleux qui ce soir-là composa sur son harmonica une gigue qui se joue encore dans les noces du pays.

— Une si belle époque, soupira le vieux Clovis trente ans plus tard. Dommage que la girouette devit se réveiller et se remettre à virer comme une folle.

5

La girouette ne se réveilla pas tout de suite. Durant tout l'été, elle fit semblant de fixer le soleil, les ailes grandes ouvertes au-dessus des côtes, l'air distrait. Mais Clovis n'était pas dupe. Comme tout né natif du pays, il savait distinguer la mer calme du calme de la mer. Rien de plus trompeur que le calme qui précède l'orage.

— Ça fait qu'une girouette qui grouille pas d'une plume, dit le vieux conteur, me fait point d'accroires.

Elle fit pourtant accroire à tout Sainte-Marie-des-Côtes et ses trente-six faubourgs que *La Vache marine*, en ce printemps et cet été 1932, voguait sur les nuages, la tête en bas. Après l'incident du pommier, on pouvait s'attendre à tout... à tout, hormis à voir Marie-Pet manquer les vêpres du dimanche pour suivre dans le sable des dunes ou la vase des marais la trace d'un amour interdit. Chaque jour se levait sur un: «C'est-i' Dieu possible!»

et se couchait sur: «C'est possible, que Dieu nous vienne en aide!»

Mais Dieu, dans tout ça, restait là-haut, l'air de ne pas vouloir s'en mêler. De toute manière, quand il l'aurait voulu...

— Taisez-vous, beau-père, vous blasphémez.

Et la bru Jeannette fit claquer la porte à ressort comme un fouet. Durant la belle saison, on avait trop à faire aux champs, à la grange ou entre les sillons du potager pour courir sur les pistes des bootleggers. C'était aussi l'avis de Médard la Grand-Langue et de l'Annie du presbytère qui rentraient chaque soir à bout de souffle.

Mais tandis que le pays tout entier s'occupait d'eux, la moitié pour crier au scandale, l'autre pour hurler de joie, Crache à Pic et Vif-Argent s'occupaient l'un et l'autre de leurs affaires. Des affaires — le diable l'avait voulu — inconciliables.

Depuis quelque temps, la forge se demandait si Crache à Pic n'était pas devenue contrebandière à cause de Vif-Argent... Voyons donc! Elle allait en mer bien avant ça. Du temps de Martial, souvenez-vous... Du temps de Martial, elle jouait dans les pattes des grands bootleggers pour faire rire le pays, prenant plaisir à déculotter les gros sous les yeux exorbités et ravis des petits. Pour s'amuser. Petit à petit, elle avait pris goût au jeu et s'était mise à ambitionner sur le pain bénit.

... Pain bénit, ouf!

— Eau bénite, tu veux dire!

… Malaisé de s'arrêter après la rafle des cognacs du président, et la victoire par knock-out de son revenant sur celui-là du Dieudonné, et… et sa prise d'habit sous le nom de Sœur Marie… hi! hi! hi!… de la Sainte-Crache de l'Enfant-Jésus!… hu! hu! hu!

Eh bien! voulez-vous savoir?

De l'avis de Clovis, toutes ces pirouettes et grimaces et mascarades n'étaient destinées qu'aux galeries qui l'avaient vu naître et n'auraient pas parié, dix ans plus tôt, sur une Crache à Pic contre un Dieudonné. C'était ça la vraie motivation de la nouvelle contrebandière, de l'avis de Clovis.

Mais depuis l'entrée en scène de Vif-Argent, sorti de la brume un matin de printemps, la ratoureuse avait tout l'air de chercher à défier un autre géant que le Dieudonné.

— Prenez rien que le tour de salaud qu'elle a joué en mer à Black Willy…

… Il l'a pourtant mérité, le pirate, ce tour-là. S'il avait point attaqué dans le dos *La Vache marine*, sans même l'avertir, il aurait point passé Noël en prison.

… Méritée ou pas, la déconfiture de Black Willy était un présent personnel de Crache à Pic au nouveau connestable. Sur un plateau d'argent qu'elle lui avait offert le *Sail Alone*, au garde-côte.

— Il l'a-t-i' au moins remerciée, Vif-Argent?

… Il l'a pris comme un avertissement: elle m'envoie dire de quel bois elle se chauffe, qu'il s'était dit.

— Je crois plutôt que c'était un défi. Voir s'il saurait le relever.

Il l'avait relevé, le printemps suivant, au-dessus de la tombe de l'ancêtre sorcier. Si bien relevé que Crache à Pic, après ça, s'en était venue tomber épuisée dans les bras de son ennemi.

— Son ennemi! ricana le petit vieux tout crochu, accroupi dans le coin de la forge.

Et tout le monde comprit.

… Un ennemi qu'on largue sous les griffes d'un ours n'est plus un ennemi. Crache à Pic n'aurait fait qu'un saut de sa lucarne pour s'interposer entre l'ours et n'importe quel idiot ou fanfaron qui se serait hasardé sous le pommier… y compris une Marie-Pet ou un Dieudonné. Une femme qui laisse un homme se débattre seul face à pareil danger a ses raisons… que la raison ne connaît point.

— Le Vif-Argent qui s'est enhardi jusque sous le pommier… ça serait pas qu'il les connaissait ces raisons?

Clovis fit le tour des têtes et se gratouilla le gosier:

— J'en connais qui se contentent dans ces cas-là de marcher sur leurs mains, ou de fendre une bûche en deux d'un seul coup de hache. C'était le genre de mon Arthur du temps qu'il fréquentait la Jeannette. Mais c'est point ça qu'aurait eu coupé le souffle à une Crache à Pic. Un homme qui se présente la poitrine nue devant la bête la plus féroce, la plus rusée et la plus courageuse que la nature a faite, a point besoin le lendemain de s'en aller marcher sur sa tête sous les châssis des filles à marier.

Pas besoin, oh! non! Sitôt sorti de l'arène, Vif-Argent s'était rendu de lui-même et sans invitation à *La Vache marine*, et s'était emparé de la barre. Il savait qu'elle l'y rejoindrait. Et pour s'assurer qu'elle viendrait seule, il avait jeté de l'appât au village rassemblé autour de l'arbre, pour le distraire le restant de la nuit. Comme il avait un instant distrait l'ours avec du sirop d'érable.

Elle s'arrête sur le quai, au pied de l'échelle, haletante et ébouriffée. Puis elle lève la tête du côté des granges, pour reprendre souffle, et cherche l'œil de la girouette. Et la girouette bicle.

... C'est ta goélette, Crache à Pic, je vois pas pourquoi tu devis t'essuyer les pieds avant de monter à bord.

Je vois pas pourquoi, qu'elle se dit, c'est ma goélette. Et boutonnant sa vareuse, elle enroule ses mains sur le câble qui pend du mât... qui a démarré ce câble-là?... et prend son élan. Elle rebondit sur le gaillard d'avant, leste comme un chat, et tourne sitôt la tête de bâbord à tribord à bâbord... personne? Pas âme qui vive. Rien. Une goélette vide. Heh!... De toute façon, à cette heure-là, fallait point s'attendre à trouver quelqu'un dans le bateau d'un autre.

De nouveau elle lorgne la girouette.

... Tu connais le dicton: le diable se cache toujours à l'est.

Crache à Pic sourit en relevant ses mèches... Le diable, si fait, mais les archanges?

... La lune va se lever ben vite. Quoi c'est que t'attends pour la guetter comme tu faisais, enfant, les pattes croisées sous tes fesses?

Eh oui! quoi c'est que j'attends!

Et elle s'assied en sauvage, comme du temps qu'elle était enfant.

... Asteure grouille pas, laisse faire le temps.

Le temps. L'arme préférée de sa mère Aglaé, sans doute de l'aïeul Crache à Pic qui avait accoutume de dire: Assis-toi sur le devant de porte de ton logis...

Hhhh!...

Elle n'a pas sursauté, à peine frémi. Le diable n'a jamais fait peur aux Crache à Pic. Pourtant des doigts viennent de mordre dans ses épaules. Elle a le choix: elle peut se retourner brusquement et demander des comptes à l'effronté qui rentre sans permission dans sa goélette, à la tombée de la nuit; elle peut aussi se dégager lentement, prendre le temps de bien dévisager son front, ses joues, ses lèvres... elle peut aussi se tenir tranquille, blottie sur elle-même et faire durer le plaisir.

... Fais des provisions, Crache à Pic, mets en bouteilles pour les longs hivers à venir. Ta mère a eu si peu d'années pour préparer ses nuits d'hiver de toute une vie.

— T'as eu peur?

... Peur de quoi? du diable ou de l'ours? Un ours, ça a beau aimer le sirop d'érable, faut pas le prendre pour un abruti. C'était dangereux ce que t'as fait là, de contourner l'arbre et de rentrer par derrière dans son territoire.

— T'as eu peur que je me saisisse de ta *Vache marine* et disparaisse au large?

Elle pouffe. Peur pour sa goélette! Et son rire rebondit sur le pont comme des perles en liberté. Sa gorge enfin se dénoue et ses nerfs se détendent. Sa *Vache marine*! Et ses paumes caressent le bois mou du bâtiment qui fut son confident et son fidèle allié durant deux ans.

— Grand-peur! qu'elle s'esclaffe.

Et avec son rire, déboule une demi-douzaine de mots vieux comme la langue, mais que le rejeton de Saint-Pierre reconnaît au son et au toucher.

Crache à Pic a dû les répéter toute la nuit, ces mots de réserve qu'elle n'avait encore jamais utilisés — et que le vieux Clovis refusa net de dévoiler à mon père— car au petit jour, Vif-Argent murmurait en lui caressant les lèvres:

— Je les cueille comme des fruits sauvages et les embouteille pour les mauvais jours.

— Quels mauvais jours?

— Demain, après-demain, quand tu vas retrouver un grand trou vide au pied du pommier de ta cour.

— Ce trou-là sera jamais vide, qu'elle dit.

— Je sais.

— Comment tu le sais?

— Je le sais parce que j'ai marché juste au-dessus hier soir.

— Et tu crois que le grand-père y est encore?

— Je crois que l'âme des Crache à Pic remplit tout Cap-Lumière.

— Pourtant, c'est toi qu'as gagné sous le pommier.

— Je devais gagner.

— C'est si important que ça, le métier de connestable?

Vif-Argent la laboure de ses mains, de ses yeux, de ses dents.

— Si j'avais perdu contre l'ours, il me dévorait tout rond.

— Mais personne t'envoyait te battre contre un ours.

— Ah! non?

Elle rougit. Puis elle cache sa tête au creux du cou de l'homme.

— C'est fini, qu'elle souffle, drès demain Tobie te présentera à l'ours.

Vif-Argent lui sourit tristement.

— Y a plus fort qu'un ours à Cap-Lumière.

C'est le vieux Clovis qui comprit le premier que le combat de Vif-Argent ne faisait que commencer. Crache à Pic était une hors-la-loi de race, une pur-sang. Elle le savait, le voulait. Et Vif-Argent avait ses raisons à lui de défendre la loi et l'ordre, et de combattre les contrebandiers. Personne ne sut jamais comment le vieux conteur soutira son secret à l'officier. Un secret que Vif-Argent ne révéla même pas à Crache à Pic. Et quand Ti-Louis le Siffleux, durant cet automne, voulut faire parler Clovis, le vieux se mit à chercher des poux au Ti-Rien-tout-nu.

— Vif-Argent est un Martin de Saint-Pierre, qu'il dit. J'ai connu des Martin de l'île Miquelon, de la même branche, sans être cousins.

Ti-Louis le Siffleux en calouette. Les énigmes de son ami l'essoufflent, mais lui aiguisent l'esprit. Clovis le sait, le vieux chenapan, et n'en continue que de plus belle.

— Un jour, qu'il charge, quelqu'un devra payer pour les péchés des autres. Par rapport que rien reste à l'abric de l'œil de Dieu sous la calotte du ciel. Même si ça devit prendre cent ans...

Ça ne prit qu'un été et un automne aux côtes pour recréer autour du couple le plus célèbre et primordial de tout l'est du pays une ambiance de paradis d'avant la chute: le pommier et ses fruits défendus par une bête sauvage; Adam et Ève que Médard la Grand-Langue jurait avoir aperçus nus comme des vers, un soir, entre les dunes de sable...

— Quoi c'est que tu faisais la nuit par les dunes, vieux maquereau? que voulut savoir sa femme Alisca.

... et la nature enragée et folle qui faisait pousser du blé dans les champs d'avoine, cet été-là, et de la fougère au beau milieu du gravier du chemin du roi.

Pourtant, Sainte-Marie-des-Côtes n'en était pas à courir sa première prétentaine. Un port de mer, centre de la contrebande et nid de bootleggers, visité chaque année par des steamers et des bricks étrangers, avait l'habitude d'entendre tonner la voix de son curé. Ce pays-là avait quand même produit l'Orignal, Bolicaille et les Cordes-de-Bois. Mettons! Il avait fait remonter les rapides aux saumons, quant à ça, et fait pousser un chêne au beau mitan d'une hêtrière. Et puis après? Est-ce qu'on s'accoutume aux étoiles filantes, aux aurores boréales, ou au V des outardes dans le ciel? Tout ce qui fait lever la tête et plisser les yeux, devait dire Clovis, fait jongler.

— Et y a pas loin entre jongler, grincer des dents et ricaner.

Ti-Louis le Siffleux faisait son profit des divagations de son vieil ami. Car jamais Clovis n'en disait autant qu'en disant des riens. Ainsi ce matin-là dans la forge, en glosant sur le ricanement, il s'en vint à distinguer le ricanage de sa bru Jeannette de celui de son compère Melchior. Le roi mage narguait pour que la farce continue; la bru ou Marie-Pet, pour que les farceurs tombent et se cassent la gueule. C'est pour ça que tout le pays s'était mis à talonner les nouveaux amoureux, mais pour diverses raisons.

— Je finirai par les attraper sur le fait, rageait Marie-Pet qui en était venue à s'oublier et à penser tout haut.

— Sus le fait de quoi? ricanait Melchior.

Et toute la forge éclatait en joyeuses bleuettes.

Mais Marie-Pet ne les attrapait nulle part et sur le fait de rien. Car ce couple du paradis qui projetait son ombre sur toutes les côtes, n'exhibait son amour devant personne.

— Apparence, dit un jour Xavier la Bosse, que Marie-Pet aurait l'idée d'apprendre à nager.

— Quoi! à son âge?

— Si fait... Par rapport qu'à force de chasser les amoureux dans les bois et les dunes, elle les a obligés à s'en aller se réfugier au large.

Et Xavier la Bosse, en se léchant les lèvres, loucha du côté de la mer. Tout le pays était tenté de soulever les feuilles de vigne et de reluquer les multiples splendeurs du péché originel. Et alors que nulle âme qui vive n'avait encore rien vu, c'est à qui se vanterait le plus de ses indiscrétions.

— ... Hier au soir, dans le boutte de Bois-Joli...

— Sacordjé! hier au soir, à la même heure, ils se lavaient les pieds dans le ruisseau du docteur.

— Menterie! Je les ai vus moi-même en train de se grafigner et se crier des noms de chaque côté de la bouchure des Allain. Pour des amoureux... peuh!

— C'est la jalouserie qui fait parler le monde.

— La jalouserie! la jalouserie! Je vous ferai remarquer, beau-père, qu'une Després de Cocagne a point aucune raison de se sentir jalouse d'une Crache à Pic, ça s'adonne. Et puis je suis mariée, moi, et à votre garçon par-dessus le marché.

— Le pauvre esclave! je l'avais pourtant averti.

Jeannette voulait sauter à la figure de son beau-père, mais songea aux usages. Et sur les usages, la bru du père Clovis était une inconditionnelle. Elle se contenta donc d'une brusque contorsion des fesses qui remit les rois mages sur la route de Bethléem.

— Christ Almighty! s'exclama Gaspard, si ça continue, le pays finira par connaître lui itou son massacre des saints Innocents.

Médard la Grand-Langue venait de larguer la nouvelle, en plein centre de la forge, du départ en haute mer d'une pleine goélette de religieuses consacrées à Dieu.

— Quoi?

... Tout le couvent, hormis les vieilles percluses, les saintes retirées dans leurs cellules à mâchonner trois fois leurs prières et la mère supérieure, parti au large en *Vache marine*, t'as qu'à ouère! Crache à Pic, veut, veut pas, raffinait sur les moyens. Rien à l'épreuve de l'enjôleuse. Et depuis qu'elle avait mordu à la pomme du paradis... plus hardie que jamais.

— La sorcière donnerait-i' dans la dévotion? un jour elle prend le voile, un autre elle s'embarque avec toute une communauté pour les missions.

— Mission, t'as raison.

— Taisez-vous, mauvaises langues.

— Quittez-les faire, voyons! pour une fois que le rum-running sera placé sous la protection de l'Église sans que l'Église ayit à débourser, quittez des innocents s'amuser sans risquer de déchirer leurs hardes.

— C'est toi qui le dis, Melchior, sans déchirer leurs hardes. Mais si fallit qu'un officier les attrape au large et décide de fouiller le bâtiment et que la bataille prenit et que les sœurs découvrissent là, en haute mer, le vrai but du voyage et qu'une randonnée en goélette de contrebande c'est jamais un pique-nique et que...

— ... et que tout s'achève encore un coup dans le pré aux vaches! Sacordjé, la Grand-Langue! le pays des côtes claquerait des mains. Mais pas de danger, ça se rendra pas jusque-là. Tu sais ben qu'y a point un seul Vif-Argent qui oserait arrêter une goélette de sœurs durant l'*Ave Maris Stella*.

— Si toi tu le sais pas, Médard, Crache à Pic, yelle, le sait.

Et le vieux Clovis se frotta les cuisses.

— Je vous dis que cette Crache à Pic aura le dernier mot: sur la loi, sur les autres bootleggers, sur les hargneux et renifleux et bagueuleux qui viendront mettre le nez dans ses affaires. Elle est trop forte pour...

— ... pour Vif-Argent?

C'est le vieux crochu encore qui a parlé.

— Deux bêtes sauvages de familles ennemies, qu'il dit, mais de même race.

— Tu finiras par te ranger, disait le connétable.

— T'aimerais ça que je ressemble aux filles de Babineau?

— Ça sera malaisé quand je serai forcé de ravager ton nid et de t'attacher les pattes.

— Je saurai bien me démarrer tout seule et me refaire un nique ailleurs.

— Ailleurs, je serai encore là, caché dans le foin, à te guetter.

— Et la bataille reprendra et je gagnerai encore un coup.

— Pas à tout coup. Une fois sur deux, ce sera mon tour.

— Et après?

— Et après, tu me le payeras, coquine, toute la nuit.

— Jusqu'à ce que mort s'ensuive!

Le bel été! le superbe automne! À en faire perdre haleine à Marie-Pet, Jeannette et Médard la Grand-Langue.

— Je finirai par les surprendre, que se plaignait la vieille chipie aux oies sauvages.

Mais les oies grises cette année-là profitaient de l'incertitude du ciel qui oscillait entre deux saisons.

… C'est pour bientôt? que demandaient dans leur jargon les nouveau-nés du printemps à la mère outarde.

Et la grande oie sauvage reniflait le vent à la manière de la girouette.

— Restez tranquilles, qu'elle répondait sans empressement; quand le temps sera venu, vous aurez tout le temps de vous dire qu'il est venu trop tôt.

— Le temps me dure, insistait Crache à Pic, de t'emmener à la faîne et de faire connaître à un gars des îles la vraie vie des bois.

— Pousse pas sur le temps, je t'en prie, soupirait Vif-Argent. J'ai connu l'âge où je poussais sur les années comme sur une charrette pour lui faire monter plus vite la côte. Jusqu'au jour où un vieux de mon pays m'a révélé le nom de cette charrette-là.

— Je la connais. C'est un ancien conte qui m'a été conté par Clovis le vieux, le père du vieux Clovis, le jour de mes cinq ans: la charrette de la Mort. Vingt ans plus tard, je l'avais déjà rencontrée quatre ou cinq fois. Elle m'a quasiment passé sur les pieds, la bougresse! Mais j'en ai jamais eu peur.

— Moi non plus, j'en avais jamais eu peur, répondit Vif-Argent, jamais avant aujourd'hui.

— Pourquoi aujourd'hui?

Il ne dit rien, mais la prit dans ses bras et l'enlaça à l'étouffer.

… Je finirons par les attraper sur le fait, répétait le chœur des mauvaises langues du pays. Tandis que les autres applaudissaient ce retour d'Adam et Ève qui n'avaient de comptes à rendre qu'à Dieu.

Puis l'hiver s'amena. Et avec lui sa traînée de rafales, de bourrasques, de poudrerie, d'incertitudes, et de plaintes et chuchotements au coin du feu… Les gouvernements allaient-ils laisser pourrir l'air qu'on respire encore une autre année? Combien de temps avant la fin de la crise, de la misère, de la Prohibition?

— La fin de la Prohibition! Le pays a jamais été si bien!

— Hérétiques!

Et la discussion reprenait, passant du murmure à l'engueulade à la menace de ne plus jamais remettre les pieds dans un logis qui mériterait de passer au feu.

Mais on était au cœur de l'hiver et le pays n'avait encore jamais vu les feux de forêt — appelés fléaux de Dieu — ravager les maisons des mécréants au mois de janvier.

En mars parurent les premières outardes. C'était de bonne heure. Agnès voulut savoir si le printemps allait s'en ressentir et si l'on devait demander au curé d'avancer la bénédiction des graines. Mais Clovis répondit que saint Marc ne déménagerait pas sa fête pour quelques douzaines d'outardes étourdies et qu'il fallait respecter le calendrier liturgique.

— Trop de chambardement pourrait aboutir à faire timber carême en août, qu'il fit.

Mais les outardes n'apprécièrent pas le jugement que porta sur elles ce vieil effronté, et lui tournèrent autour de la tête le restant de la journée.

— … On va t'en faire voir, on va t'en faire voir, radoteux!

Au point que le soir, le radoteux de Clovis dût admettre:

— Ça sera peut-être point un printemps comme les autres.

Il se réveilla d'un coup sec, sous le premier soleil d'avril: un printemps si preste et hardi, qu'il apparut tout ébouriffé, les bourgeons pétant au bout des branches comme des marrons grillés. Une orgie de printemps à faire sortir le pays sur son devant de porte, extasié.

— Après une fête comme celle-là, il nous manque plus que le Déluge.

Ti-Louis le Siffleux frissonna. Pourquoi la pluie devait-elle inéluctablement suivre le beau temps? Le paradis terrestre que tout Sainte-Marie-des-Côtes avait recréé pour abriter les amours de Crache à Pic et de Vif-Argent ne résisterait donc pas au premier grand orage d'avril? Alors qu'adviendrait-il de cet amour livré à l'appétit du clan des malveillants?

Le jeune homme se torturait, sans oser se plaindre à Clovis ni à sa tante Célestine. Il n'avait encore avoué à personne sa passion désespérée pour Crache à Pic, son premier amour d'adolescent, plus fort que l'hiver, plus fragile que l'été. Il ne pouvait rien pour lui-même, Ti-Louis le Siffleux, mais peut-être pourrait-il, de son épée de feu, défendre aux intrus les portes du paradis des autres.

Et un matin, en poussant la brouette de son ami Clovis qui avait décidé qu'il était grand temps de regagner le temps perdu, le jeune homme se mit à bavarder sur la pluie et le beau temps, parsemant son discours de phrases énigmatiques et ambiguës du genre:... hé oui, que voulez-vous!... on viendra dire après ça que petite pluie abat grand vent et qu'arracher l'ivraie c'est arracher le bon grain et qu'arc-en-ciel du soir, espoir...

Clovis lève un sourcil — le gauche, celui des interrogations — et fouille le fond de l'œil du jeune bavard. Puis il décide de prendre le taureau par la queue, pour s'amuser.

— La Maria des Allain, apparence, a point encore pardonné à Crache à Pic.

Ti-Louis dresse la tête comme un ressort.

— C'est que la pauvre Maria, poursuit Clovis, avait un œil sus le connestable, à ce qu'on dit, depuis la fameuse nuit du premier de l'an.

Ti-Louis s'insurge:

— Maria! Mais entre Maria et Crache à Pic, quand même...

Et le jeune homme fait la moue d'un vieux connaisseur de femmes. Mais Clovis est sans pitié.

— Maria est une bonne fille, qu'il fait; mais l'esclave du bon Dieu a point eu de chance après cet accident avec un matelot norvégien. Si toutes les bonnes filles que je connais avaient comme Maria attrapé le joker dans leur jeu un soir de pleine lune, y aurait au pays moins de bonnes filles qui lèveraient le nez sus celle-là.

Ti-Louis le Siffleux rougit, bégaye, se débat avec les mots... Il n'en veut pas à Maria, ne la juge pas, la question n'est pas là, et puis il n'a jamais nourri de préjugés contre la Norvège. Il aurait même consenti à défendre l'honneur de Maria contre le monde entier, s'il fallait. Pourvu que Maria ne se mette pas en tête de s'en venir rivaliser avec Crache à Pic. Il était prêt, Ti-Louis, à se reconnaître tous les hommes du pays pour rivaux, à commencer par Vif-Argent; mais n'admettait aucune rivale à Crache à Pic. Et Clovis l'entendit dire entre les dents:

— Que Maria prenne ben garde de se mêler de ça...

Dans un pays où la girouette fait tourner les vents à l'improviste et à contre-courant, entortillant le nordet autour des mâts puis le soufflant sans prévenir dans les fentes des granges et des greniers, il est bien malaisé de garder un secret. La moindre bise a le tour de s'emparer de vos mots à peine articulés et de les intégrer dans la charpente d'une phrase complexe.

C'est ainsi que que la discussion de deux copains clopinant derrière une brouette vide, entre les pilotis d'un quai en délabre, parvint jusqu'à l'aire de grange du grand Dieudonné qui se disait le maître du golfe. Et Dieudonné, sans prêter attention à ce bagou de forge désaffectée, se mit pourtant à loucher du côté des Allain.

Un jour, il appela son fidèle Black Willy, qui au sortir de prison avait juré de nettoyer jusqu'à la moelle les os de la Crache à Pic, et lui demanda des nouvelles de la fille Maria.

— C'est point la mére du petit bon à rien qu'on voit traîner autour de la forge depuis queque temps?

— Le petit morveux d'Eugène à Maria, précisa Black Willy qui voyait poindre à l'horizon une nouvelle aventure qui, cette fois, lui viderait le foie de sa bile.

— Un enfant qu'elle aurait eu d'un matelot de passage, à ce qu'on rapporte?

— Un matelot comme un autre, parce que la Maria, apparence, serait point regardante.

Dieudonné resta songeur.

… Point regardante… Pourtant le Vif-Argent, c'est pas ce qu'on pourrait appeler un homme du commun… Si la Maria s'intéresse à lui, elle ne doit manquer ni de goût, ni d'audace.

— Elle manque sûrement pas de cran de mordre à la même pomme qu'une Crache à Pic.

Encore la pomme! Sans l'avoir voulu, le grand contrebandier venait de faire référence à la même bible que tous les conteux, radoteux, fumeurs de pipe et lessiveuses du lundi matin. Il s'était approché lui aussi et à son insu de la clôture de feu qui encerclait le paradis terrestre.

— Faut m'amener la Maria l'un de ces jours, Black Willy.

— ... ?

— Me l'amener par la porte de la cuisine. Zéphirine a trop d'ouvrage depuis que la maison a grandi. Maria doit savoir forbir et raccommoder.

Black Willy laissa son imagination l'emporter par les mers et les îles où il noyait, égarait, écartelait la fille des Crache à Pic en se frottant les mains de plaisir. Mais ses doigts se tordirent quand il entendit son maître ajouter:

— Quant à y être, ramène-moi donc Jimmy la Puce. Il paraît que l'année passée, il a su vous descendre de Caraquet un chargement de barils en moins de temps qu'aucun de tes hommes, Black Willy.

Maria démontra à Zéphirine et à la femme de Dieudonné qu'elle savait raccommoder, fourbir et se mêler de ses affaires. Qu'elle savait même se passer autour du cou plusieurs colliers à la fois et assumer sans rechigner un travail qui n'était pas écrit dans son contrat. Car sitôt les pieds chez les Dieudonné, la fille à matelot avait compris ce qu'on exigeait d'elle. Le bootlegger avait besoin de se rapprocher du représentant de la loi et comptait sur Maria pour lui déblayer le chemin.

— Une fille comme toi, qu'il dit, doit pas laisser un gars comme lui regarder ailleurs quand elle marche sur le gravier. Arrange-toi pour passer de plus en plus proche de sa porte d'en arriére.

Et Maria s'enhardit. Surtout qu'on la payait pour ça.

Black Willy réussit moins bien avec Jimmy la Puce qu'avec la Maria. De l'avis de Clovis, Black Willy ne tenait pas à enrôler dans le clan Dieudonné ce jeune finaud, agile, rompu à tous les métiers et formé à l'école de Crache à Pic, un gaillard avec la contrebande dans l'âme qui finirait sûrement au gouvernail d'un Scottish Fisherman un jour ou l'autre. Et tout en lui offrant de la main droite les propositions de Dieudonné, de la gauche il comptait sur ses doigts les mois qui les séparaient de l'abolition de la Prohibition. Entre ses dents, il laissa même glisser:

— ... le bootlegging a vu ses beaux jours.

Jimmy la Puce était le seul du clan des Galoches à rechigner et regimber devant la muraille du paradis élevée autour de Crache à Pic et de Vif-Argent. Il s'était plaint un jour à sa mère — qui l'avait envoyé se moucher — que plus personne ne savait sur quel pied danser à Cap-Lumière depuis un an, et que si ça continuait...

— Si tu continues à renâcler, c'est moi qui vas prendre la barre de la goélette et tu t'en iras à ma place bailler le grain aux poules chaque matin.

Jimmy s'était alors tourné du côté des bessons, laissant tomber au hasard qu'Adalbert pourrait bien ce printemps se charger du *tronc de saint Antoine* et Dagobert de l'*éponge du bénitier*, tandis que lui,

Jimmy la Puce, mènerait *La Vache marine* aux îles…
Il avait commis la double erreur, l'apprenti, de
séparer les bessons, puis de s'ériger en capitaine
d'une goélette qui restait la propriété et la chose de
Crache à Pic. Et Adal-Gobert laissèrent entendre
au jeune étourdi que le jour où il partirait au large
à l'insu de Crache à Pic, il boirait de l'écume à la
grande tasse. Après quoi, Jimmy n'avait plus ouvert
son cœur à personne et avait pris l'habitude de se
venger sur Tobie.

À deux reprises, l'innocent avait dû parcourir
les champs jusqu'à l'orée du bois pour retrouver
son ours en liberté. Et sans comprendre, il s'était
acharné sur le pauvre animal, l'accusant de se détacher tout seul.

— Tu sais point, l'ours, que c'est défendu ça?
Si Crache à Pic te met la main au collet…

Mais Crache à Pic, plus rapide et perspicace
que son frère, mit la main au collet de Jimmy la
Puce, le vrai coupable. Elle avait grande estime
pour l'intelligence de l'ours, Crache à Pic, et le
savait capable de mille prouesses, mais pas de
dénouer sa chaîne tout seul.

— Quoi c'est qu'il t'a fait, l'innocent, pour que
tu t'en prenis à lui? hein, Jimmy?

… Il ne s'en prenait pas à l'innocent, mais à la
vie, surtout à Crache à Pic; et il risqua:

— Pourquoi c'est moi qu'on accuse chaque fois
qu'une affaire se casse à Cap-Lumière?

Puis entre ses dents:

— Y a-t-i' quelqu'un qui lui a fait des reproches,
à c'ti-là qui lui a raccourci sa chaîne, à l'ours, le
printemps dernier?

Crache à Pic ne poussa pas plus loin l'interrogatoire; elle avait tout compris. Et elle décida qu'à l'avenir, les bessons garderaient un œil sur Jimmy la Puce.

C'est ainsi qu'Adalbert suivit de loin la première rencontre du jeune Galoche avec Black Willy; et il en fit part aussitôt à Dagobert.

— Ça sent le Dieudonné, tout ça.

— À plein nez.

— Ça serait-i' mieux de parler en premier au Jimmy ou d'avertir tout de suite Crache à Pic?

— Quoi c'est ben qui serait mieux?

— Céleste, peut-être bien.

— Si on parle à Céleste, autant tout crier droit asteure à tout le village.

Le village, pour les bessons, c'était Crache à Pic et son frère, Jimmy la Puce et Céleste elle-même. Ils n'étaient pas sorteux, Adal-Gobert, et ne se mêlaient pas à la vie en dehors de Cap-Lumière. Pourtant tout Sainte-Marie-des-Côtes les respectait. Mais les bessons, dans leur moitié de sagesse chacun, avaient appris à se méfier du respect populaire et collectif. Ils avaient compris que le respect qui repose sur le mystère se nourrit de mystérieux; et qu'ils avaient intérêt par conséquent à rester cachés l'un derrière l'autre le plus longtemps possible.

— Et si on parlait à Black Willy? risqua l'un des deux.

L'autre aussitôt s'empara de la phrase pour bien démontrer à son frère qu'il la partageait et assumait sa part de responsabilité, advienne que pourra.

— On devrait parler à Black Willy, qu'il répéta.

Et Black Willy ne sut jamais lequel des deux l'aborda, un soir qu'il allait monter dans une ambulance bien capitonnée de petites bouteilles de huit onces, et le somma de répondre tout de suite, sur le coup, et sans détours à ses questions.

Il avait le sang vif, Black Willy, et n'appréciait pas ce genre d'agression. Il serra les poings et se préparait déjà à prendre lui-même l'offensive, quand il entendit les questions sortir d'une autre bouche derrière lui. Il se retourna brusquement pour se trouver face à face avec le même besson qui voulait savoir ce qu'il était venu renifler à Cap-Lumière et quels étaient ses rapports avec Jimmy la Puce. Black Willy eut beau virer de bâbord à tribord, il se voyait entouré de bessons, identiques jusque dans leurs mouchoirs de cou, leurs casquettes cobies, leurs ports de tête, leur œil farouche et leurs dents serrées. Et il décida de parlementer.

Il promettait de larguer Jimmy la Puce, mais à la condition qu'Adalbert, ou Dagobert… ou celui-là qui n'était pas l'autre et qui lui barrait le chemin de l'ambulance en ce moment, le laisse travailler en paix et…

— Conditions? que firent en chœur les bessons en s'approchant ensemble, l'un à droite, l'autre à gauche, de Black Willy.

Le bootlegger se souvint alors de l'une des idées géniales de son maître: les bessons ne sont forts qu'à deux; celui-là qui réussira à les séparer, les aura dans sa main. Il prit un air contrit et serein, et fit sa proposition:

— Vous savez ben, qu'il dit, que Dieudonné vous en veut pas. Preuve: le tour d'aéroplane au-dessus du bois. Il en veut point à Jimmy non plus, ni à Céleste — quoi c'est que Céleste y a fait? — ni au pauvre innocent de Tobie, l'esclave du bon Dieu. Il en voudrait même pas à Crache à Pic, si la bougre... la fille d'Aglaé pouvait se tenir tranquille. Dieudonné est paré à tout oublier: les vaches des sœurs, la maison de retraite fermée, le *Sail Alone*...

Ce mot s'accrocha dans la grosse dent du boot-legger qui n'eut pas le cœur non plus de mentionner la randonnée des fausses religieuses aux États. Sa grimace n'échappa point aux bessons qui laissèrent l'orateur patauger et s'embourber dans sa mauvaise foi.

Mais Black Willy ressurgit et lança le grand mot:

— Lequel de vous deux veut risquer le premier de traverser le tunnel? qu'il fit.

... Le tunnel? le tunnel secret du Dieudonné? C'était donc vrai ces racontars des rois mages sur un trou sous terre, de la grange du contrebandier à...? Mais les bessons n'étaient pas nés d'hier et n'allaient pas comme ça donner dans le piège, même un piège long comme un tunnel débouchant sur...

— Où c'est qu'il débouche, ton tunnel?

C'est Dagobert qui a parlé... ou ça pourrait être lui... c'est celui de gauche en tout cas... du moins il était à gauche quand il a posé sa question... mais ils ont bougé depuis... comment savoir maintenant lequel des deux s'est montré intéressé... ? Il faut retrouver la faille, rattraper l'instant de faiblesse…

Et, fixant la première étoile qui venait de poinçonner le ciel, Black Willly adressa son invitation à celui des deux qui manifesterait le plus de curiosité.

— C'ti'-là qui promet de se taire, je l'emmène à quatre pattes traverser un bon quart du villlage sous terre. L'autre aura son tour après.

— Pourquoi pas en même temps? firent les deux voix ensemble.

Black Willy marmonna que c'était trop dangereux, que le trou n'était pas éclairé, que Dieudonné n'amenait jamais qu'un homme à la fois, que c'était à prendre ou à laisser.

C'était à prendre. Mais les bessons voulurent quand même savoir où le deuxième devait attendre le premier, en d'autres mots connaître le lieu de sortie du tunnel. Et Black Willy ne vit pas l'astuce. Il comprit sous terre, à mi-chemin entre la grange de Dieudonné et un hangar abandonné sur la terre du défunt Cyprien, beau-père de Célestine, que les bessons étaient plus fins renards que lui. Tandis qu'Adalbert suivait à quatre pattes Black Willy qui s'efforçait de lui tirer les vers du nez, Dagobert prenait le tunnel par l'autre bout et rampait tranquillement à leur rencontre. C'est donc sur les plus hauts lieux du bootlegging — dix pieds sous terre — que les deux plus fidèles protecteurs de Crache à Pic arrachèrent des aveux au plus fidèle serviteur du grand Dieudonné.

Célestine, ce soir-là, rentrait de Cap-Lumière où elle venait d'échanger les dernières nouvelles avec sa cousine Céleste: Zéphirine avait de l'aide aux cuisines des Dieudonné, la Maria des Allain, t'as qu'à ouère!

— La Maria?

— La Maria!

— Et pourquoi la Maria!

— Pourquoi la Maria?

— Je te le demande.

— À ta place, je le demanderais à Crache à Pic.

Célestine, après ce court intermède à Cap-Lumière, rentrait chez elle à travers champs. La lune était haute, et son rayon lui frayait un chemin qui passait par les hangars à gréements du défunt Cyprien.

— Je les ai gardés, beau-pére, j'ai vendu rien que les terres, restez tranquille.

N'importe quelle femme du pays qui devait sortir la nuit, en ces années mal éclairées, préférait parler à ses morts que de s'entendre respirer.

— Faites-vous-en pas, Cyprien, Dieudonné a eu sa leçon avec ses faux papiers, et osera plus s'approcher de vos bâtiments et logis. Reposez en paix, beau-pére.

Elle écarquilla les yeux. Trois ombres précédées d'un seul fanal contournaient l'un des hangars. Sainte Marie, mère de l'Enfant-Jésus!... Le pays était-il vraiment hanté? Un revenant à la Toussaint, trois diables sortant de terre à la Pentecôte! Mais le revenant de la Toussaint 1930 avait justement aguerri les froussards et réveillé les crédules. Au printemps

1933, les diables devaient se faire drôlement savants pour attirer encore du monde dans leur sabbat. Et Célestine, la surprise passée, rajusta son fichu de tête et ricana... cette diablerie-là, elle commençait à la connaître depuis que Black Willy était sorti de prison; depuis surtout qu'il était question d'abolir la Prohibition.

— Depis que les rum-runners sentent leur fin prochaine, ils reculent devant rien. Ben c'te fois-citte, ils vont sortir à reculons de mes bâtiments.

Et Célestine, ramassant ses jupes, marcha tout droit sur le hangar.

Le lendemain, les cousines durent se débattre pendant une heure avec leur conscience avant de se décider, oui ou non, à parler à Crache à Pic. Les bessons, figurez-vous! les beaux Adal-Gobert en pourparlers avec le Black Willy, la nuit, cachés dans une cabane au mitan d'un champ! Célestine interrogeait Céleste qui interrogeait Célestine qui se prenait la tête tandis que Céleste montrait le poing au ciel. Braire et laisser faire? ou faire et laisser braire? Telle était la question.

Mais dans leur hésitation, elles bramaient si fort que Crache à Pic finit par tout savoir avant que les cousines n'aient achevé de décider oui ou non.

La contrebandière préféra garder ses émotions en dedans. Si les bessons la trahissaient, elle n'avait plus aucune raison de se fier à personne, même pas à Céleste et à la cousine Célestine. Elle haussa les épaules en signe du plus total «ça m'est égal» et disparut.

Elle s'approcha de l'ours, chargée d'un bidon de sirop d'érable. Elle était seule, la fille d'Aglaé, seule pour la première fois depuis son retour au pays. Car à son entrée au port, à la barre de sa *Vache marine*, trois ans plus tôt, elle avait repéré au premier coup d'œil Céleste, Jimmy, son frère cadet Tobie qui se balançait sur les deux pieds à la fois, et à l'écart, soudés l'un à l'autre, les bessons Adalbert et Dagobert. Le clan de sa mère l'adoptait, sans condition, et la prenait pour capitaine. À Cap-Lumière, les Crache à Pic s'étaient passé le sceptre dans la plus simple des cérémonies durant un siècle. L'investiture de la dernière de la race avait eu lieu au chevet de sa mère:

— Mange les fraises, les gadelles et les groseilles du Dieudonné sans te faire de souci, ma fille, parce que souviens-toi que ses champs, il les a volés au pauvre monde.

Ce jour-là, Crache à Pic avait su qu'elle combattrait le bootlegger, David devant Goliath, armée de son seul courage et de sa jarnigoine qui devait bientôt ébahir le pays. Mais elle n'avait pas eu à faire un geste pour se gagner le clan des Galoches. Dans un mot, son dernier, Aglaé avait montré sa fille à tous ceux de Cap-Lumière:

— Crache à Pic, qu'elle avait dit.

Le roi est mort, vive le roi.

Mais aujourd'hui pour la première fois, l'héritière des Crache à Pic parle à l'ours de sa solitude. Si les bessons... les bessons qui ont remplacé son père, qui ont juré à sa mère, et qui n'ont jamais manqué à leur parole... si les bessons l'abandonnaient, c'est que...

— ... le diable est lousse, qu'elle dit.

Le diable en liberté. Et elle savait bien, Crache à Pic, quelle figure avait pris le diable à Cap-Lumière cette dernière année. Un si beau diable pourtant. Comment vivre hors du paradis après la chute? Elle n'y songeait pas, l'amoureuse, ne voulait pas y songer. Sa mère lui avait envoyé cet homme, le jour anniversaire de sa mort, et Crache à Pic y voyait un signe du ciel. Car la paroisse avait beau prêcher l'enfer, le purgatoire et les limbes, sa mère était au paradis des anges. Ou mieux, là où logeait sa mère, là se trouvait le paradis. Le reste de la cosmogonie céleste n'intéressait pas Crache à Pic.

... Tu comprends ça, toi, l'ours? Tu comprends de quoi aux hommes, si jaloux les uns des autres? En premier c'est le Jimmy qui regimbe, puis asteure Adal-Gobert. Quoi c'est qu'ils ont tous? Ça les démange qu'un autre ose s'approcher de moi... ose... Mais il a beau faire ce qu'il voudra, Vif-Argent, il m'empêchera pas de sortir en mer la nuit, ni de creuser mes caches dans le bois, ni de mettre mes bâtons dans les roues de charrette au Dieudonné. Il le sait de toute façon. Il sait qu'il peut me demander ma vie, mais point de faire virer un seul Crache à Pic dans sa tombe à cause de moi.

L'ours a lampé la dernière goutte de sirop et lèche maintenant les doigts de sa maîtresse. Elle lui caresse le museau, le flanc, la croupe. Superbe bête. Mais c'est son homme qui l'a vaincue. Un homme de la race de ses aïeux, c'est les vieux du pays qui ont vu la ressemblance du premier coup. Et cet homme-là, avec ses yeux creux dans le front, et ses sourcils en broussaille, et ses bras noueux comme des racines, et son jargon gras et doux à la fois qui ouvrait chaque jour à Crache à Pic depuis un an la porte en feu du paradis terrestre... cet homme-là chambardait si bien sa vie que ses Galoches, l'un après l'autre, s'en allaient ronger un invisible frein derrière le rideau de brume.

Tout à coup, Crache à Pic enfonce ses doigts dans la fourrure de l'ours et les crispe. Ti-Louis le Siffleux! Elle vient de songer à son jeune protégé, quasiment un frère, qui seul n'a encore manifesté aucun mauvais sentiment vis-à-vis de Vif-Argent, le seul peut-être assez pur pour ne pas être atteint du mal d'amour, s'imagine Crache à Pic.

Si elle avait su! devait dire le vieux Clovis.

Mais en attendant, elle ne se doutait de rien et croyait pouvoir compter sur la parfaite loyauté de Ti-Louis le Siffleux, trop jeune et de mœurs trop innocentes pour se morfondre dans la jalousie.

Et elle quitta le pommier et se dirigea vers la forge.

— Ti-Louis a quitté de bonne heure pour la pêche, dit le père Clovis. Mais il devrait point tarder; par rapport qu'il est parti avec les rois mages qui peuvent point aller loin.

— Même le musicien asteure fait du braconnage?

— Il accompagne les autres seulement... pour leur faire de la musique.

Puis en regardant du côté de sa toile d'araignée:

— Mais si t'as un message pour lui, Crache à Pic, je grouille pas d'icitte à matin.

— Ça vous dérange pas si je l'espère, Clovis? De votre forge, vous avez une sacrée vue sus toute la côte.

— Sus tout le pays, tant qu'à ça, à l'envers comme à l'endroit.

— Si vous étiez la vieille Ozite, je vous demanderais de me tirer aux cartes.

— Si j'étais Ozite, je te montrerais bien plusse de rois pis de jokers qu'y en a dans les cartes, et tu pourrais rester surprise.

... Le petit sacordjé! il veut me faire parler. On va voir qui parlera le plusse et le premier. Et elle s'acharne à contempler la barre d'horizon.

... C'est-i' ça? glousse Clovis. Hé, Hé! Entre gens du pays, point besoin de cérémonies. Elle en a trop sur le cœur, l'enfant de Dieu, pour se taire bien longtemps. J'ai rien qu'à soulever le couvercle de la marmite et pst!

— Je tire point aux cartes, mais je lis dans les tasses de thé, qu'il fait en remplissant d'eau une théière ébréchée.

Puis déposant devant Crache à Pic une tasse de même acabit:

— Elle est point neuve, l'écorchée, un présent de noces de la belle-mère à ma défunte. Napoléon aurait pu y boire... et pis mon grand-père lui aurait prédit sa destinée... Ça l'aurait peut-être refroidi une petite affaire.

— Vous croyez?

— ... ?

— Vous croyez qu'un homme averti...

Elle s'arrête. Mieux vaut laisser marmotter le vieux. Clovis verse le thé et lui sourit de toute la face.

— Va, va, c'est point du poéson. C'est la seule chose qu'un homme tout seul sait faire dans une cuisine: du bon thé... Par chance qu'il sait faire autre chose ailleurs, hé, hé! parce qu'aucune femme en voudrait.

Elle le voit venir et plonge le nez dans sa tasse.

— Un homme qui sait faire du thé comme ça, qu'elle le nargue, a point besoin de savoir en plusse brasser de la biére aux méres dans un chaudron.

... Tiens, tiens! v'là qu'elle prend un chemin de traverse, la coquine. Mais tous les chemins mènent à Rome. Je finirai bien par la rattraper.

— T'étais bien jeune quand ton pére est mort?

— Trois ans.

— Et le vieux Crache à Pic, ton grand-pére?

— Je l'ai point connu. Mais vous devez bien vous souvenir de lui, Clovis. C'est-i' vrai tout ce que les vieux racontent?

— Son poil dans le nez et ses moustaches en poignées de bicycle?

— ... Sa bataille avec le curé de la paroisse et l'ouragan sorti de sa tombe... C'était-i' vraiment un sorcier, ou juste un homme plus rusé et plus savant que les autres?

Clovis avait longtemps attendu cette question. Un jour, un dégourdi finirait bien par la poser. Elle avait bonne tête, la Crache à Pic.

— Ton aïeu', ma fille, était l'homme le plus grand de taille, fort d'esprit et dur de tête que le pays a vu marcher sur ses côtes. On n'en a point aperçu un autre comme lui en trente ans. Le seul qui s'en rapproche...

Crache à Pic et le père Clovis se dévisagent. Le même nom leur brûle à tous deux les lèvres. Celui qui le prononcera le premier sait qu'il brisera l'équilibre que les araignées de la forge ont tissé dans leurs toiles, à l'insu des maîtres.

— Vif-Argent et la belle Maria...

C'est Ti-Louis qui vient d'entrer en trombe. Il s'arrête brusquement en apercevant Crache à Pic qui s'est dressée au nom du connétable. Alors Ti-Louis le Siffleux enlève cérémonieusement sa casquette, rougit, balbutie n'importe quoi, avale une gorgée d'eau sous la pompe, et cherche une deuxième phrase qui réussirait à effacer la première.

— Ferme la porte plus doucement que tu l'as ouverte, recommande Clovis, si tu veux pas faire revoler la dernière toile de mes araignées. Puis approche ton banc, par rapport qu'y a quelqu'un icitte qui avait affaire à te parler.

Et se tournant vers Crache à Pic:

— Hormis que ces affaires me regardent pas et que vous préféreriez aller les régler ailleurs... Vous pouvez même les régler droit icitte, tandis que je m'en vas rendre à Marie-Pet sa brouettée d'indulgences plénières qu'elle m'a baillées en garde la semaine des trois jeudis.

Tout ce bagou pour distraire Crache à Pic de la malencontreuse phrase de Ti-Louis, sûrement malencontreuse, c'est écrit sur la face de l'étourdi. Mais Crache à Pic n'a pas l'intention de se laisser distraire. Et comment le pourrait-elle? Toute la forge ne résonne plus que de: Vif-Argent et Maria... Maria et Vif-Argent... Et les araignées se remettent à tisser comme des enragées.

Quand Crache à Pic eut quitté le champ de vision de la forge, le père Clovis attrapa les épaules de son ami et le planta dos à la flamme du foyer.

— Asteure raconte, qu'il dit.

Mais le pauvre Ti-Louis en avait la gorge plus rêche que du papier sablé. Il finit pourtant par articuler:

— La damnée Maria a tant fait qu'elle a fini par attirer le beau Vif-Argent dans la propre grange des bootleggers, c'est Médard qui les a vus.

— Prends ton souffle pis bouscule point tes mots. D'abord tu dis que tu tiens tes renseignements de la Grand-Langue, figure-toi! Mais depuis quand c'est que la forge se nourrit des histoires de ce rapporteux de menteries? On n'a point où c'est prendre nos nouvelles qu'il nous faut nous approvisionner chez les menteux, asteure?... Et quoi c'est qu'il t'a dit, le Médard?

— Il a vu de ses yeux vu Vif-Argent rentrer avec Maria dans la grange au Dieudonné.

Et plus bas:

— Apparence que les deux se tenaient par la main.

— Les verrats!

Le vieux Clovis prend une profonde respiration. Il ferme son unique fenêtre, vérifie le loquet de la porte et vient s'asseoir face à son confident.

— Ti-Louis, mon garçon, es-tu un homme?

Ti-Louis en calouette de tous ses yeux.

— Eh ben, si t'es un homme, tu vas agir comme un homme. Il te faut avoir la Maria.

Cette fois, Ti-Louis ne calouette pas, il a les quatre paupières coincées dans leurs cils, plus rien ne bouge... Séduire la Maria, lui? Mais il veut l'égorger, la Maria, l'écrabouiller, l'écrapoutir. Le vieux Clovis, avec tout son génie, n'a pas encore compris? N'a rien deviné?

Il a si bien deviné et compris, le vieux Clovis, qu'il s'en vient justement demander à son ami le sacrifice suprême pour l'amour de Crache à Pic. Maria est de trop dans le paysage. Dès que les bootleggers se mêlent de la vie privée des gens, ça cesse d'être privé et ça tourne au drame. Or Maria est la carte du contrebandier, c'est clair comme de l'eau de roche.

— Même si tu fais juste semblant.

Juste semblant! Mais Clovis pouvait-il imaginer un seul instant que ce jeu-là, Ti-Louis l'Amoureux aurait pu le jouer pour vrai? Et puis qui était-il, lui, l'orphelin des États, le jeune vagabond de vingt ans, pour s'en venir rivaliser avec Vif-Argent?

— Vif-Argent en plusse!

Le vieux Clovis se préparait à dire: Maria est point regardante... mais rattrape sa phrase juste à temps.

— Maria est en âge, qu'il corrige, pour s'intéresser aux avances d'un jeune coq comme toi. Trente, trente-cinq ans, c'est l'âge où une femme peut faire les pires folies.

Ce jour-là fut le plus triste de toute la vie de Ti-Louis le Siffleux. Il partit par les dunes, traînant des bottes qui creusaient des trous énormes dans le sable, laissant croire qu'un géant était passé par là. Des pieds de plomb.

… Maria! avec sa crine roussâtre, ses yeux de travers, ses hanches larges et ondoyantes, et son rire qui n'éclate jamais. Elle est en-dessous, la Maria, le sacré Clovis a beau dire. Bien sûr, c'est point sa faute, elle a point eu de chance; personne quant à ça sur les côtes n'a eu trop de chance. Il a pourtant fallu se débrouiller. Crache à Pic a-t-elle été plus gâtée par la vie? Mais Crache à Pic, c'est autre chose. Le monde en a point fait deux comme elle. Et jamais plus une autre, c'est sûr. Ça fait que la majorité des hommes devra bien se contenter d'une Maria. Parce que Crache à Pic est pour Vif-Argent ou pour personne… Si fallait qu'il arrive de quoi à cet homme-là, Crache à Pic en voudrait point d'autre, point d'autre… La Maria! Quoi c'est qu'il lui a pris d'aller se planter entre les deux! Rien à faire, il faut la sortir de là. À coup de pic, à coup de hart, à coup de n'importe quoi, il faut la sortir de là!

Et Ti-Louis le Siffleux, bombant le torse, écartant les jambes et jetant sa tête par en arrière, cracha une sorte de ricanement viril qui tomba plat sur le sable comme une crêpe.

— Sainte Mère de Jésus-Christ! comment c'est qu'on fait ça, anyway?

... Any way, mais pas comme ça, Ti-Louis.

Et il lève la tête vers la girouette qui rigole, le bec dans le sud-suroît.

... Sors ton harmonica, Ti-Louis; et quant à t'y mettre, essaye donc de l'accordéon. Le vieux Cyprien a laissé plein d'antiquités dans un coffre du grenier chez Célestine. Pourquoi tu te mettrais pas à l'accordéon pour attirer l'oreille des gens du pays et faire de nouveau parler de toi?

— Pourquoi j'essayerais pas l'accordéon, pour un change?

L'accordéon du défunt Cyprien attira bien du monde à la forge de Clovis; et Ti-Louis le Siffleux fit de nouveau parler de lui.

— C'te jeunesse-là a le diable au corps.

— Une boîte à musique à la place de la panse, ma foi du bon Dieu!

— Ti-Louis pourrait vous jouer une toune sus votre propre râteau de l'échine.

— C'telle-là qui couchera dans son lit s'endormira chaque soir avec des notes dans les reins.

Cette dernière phrase parvint aux oreilles de Maria... à qui Clovis la destinait. Et les oreilles de Maria frémirent.

Clovis avait vu juste: elle n'était pas regardante, la fille à matelot. Plus il nageait de poissons dans son étang, plus elle s'y baignait. Dès qu'elle sentit les yeux du musicien lui caresser le front et les joues, elle s'enflamma pour sa musique.

À la mi-juin, Crache à Pic prit avec elle son frère Tobie et s'embarqua. *La Vache marine* et Tobie: tout ce qui lui restait de sûr, loyal, incorruptible.

— C'est ben, qu'elle dit entre les dents, que tout le monde s'y mette: les bessons, Jimmy, Ti-Louis, Céleste et… eh oui! tout le monde! Dieudonné aura fini par tous les avoir, les uns après les autres. Et pis marde!

Tobie vient s'asseoir à côté d'elle, face à la mer.

— Où c'est qu'on va?

— Au bout du monde.

— À Miscou… ?

— Non, Tobie, calme-toi. On dépassera pas l'île de Cocagne.

Et Tobie se calme. Elle lui caresse les cheveux… Faut pas s'en faire. On va recommencer. Tout seuls, cette fois. Juste des Crache à Pic. Les autres sont point à la hauteur. Ils ont tous lâché, à la première brise. Jimmy, on pouvait s'y attendre, tu y donnes la main, il veut le bras. Dieudonné a dû lui offrir le timon de son avion. Céleste, eh ben! c'est sa mère, elle allait point venir le dénoncer. Ti-Louis, c'est plus étonnant. Jamais on n'aurait cru que les filles… et Maria par-dessus le marché! Quant aux bessons, ça… C'est l'Aglaé qui doit tourner dans sa tombe.

— Ça fait rien, Tobie, on reste toi pis moi. Et personne jamais réussira à séparer les derniers Crache à Pic, même pas… Personne, Tobie.

… Qu'est-ce qu'elle a, la Maria? Une forlaque!… Tais-toi, Crache à Pic, te voilà rendue à parler comme Marie-Pet. Maria peut bien faire sa vie comme elle l'entend. C'est point elle qui est à blâmer.

Et Crache à Pic se met à border l'écoute au maximum, fait bercer le safran d'un bord à l'autre, affole la voile et énerve la goélette qui ne sait plus où donner de la proue.

— Ohé!

La Vache marine s'arrête, presque d'un coup, et laisse tomber ses voiles. C'est lui, debout dans son cutter, Vif-Argent.

— Qu'est-ce qui se passe?

Il accoste. Tobie tend l'échelle. Mais Crache à Pic ne bouge pas, le dos accoté au mât. Vif-Argent saute alors sur le pont et s'approche d'elle.

— Des problèmes avec les câbles? *La Vache marine* a l'air de se déhancher.

— C'est ça qui attire un connestable, une goélette qui se fait aller les hanches?

— … !

Ils se dévisagent, le temps d'un hoquet, puis d'un soupir. Puis Vif-Argent prend les devants et rit.

— Je crois qu'il est grand temps de se faire des aveux, Crache à Pic.

— Je crois qu'il est même trop tard.

— Viens, j'ai à te parler.

— Touche-moi pas, traître.

Tobie s'approche et se glisse d'instinct entre les deux. Alors Crache à Pic lui entoure la nuque de son bras:

— Aie pas peur, Tobie, je laisserai personne te faire mal. Plus jamais personne viendra fortiller dans nos vies.

Vif-Argent la dévore des yeux, du cœur, des reins. Quelle femme! Quelle tête spendide elle lui fait! Et il lève le front au ciel pour implorer à son tour la girouette. Sous quel angle l'aborder? Par quel biais? à quelle hauteur? Elle ne lui laisse pas le temps de trouver la faille.

— Si c'est ma goélette que tu veux, prouve ton droit de saisie. Mais en premier, quitte-nous rentrer à Cap-Lumière, moi pis Tobie. Et après, n'y remets plus jamais les pieds. Plus jamais.

Elle lui tend l'échelle. Vif-Argent fait un pas vers elle pour la prendre dans ses bras, mais au même instant Tobie se crispe de tout son corps et laisse sortir un geint qui commence à ressembler à un cri. Vif-Argent agrandit des yeux inquiets. Crache à Pic aussitôt enlace son frère et le berce et lui murmure des tendresses:

— ... C'est rien, Tobie, ça va passer... chut... c'était juste pour jouer...

Puis elle lance à Vif-Argent un regard à la fois courroucé et suppliant:

— C'est le haut mal, qu'elle chuchote par-dessus la tête de son frère innocent.

La crise d'épilepsie qu'avait crainte Crache à Pic n'eut pas lieu. Tobie s'était calmé. Mais Vif-Argent, le premier danger passé, avait compris qu'il devait s'éloigner.

— J'aurai bien le temps, qu'il se dit, de tout lui expliquer.

Le temps!...

... Le temps, personne n'en est maître, devait dire à mon père le vieux Clovis devenu centenaire. Hormis que la girouette s'en mêlit.

La girouette s'en mêla encore une fois, happant dans son bec l'instant de passage qui s'était fourvoyé dans ses ailes. Le pays a vu à quelques reprises la girouette arrêter ainsi le temps pour accorder un court répit à la vie.

— C'est comme ça, dit Clovis, que Vif-Argent ne partit point en mer cette nuit-là comme il devait.

Ce fut une nuit de tempête de solstice d'été qui empêcha Dieudonné de réaliser le grand projet de sa vie. Et qui du coup amarra le connétable au port. Car le contrebandier qui avait cru attirer l'officier dans ses filets en l'envoyant dans les bras de sa servante, avait ouvert à son insu la porte de sa grange à plus fin renard que lui. Et Vif-Argent, en caressant le dos de Maria, lui avait délié la langue. La raccomodeuse, de fil en aiguille, avait fini par ouvrir toutes les serrures et soulever toutes les trappes, même celle qui cachait le télégraphe et son code secret de *chien*, *chaise*, *oiseau*, *poulet* et *pigeon*. Il avait meilleure mémoire que les fils Damien, Vif-Argent, et meilleure connaissance de l'orthographe que Télesphore. Il apprit le code par cœur. Et rentré chez lui, il entreprit un échange de messages ultrasecrets qui lui apprirent le jour, l'heure, le lieu du rendez-vous entre le grand Dieudonné, maître du golfe, et le géant Al Capone, maître de toutes les Amériques.

Mais la girouette, en cette nuit de solstice, s'agita, se déchaîna, tomba du haut mal et ferma la mer à tous les aventuriers. Une nuit de danse pour les baleines et d'orgie pour les requins. Mais les hommes, fussent Diamond Legs, le real McCoy ou toute la bande d'Al Capone, ne purent quitter le port. Dieudonné non plus.

Et voilà comment Vif-Argent eut sa nuit de sursis.

Il ne savait pas par quel bout l'aborder, la revêche, la butée, la crâneuse de Crache à Pic. Et il résolut d'instruire d'abord le procès des autres... Non, Crache à Pic, Jimmy la Puce n'a pas trahi. Il a été entraîné, c'est vrai, plus ou moins attiré dans le rêve de Dieudonné. Mais ne te méprends pas, le bootlegger n'en a pas fait son homme. C'est un petit roué, Jimmy, qui s'amuse à tourner autour du feu, ébloui par les splendides couleurs de la flamme. Mais il a de l'instinct et sait juste à quel moment replier les ailes. La preuve: c'est lui qui m'a passé l'un des meilleurs tuyaux qu'il tenait de Black Willy.

— Le petit salaud!

— ... Il me l'a passé sans trop s'en apercevoir, pour tout te dire.

— Je connais ça. T'as su lui arracher des secrets qu'il n'a même pas avoués à sa mère.

— C'est vrai. Et ça te prouve que tu as blâmé à tort Céleste d'être dans le coup. Céleste est complètement en dehors de tout ça. Sa seule faute, c'est son caquetage et son bavardage inutile. À propos d'Adalbert-Dagobert, par exemple...

Crache à Pic serre les lèvres et se durcit le front. Et Vif-Argent entreprend alors la défense des pères adoptifs de tout Cap-Lumière.

... Les pauvres bessons, à deux hommes, n'ont jamais réussi à rassembler assez de mots pour bâtir un discours cohérent. Ni le jour de la grand-demande avortée, quand les deux soupirants aux pieds d'Aglaé se contentèrent de soupirer toute la veillée, soupirs qui devaient se prolonger durant vingt ans.

Crache à Pic ne peut s'empêcher de sourire à cette évocation de l'un des plus chers et plus cocasses souvenirs de son enfance. Mais elle se reprend aussitôt, décidée à ne pas pardonner si vite aux coupables.

... Ils trouveraient des mots pour défendre l'un des Crache à Pic, poursuit Vif-Argent, mais non pour se justifier eux-mêmes. Il faut dire aussi que le tunnel où les avait entraînés Black Willy s'était révélé assez tortueux. Et les bessons n'en étaient pas encore sortis.

— Pas rien qu'une cache, le tunnel, mais le quartier général du bootlegging. Et nos bessons, à quatre pattes au beau milieu, prennent Black Willy à la gorge et lui font tout cracher, Jimmy la Puce en premier. Une anguille à deux têtes, cet Adal-Gobert!

Et le rire de Crache à Pic se mêle à celui de Vif-Argent.

— Tu vois bien qu'aucun de tes hommes ne t'a jamais été infidèle, Crache à Pic.

— Ah non? Pas même Ti-Louis le Siffleux?

Et elle fait la jolie moue de la femme trompée. Puis:

— J'aurais cru que c'ti-là au moins...

Mais Vif-Argent ne la laisse pas enchaîner. Il lui pose doucement deux doigts sur les lèvres et l'enveloppe d'un sourire si tendre et envoûtant, qu'elle sent sa moelle se ramollir au creux de ses os... Ti-Louis le Siffleux, Crache à Pic, de tous tes soupirants secrets, reste le plus pur, le plus loyal et le plus chevaleresque. Ne te méprends pas sur la jeunesse et la candeur innocente de Ti-Louis, Crache à Pic. Et ne vas pas te figurer...

— Non, Crache à Pic, le Siffleux t'a pas trompée. Le rejeton des États s'est refait ici une famille et un pays. Et puis, il est devenu un homme, ces derniers temps.

— Dans les bras d'une... d'une forlaque! qu'elle jappe.

... La femme jalouse, songe Vif-Argent. Jalouse non pas de Ti-Louis le Siffleux, mais de Maria. Et derrière Maria, c'est le connétable qu'elle vise. Elle le mène tranquillement à l'ultime affrontement entre elle et lui, les autres faisant figure d'anges gardiens aux portes de leur paradis. Mais Vif-Argent les respecte, ces anges, et connaît l'attachement de Crache à Pic pour sa bande. Il veut la lui rendre, lavée de soupçons que sa seule présence a soulevés.

— Maria est peut-être un brin coureuse, la pauvre fille est née tout en chair, que veux-tu! Mais ton Ti-Louis le Siffleux ressemble autant à un débauché que moi à un enfant de chœur.

Elle le coupe.

— Quoi c'est que ça peut me faire! Ti-Louis est libre, Maria est libre... tout le monde qui a quitté les jupes de sa mère est libre de traîner où c'est qu'il veut: dans les mocauques, les bois, les dunes, les granges...

Il l'attrape encore un coup et lui ferme la bouche de ses mains. Mais cette fois elle gigote et se dégage.

— Si fait, t'es un enfant de chœur! qu'elle hurle. N'importe qui à l'avenir qui ira se vanter au mitan de la forge qu'il peut avoir la Crache à Pic, c'est un enfant de chœur!

Vif-Argent mesure l'ampleur, la profondeur de son dépit. Cette femme est encore plus fière qu'il n'avait cru. L'amour n'avait pas éteint ni même adouci sa fougue naturelle, il lui avait donné des ailes. Comment l'empêcher de s'envoler sans les lui briser!

— Et si je t'avouais mes relations secrètes avec Maria...

— Tu m'apprendrais rien, je les connais.

— Mais si je t'expliquais ce que je suis allé faire dans la grange à Dieudonné avec elle...

— Je me boucherais les oreilles!

— Comment arriver à te faire comprendre que je suis connétable et représentant de la loi...

— Donne-toi pas toute c'te misère, je l'ai compris le premier jour.

— ... te faire comprendre que pour un officier, les femmes peuvent servir d'appât...

— ... !

Bigre! Trop tard. Il n'essayera même pas de rattraper sa phrase. C'est bien le temps d'ailleurs de nager dans la casuistique! Il se lève, de toute sa taille, et plisse les yeux.

— Regarde, qu'il dit à Crache à Pic en pointant vers le pommier de sa cour au loin. Je parie qu'au pied de l'arbre, y a là un tapis de fleurs de pommes, plus moelleux que le foin des dunes ou que les ronces des marais.

Elle suit son bras qui pointe vers la maison. Puis soudain:

— Où c'est qu'est l'ours? qu'elle fait.

— Tobie l'a mené au bois au milieu de l'après-midi. Je les ai vus partir comme deux copains.

— C'est toi qui les as envoyés se promener pour avoir le champ libre!

— J'ai parlé ni à l'ours ni à Tobie, parole d'honneur d'officier.

— Et sur la tête d'un Crache à Pic, à qui as-tu parlé?

— Quelqu'un depuis quelque temps m'a enseigné à parler à la girouette.

Crache à Pic en suffoque. Cet homme-là est une étoile tombée, une nuit, du firmament. Jamais au pays, même au loin, au-delà des mers, elle n'a rencontré un être qui pût ainsi mettre ses pieds dans ses pistes. Pourquoi fallut-il à celui-là se ranger du côté de la loi?

Il la voit se débattre entre l'amour et l'honneur, entre lui et ses ancêtres, enterrés là sous le pommier. Et il risque tout.

— Crache à Pic, accepte une fois de me faire confiance. Je ne te la demanderai plus jamais. Mais cette seule fois, suis-moi sous l'arbre sacré de ta famille. Et je jurerai là, à l'ombre de ton propre aïeul, que je n'ai jamais aimé une autre femme que toi, que je n'en aimerai jamais une autre, je te prendrai toi-même à témoin.

Elle tremble. Pourtant elle s'efforce encore de crâner:

— Tu sais que mes morts seraient terribles pour ceux qui diraient point la vérité?

— Je sais ce que je risque. Je l'ai su dès la première fois que j'ai mis les pieds sous c'te sacré pommier.

Et avant même qu'elle n'ouvre la bouche, il la soulève et l'emporte, enjambant les dunes dans ses bottes de sept lieues.

Avant que le soleil disparaisse en haut du champ, Crache à Pic eut juste le temps d'arracher à Vif-Argent une dernière promesse:

— Demain matin, tu me bailleras le nouveau code à Dieudonné.

Et le soleil s'endormit aux sons de: *chien*, *chaise*, *pigeon*, *crapaud*, *poulet*... qui sortaient en même temps de la grange des bootleggers et du pommier des Crache à Pic où les nouveaux Adam et Ève dormaient sur les fleurs séchées du paradis.

Vif-Argent regretta le lendemain d'avoir livré le code de Dieudonné à Crache à Pic. Grisé par les splendeurs d'une nuit parfumée à la fleur de pommier, il n'avait pas su lui refuser la seule faveur qu'elle lui demandait en échange des siennes.

— L'intrépide serait capable de s'aventurer en mer, la nuit prochaine, et de se faufiler entre l'arbre et l'écorce. Telle que je la connais...

Il la connaissait telle qu'elle était, l'intrépide: c'est bien le projet qu'elle mijotait depuis l'aube, éclairée de la seule étoile du berger.

Le vent du nord s'était calmé. La nuit de la Saint-Jean s'annonçait propice aux sorties des bootleggers. Tout le monde sera en mer, songeait Vif-Argent, et Crache à Pic ne résistera pas à se présenter au rendez-vous des autres. Juste pour leur envoyer du gaillard de sa *Vache marine* son plus gracieux pied de nez. Il aurait beau la supplier, la prévenir du danger, la mettre en garde contre les hommes d'Al Capone habitués à ne reculer devant rien; peine perdue: le nom seul d'Al Capone ne serait qu'une tentation de plus.

Il marchait pesamment sur le sable, à la surprise de la vieille Ozite qui n'aperçut pas ce jour-là ses ailes aux jarrets. Pour la première fois, il paraissait songeur et soucieux, le connétable. Puis soudain, Ozite le vit s'arrêter à la poupe de *La Vache marine* et la renifler... Elle avait l'œil prime, la centenaire Ozite: capable de voir un homme renifler à plus de cinq cents pieds! Mais Ozite ne retirait jamais une parole énoncée devant témoins, et continua de dire que Vif-Argent, la veille de la Saint-Jean, avait passé une partie de l'après-midi à renifler *La Vache marine*.

Passons.

Vers le soir, il tomba, par adon ou par exprès, sur Ti-Louis le Siffleux. Et les deux hommes eurent un long entretien. Puis Ozite déclare les avoir tous deux perdus de vue.

Il faisait presque nuit quand Crache à Pic vint au quai et découvrit le forfait: sa *Vache marine* avait disparu.

Ah! ça, non, par exemple! Elle avait appris à jouer le grand jeu, Crache à Pic: qui accepte de se frotter aux renards pouilleux consent déjà à se gratter. Mais pas ça. Qu'on l'affronte, elle, mais malheur à celui-là qui touchera aux siens. Or *La Vache marine* était son enfant, sa créature, comme un tableau de maître. Cette goélette était presque née de ses mains, sûrement de son âme. Et sans mesurer la portée de son geste, elle dressa le bras au ciel et en appela à tous les ancêtres.

... C'était une race au cou raide, les Crache à Pic, devait conclure le vieux Clovis. Morts ou vifs, c'était des gens au cagouette plus raide qu'un mât de goélette.

Vif-Argent voguait déjà loin par-delà l'horizon quand la malédiction de Crache à Pic rebondit dans la tombe ancestrale, au pied du pommier. Si elle avait su, la malheureue, qui avait emprunté cette nuit-là sa goélette, elle aurait mis moins d'empressement à convier ses morts à sa rescousse. Mais elle n'apprit la vérité qu'à la nuit noire, dans la forge de Clovis, précisément. Ti-Louis avait jugé prudent de glisser un mot à son ami avant de s'embarquer avec Vif-Argent pour ce mystérieux rendez-vous. En cas.

Le vieux Clovis a dit par la suite que Crache à Pic, en lui soutirant son secret, avait paru d'abord soulagée.

— Elle s'a pâmée de rire, mais d'un rire une petite affaire chiffonné, comme si elle avait des cailloux dans la rate. Puis elle a dit: Je me vengerai au moins sus le Dieudonné.

Là-bas au large, Vif-Argent et Ti-Louis profitaient du clair d'étoiles pour déchiffrer la généalogie céleste de Sainte-Marie-des-Côtes:

    la Grande Ourse — Crache à Pic

    la Petite Ourse — Tobie

    la Lyre — Ti-Louis le Siffleux

    les Gémeaux — Adalbert-Dagobert

    Orion — les roi mages

    la Pléïade — le réseau des belles-sœurs-cousines

    Pégase — Clovis le conteur

    le Serpent — Marie-Pet

    la Voie lactée — Sainte-Marie-des-Côtes et ses trente-six faubourgs...

Tout à coup, Vif-Argent saisit le bras de Ti-Louis:

— L'Hydre, qu'il dit, le monstre à neuf têtes... Il se reflète dans l'eau à tribord. Bouge pas, le mousse.

Et Ti-Louis le Siffleux ne bouge pas. Vif-Argent, son idole, est ce soir son capitaine. Le mousse obéira.

Vif-Argent s'empare du suroît de Crache à Pic, qui traîne dans les cordages, et se l'enfonce sur les yeux.

— Descends à la cale, Ti-Louis, et attends mon appel. Je sifflerai trois coups, comme ça.

Et Vif-Argent, les doigts sur les lèvres, imite le cri des goéliches du printemps.

— C'est le *Kouchibougouac*? demande Ti-Louis pour entendre le son de sa voix.

— Pour l'instant, c'est juste Dieudonné. Bientôt, on verra surgir le *Dragon*. Les hommes d'Al Capone ont en permanence un doigt sur la détente, inutile de les provoquer. Reste dans la cale. Tu ne remontes pas sur le pont avant mon appel. Tu jures?

— Je jure, fait Ti-Louis le Siffleux en se signant sur la bouche, la gorge et la poitrine.

— Dépêche-toi, ti-gars... Au petit jour, tu me joueras une toune toute neuve sur ton harmonica.

Et dans un échange de sourires qui firent rougir la Vierge et cligner les yeux de la Bételgeuse, les deux chevaliers de la nuit s'en furent chacun à leur poste, sans un geste d'adieu.

C'est Black Willy qui repéra le premier la goélette.

— La *Vache*! qu'il hurle.

Dieudonné s'amène aussitôt sur le pont.

— Quoi!

La garce! Encore elle… Ah ben là, par exemple, ma petite verreuse, tu vas y goûter! La patience d'un homme a des limites. Et c'te nuit les limites sont justement ici, entre la dune, le large et les étoiles.

— Mais comment c'est qu'elle a fait pour connaître l'heure et l'endroit, la vaurienne? Pour une fois que… As-tu parlé à ta femme, Joe?

Joe Colosse fait une moue d'enfant d'école: Dieudonné devrait bien savoir que sa femme, durant qu'il pourrissait dans les prisons des États…

— Never mind! grince Dieudonné. Asteure faut l'éloigner de nos pattes avant que le *Dragon* s'amène. Je m'en vas y bailler un avertissement qui la fera jongler le restant de la nuit, la garce.

Et il s'enfonce dans la cabine.

Joe Colosse et Black Willy s'énervent quand ils voient réapparaître leur chef avec la carabine. Mais Dieudonné les pousse et vient s'accouder au bastingage. Il vise le mât, mais au dernier instant, tire en l'air.

La goélette n'a pas bronché, elle est maintenant à portée de voix. Dieudonné la garde en joue et huche:

— Ça suffit, Crache à Pic! Je t'aurai avertie. T'as dix secondes pour virer ta damnée carcasse de bord et retourner au quai de Cap-Lumière. Je commence à compter.

Silence. Rien ne bouge. Et la nuit n'a plus d'autres témoins que les étoiles au-dessus de deux navires à la proue terrible.

Soudain la goélette s'ébranle; Dieudonné croit qu'elle va s'éloigner. Puis il recule, d'instinct, en voyant cette épave manœuvrée par une femme toute seule et qui fonce droit sur lui… La proue s'allonge, s'affine, coupe la vague comme la lame d'un couteau.

Arrête!

… Sous le coup de feu, le ciel a lancé des milliers d'étoiles filantes qui ont éclaboussé la mer. Puis la mer et le ciel se sont tus, durant une éternité.

Black Willy le premier a saisi la carabine des mains de son chef et l'a garrochée à la mer. Puis il a parlé.

— La maudite l'a point volé. À l'avenir…

Mais Dieudonné lève le bras, et Black Willy n'achève pas sa phrase. Il comprend qu'il doit aller à bord, voir.

Les deux coques se touchent. Black Willy n'a qu'à sauter. La mer d'ailleurs est si lisse que *La Vache marine*, immobile, semble sculptée dans le verre.

Le temps dure, dure, au point que Dieudonné le sent arrêté, pour la première fois de sa vie. Son col de chemise le gêne, il passe deux doigts sur son cou pour se rendre compte qu'il est en tricot de laine. Qu'est-ce qu'il fait, le Black Willy?

Il ne fait rien, il reste là, les bras ballants, l'air hébété. Muet et figé. Alors Dieudonné s'arrache un son de la gorge:

— Je l'ai eue… ?

318

Et du pont de *La Vache marine*, il entend chuchoter un cri:

— Dieudonné, t'as tué Vif-Argent.

Le cri a percé les tympans de Ti-Louis le Siffleux et s'est cogné au corps calleux de son cerveau: Dieudonné, t'as tué Vif-Argent! Dieudonné, t'as tué Vif-Argent... Et les murs de la cale résonnent, vibrent, chavirent et lui donnent le vertige. Il a juré à Vif-Argent de lui obéir, de ne pas monter sur le pont avant le signal. Le signal est venu, mais du creux de l'enfer!

Maintenant il est délié de son serment, Ti-Louis, il peut sortir dans la nuit. Il peut monter sur le pont et les saisir à la gorge, les monstres, et les faire cracher du sang. Il peut... rien, il n'arrive pas à bouger les jambes, tout son corps s'est soudé aux planches de la coque.

Et c'est tout son corps qui ressent le premier coup de hache. Quelqu'un bûche au-dessus de sa tête. *La Vache marine* geint et tremble, mais résiste. Qu'est-ce qu'on lui fait, à la goélette? Puis un autre coup, et un autre... Le mât! On bûche le mât. Ti-Louis se redresse comme un chevreuil. Il a retrouvé ses jambes. Il bondit, grimpe à l'échelle, passe la tête par l'écoutille et lève les yeux sur le grand mât à l'instant même où l'arbre craque et tombe, la grande voile en berne. Ti-Louis se tourne pour apercevoir la silhouette d'un géant qui enjambe le bastingage et saute dans le *Kouchibougouac*.

Une pétarade de moteur, et puis plus rien.

Là-bas au loin, tandis que Joe Colosse empoigne la barre à deux mains et met le cap sur la première pointe de Sainte-Marie-des-Côtes, Black Willy cherche des mots rares et puissants pour rassurer son maître.

... La goélette abandonnée errera un jour ou deux avant que des pêcheurs la réchappent au hasard. Entre temps, elle aura échoué plusieurs fois dans les pattes du *Dragon* qui peut pas être loin. Et Al Capone, ça s'adonne, a les épaules assez larges pour porter un... un accident de plus, faut point se faire de la bile pour Al Capone.

Quand les trois braconniers abordèrent la goélette de Crache à Pic changée en chaland, sans voile ni mât, ils restèrent muets et stupides. Mais s'ils avaient pu parler, sans doute auraient-ils trouvé la présence des rois mages déplacée dans cette scène plus proche d'une Pietà que d'une Nativité.

... Au pied du mât brisé, Ti-Louis le Siffleux, la tête de Vif-Argent sur les genoux, arrachait à son harmonica des sons de complainte funèbre, tandis que des perles d'écume lui glissaient sur les joues.

D'instinct, les rois mages enlevèrent leurs casquettes et s'agenouillèrent.

Et c'est encore un coup le vieux Clovis, poussant sa brouette, qui le premier aperçut le cortège en mer: la chaloupe de ses compères braconniers qui halait en silence, sous le soleil du matin, une *Vache marine* décapitée.

Bientôt le village entier fut en alerte.

— Allez qu'ri' le docteur!

— Il est trop tard. Faut prévenir le prêtre.

— Il est même trop tard pour le prêtre.

— À mon dire, c'est le juge de paix que ça prendrait et un magistrat: une balle lui a traversé le front.

— Vous croyez pas qu'il faudrait avertir Crache à Pic?... C'est sa goélette.

— C'est sa goélette, murmura en chœur tout Sainte-Marie-des-Côtes.

Puis une voix de femme sortit timidement de la foule:

— Et c'était son homme.

La foule n'eut pas le temps de faire écho à la phrase. Elle s'écarta, stupide, et laissa passer Crache à Pic qui tenait son frère Tobie par la main. Le couple monta dans la goélette, s'approcha de la scène et baissa la tête en silence. Puis Crache à Pic tira un pan de la voile et en enveloppa le corps de Vif-Argent. Et c'est alors seulement que sa peau se couvrit de frissons et que toute sa chair se mit à trembler. Le front au ciel, elle laissa monter jusqu'à sa gorge un sanglot si long et profond que tout Sainte-Marie-des-Côtes, en cet instant-là, sentit un lancinement au creux du ventre.

— Après ça, prédit Clovis, le pays se permettra plus jamais de dire que cette Crache à Pic était point une femme.

Et comme si cette femme avait entendu la prophétie du vieux Clovis, elle se redressa, jeta les yeux par-delà Sainte-Marie-des-Côtes jusqu'au domaine des Dieudonné, et elle hurla:

— Les morts vengeront les morts!

Un silence de plomb tomba sur le pays.

Mais au moment où de nouveau Crache à Pic ouvrait la bouche pour poursuivre sa malédiction, la foule se tourna subitement vers l'innocent Tobie. Puis un murmure roula de lèvres en lèvres:

... Le haut mal... le petit a une crise... prenez soin de Tobie...

Crache à Pic vient d'entendre. Elle se retourne et aperçoit son frère épileptique qui se tord comme un ver et commence déjà à baver. Un cri s'échappe d'elle:

— Tobie!

Elle repousse Céleste, Célestine et les femmes, et prend son frère dans ses bras. Elle lui ouvre la bouche pour lui dégager la langue, lui frotte les tempes, le serre de toutes ses forces et le berce. Clovis, qui s'est approché, l'entend presque chanter.

... Chut... Tobie, braille pas... Il reviendra, Vif-Argent... Ils en ont eu peur, les lâches, parce que c'était lui le plus fort, et le plus grand, et le plus beau... mais il reviendra, comme l'ancêtre Crache à Pic, et garrochera à la mer, à coups de tonnerre, leur mât de navire et leur coq de grange... tu verras... T'en fais pas, Tobie, je reste là, moi, avec toi... parce que les Crache à Pic... ils les auront point!

Et elle laisse tomber sa tête sur le cou de son frère qui tremble, et sanglote en silence.

Sainte-Marie-des-Côtes n'entend plus que le murmure déchirant de l'harmonica et la clochette de l'enfant de chœur qui précède le prêtre à travers les foins de dune.

6

La Saint-Jean 1933.

Céleste grimpe sur une chaise dans la cuisine des Crache à Pic, ramène les deux aiguilles au chiffre XII et immobilise le poids. Il a dû mourir vers minuit. Puis elle descend à reculons et pose le pied sur la queue de la chatte qui lâche un cri strident.

Crache à Pic se détourne de sa fenêtre et cherche d'où vient le silence. Puis elle aperçoit l'horloge: midi... minuit... midi... Le temps est fixé là, au-dessus de sa tête. Elle revient à sa fenêtre.

... Ça ne suffit pas d'immobiliser le balancier, Céleste. Va prévenir la girouette. Qu'elle s'arrête, une fois pour toutes. Plus jamais les vents de suroît ne souffleront sur le pays. La girouette aura beau faire, gigoter et tournailler, se déchaîner comme une folle, elle ne ramènera plus les vents chauds et caressants sur les côtes. Tu peux te démancher les ailes tant que tu voudras, geindre et te plaindre au créateur du ciel et de la terre, tu ne dérouleras point l'écheveau du temps. Il s'est arrêté, gobant le passé et l'avenir, en la nuit de la Saint-Jean.

Le reste de cette histoire fut rapporté à mon père en une veillée, intégralement. Mais le vieux Clovis cette fois, de son propre aveu, avait regardé le monde de l'autre œil et d'un peu plus haut.

C'est lui qui durant tout cet été 1933 occupait le premier banc du jury au procès de Dieudonné.

… Il a eu son procès, Dieudonné, fallit bien. Tous les éléments le montraient du doigt. Il était sorti en mer la nuit de la Saint-Jean, il l'avoua, accompagné des seuls Black Willy et Joe Colosse. C'était vrai. Ça pouvait se prouver. Les fils Damien avaient passé la veillée chez leur père qui rebâtissait sa grange, dix hommes de la corvée avaient témoigné. Quant aux braconniers de Grand-Digue, leur fallut avouer qu'ils étaient partis au large, cette nuit-là, mais pas au rendez-vous d'Al Capone. C'était même la première fois que le pays tout entier entendait deux pêcheurs raconter avec une telle fougue leur braconnage de petits homards. Vous comprenez, lors d'un procès pour meurtre d'un officier de la loi, n'importe qui peut se compter chanceux de tenir en main le moindre alibi… J'en ai pris deux cents livres dans six trappes, qu'il huchait, le braconnier; même que le juge a été forcé de lui rappeler qu'il était sous serment et qu'il ne fallait point exagérer. Tous les autres bootleggers à charge de Dieudonné pouvaient aussi produire des témoins.

Non, cette nuit-là, le *Kouchibougouac* n'amenait au rendez-vous des grands contrebandiers que trois hommes : Black Willy et Joe Colosse. Et pis Dieudonné.

Le juge portait un nom anglais en … urk, venait du sud, et s'adressait à la cour dans sa langue. Il avait amené son interprète, ce qui fait que tout le monde entendit la même histoire deux fois. Quand, après ça, la bru Jeannette osera affirmer qu'elle a pas dit ça… elle l'a dit en français et en anglais, une bonne oreille de vieux radoteux s'y trompe point. Et de toute façon, c'est écrit. Le greffier, comme ils l'appellent, écrivait tout à mesure. Les bavassages de Jeannette comme tout le reste. Et ceux-là de Marie-Pet et de Médard la Grand-Langue.

C'est lui, le Médard, qui fut appelé le premier. Non qu'il eût vu grand-chose, le bagueuleux, mais comme d'accoutume il parlait plus fort que tout le monde et ça laissait entendre qu'il était renseigné. Renseigné, pffft!… À la place du greffier, je ne me serais pas donné des cors aux doigts pour écrire ce témoignage-là. Il avait vu rentrer *La Vache marine* avec son mât cassé, de bon matin, halée par une barque de pêcheurs. Et c'est lui qui avait sitôt alerté tout le village, ça je vous l'accorde, c'était pas la première fois; Médard la Grand-Langue réveillait le pays chaque matin depuis trente ans. Ça fait que si vous voulez mon avis, les dires de c'te haut-parleur valent pas l'encre de votre plume ni la crache de mon palais. Passons.

Avec Marie-Pet, c'est un autre son de cloche. Pas à cause de Dieudonné ou de Vif-Argent. À cause de Crache à Pic. Marie-Pet avait attendu toute sa vie une pareille occasion. Une tribune, figurez-vous, pour elle toute seule, en présence d'un juge, d'un greffier, d'avocats, du shérif, de gardes en uniforme, tout l'attirail de la loi. Plus des curieux sortis des quatre coins du comté. Enfin la commère pourrait se vider le cœur. Et elle agrippa la barre à deux mains.

Durant trois heures, elle déposa. Elle déposa contre les mœurs relâchées qui souillent l'air qu'elle respire, contre la crise économique qui lui a déjà dévoré la moitié de son avenir...

— ... pas que j'aie eu le temps de mettre grand-chose de côté, allez point vous méprendre sur ce que je dis...

... contre les gouvernements qui laissent faire, l'Église qui fait rien pour les en empêcher, la vie qui n'est plus comme dans le temps... contre les voisins, la parenté, les ennemis, les rivaux, les concurrents, les opposants, contre vous et moi et contre Crache à Pic.

... Crache à Pic!

... Si fait, un homme est mort. J'ai vu son cadavre, je peux témoigner. Mais à qui la faute? Qui l'a poussé à s'en aller en mer cette nuit-là? La preuve, il est point mort dans son botte, le pauvre homme, que Dieu ait son âme! Il a crevé sur le pont d'une goélette qui était point à lui. Et quoi c'est qu'elle était allée faire au large, cette goélette, en pleine nuit? Et pourquoi c'est faire que le capitaine de ce bâtiment était point à bord, comme il se devait? Ça porte à réflexion tout ça. Y a longtemps que certaines genses que je ne nommerai pas, je me suis point présentée devant le juge pour accuser personne, malgré qu'y a longtemps que je sentais venir les choses... N'importe qui avec un brin de jugement pouvait prédire les déplorables événements de la nuit tragique et malheureuse de la Saint-Jean.

Ouf! elle se croyait sur les bancs du collège, la Marie-Pet.

... Donc, ne venez pas après ça me demander à moi...

Personne ne lui demandait rien, elle gaspillait sa crache, le tribunal lui aurait plutôt demandé de se taire, si un seul avocat, ou le juge, avait pu placer un mot. Mais elle était déchaînée. Ses bras secouaient la barre à pleine force, comme si elle s'était trouvée dans le box du Jugement dernier, et que de son plaidoyer dépendît le salut du monde. Puis elle se tourna vers les jurés et nous avisa en plein dans les yeux. Même que ceux de l'Anse-aux-Outardes qui la connaissaient moins en furent quasiment impressionnés. Elle se mit à nous attaquer tous en personne, nous les désignés par la loi, responsables du salut public et des bonnes mœurs, nous accusant de relâchement, de trahison et de mépris de la vie. Nous, les douzes élus appointés par le tribunal, elle nous faisait porter la mort d'un homme.

... Vous avez commencé par négliger vos prières, le soir au pied de votre lit, puis déserté la messe et les sacrements. Voilà à quoi ça mène une vie de débauche. Ne me demandez point après ça pourquoi il y eut un crime de commis sur les côtes.

La défense a réussi, pendant que le témoin prenait son souffle, à lui signifier qu'on ne lui demandait pas la cause du crime, mais des éclaircissements sur les circonstances du décès. Elle a eu tort, la défense, de lui demander quoi que ce soit. Car en éclaircissements sur les circonstances, Marie-Pet savait parler latin devant les clercs. Et elle s'assit sur son plaidoyer comme sur un tapis volant. Le juge a dû s'en mêler, quand il nous a vus nous éponger le front, chacun notre tour, et tousser, et nous râcler le fond de la gorge, et parés à cracher le sang dans nos mouchoirs. Alors Son Honneur a baillé trois coups de maillet— c'est comme ça qu'ils ont nommé son marteau — sur le pupitre du tribunal, et ... Ça suffit, Mrs. Caissie! Suivant!

Tout ça, dans les deux langues.

Si Son Honneur le juge avait connu le suivant qui s'amenait, tête haute, nez en l'air, serrant sous son bras sa déposition écrite d'avance sur une feuille de papier fleuré, il aurait sauté ce témoin-là et appelé tout de suite à la barre Melchior ou Xavier la Bosse. Mais fallit passer par la bru Jeannette qui connaissait l'accusé personnellement et mieux que tout le monde, à son dire, pour avoir joué aux dominos avec sa femme certains soirs d'hiver. Elle pouvait donc témoigner de l'amabilité et des manières distinguées d'un homme...

— ... trop digne et généreux et bien élevé pour avoir l'âme d'un assassin, Votre Honneur.

Ah! là, la bru, tu charges. Toujours propre, qu'elle dit, et bien habillé. Je crois bien. Qui c'est qui s'habillerait pas dans la soie et la fourrure avec les moyens d'acheter ses hardes chez T. Eaton Co.?... Il court pas les femmes des autres, se saoule pas le samedi soir, comme à peu près tous les hommes du pays, M. le juge... Mais dis-y donc au juge qui c'est qui leur fournit le rhum, Jeannette, aux saoulards du samedi soir! C'est peut-être bien les femmes des autres, justement, qui auraient de quoi se plaindre à la cour... Oh! écoutez- la! Dieudonné est un homme juste et bon qui a jamais volé personne!... Si je peux m'aveindre un jour de c'te boîte à jury, la bru, je vas te le refaire, moi, ton homme juste et bon. Et je vas te refaire le chignon, ma fille! Juste et bon! Faut-i' ben! Regarde les gens du pays des côtes compter les nouques dans les planches de leurs bancs durant que tu y lis ton adresse à ton homme juste et bon. Ceux-là qui ont point joué c'te hiver aux dominos avec sa femme y croient point à la justice du beau Dieudonné! Ni ceux-là qui ont acheté ses gramophones à crédit. Ni ceux-là qui lui ont vendu leurs terres pour rien... Il crache pas, qu'elle dit. Je crois bien. C'est le tabac à pipe qui fait cracher, pas les cigares des pays chauds.

— Il crache point dans le spitoune, il nous crache sus le dos.

— Hi!hi!hi!hi!

— Silence!

— Ordre dans la cour, order in the court!

Tiens, c'est rendu que le greffier itou est bilingue.

Ça se réchauffe. La défense s'aperçoit qu'y a plus rien à tirer de la bru. La grand-bringue enfile l'allée du mitan, la queue de sa robe grande ouverte comme un paon. Dieudonné, de son box, sourit à sa femme qui remercie d'un coup de tête la Jeannette. Tout peut encore être sauvé. Et on rejouera aux dominos.

Quand les bessons se sont amenés, Dieudonné a dû se souvenir du petit tour d'avion au-dessus du bois à la recherche de Tobie. Bon placement. Et il les a regardés, tous deux, avec des yeux complices et suppliants. Mais Adalbert et Dagobert, aveuglés par les lumières de la cour d'audience, assourdis par le murmure de la foule qui chuchotait leurs noms, et s'engottant dans leur propre salive, ne répondirent ni au regard de l'accusé, ni à celui de la poursuite. En fait, ils ne répondirent à personne, les bessons, pas même au juge et aux avocats. Même, le greffier a dû s'y prendre par trois fois pour les faire jurer de dire la vérité, toute la vérité, rien que la vérité, que Dieu vous vienne en aide. Chacun des bessons posait sa main sur la main de son frère, au-dessus de la bible, et répondait en même temps que l'autre à l'appel de chaque nom.

De plus, quand l'interprète entreprit de traduire au bénéfice du juge, le seul unilingue de la cour… si fait, tout le monde parlait deux langues sur les côtes, même à cette époque, deux moitiés de langue, deux semblants de langue, mais deux langues, certains les parlant même toutes les deux en même temps... ça fait que l'interprète, quand il entreprit de traduire les noms d'Adalbert et Dagobert, arracha de sa gorge un tel gargouillis que le juge en dressa les sourcils au ciel, les rabaissa, s'entoura l'oreille gauche de sa main, et donna à son bec la forme d'une conque.

— Bhrrrt? qu'il fit.

Et toute l'audience crut que Son Honneur avait la digestion difficile.

Le pauvre juge n'était pas au bout de ses peines avec les bessons. Car après avoir décliné leurs noms, il leur fallait distinguer leur identité. Or, au dire des plus véridiques langues du pays, les bessons eux-mêmes, après cinquante ans de fusion, n'étaient plus à même de jurer sur la bible de leur identité distincte. Et quel mal à ça? Chacun se sentait bien dans la peau de l'autre, et n'aspirait pas à l'autonomie.

Si les bessons, lors du procès de Dieudonné, aspirèrent à quelque chose, c'était à en finir le plus vite possible avec cette liturgie et à rentrer tranquillement chez eux. La pêche allait commencer bientôt. Et cette année, Adal-Gobert avaient la responsabilité de nourrir tout Cap-Lumière. Ni Crache à Pic, ni Céleste n'avaient l'âme à tendre des filets à la mer, ou à creuser la vase de la baie pour y dénicher des coques. Les bessons n'avaient pas de temps à perdre à la cour, et s'y sentaient d'ailleurs aussi à l'aise qu'une abeille dans une toile d'araignée. Et ils résolurent de s'en sortir par les grands moyens.

Et le vieux Clovis se dégraisse le gorgoton au souvenir de cette toile d'araignée qui finit par attraper le juge, les avocats, l'interprète et le greffier qui se débattaient dans un imbroglio comme aucune cour de comté n'en eût encore connu... tandis qu'Adalbert et Dagobert se faufilaient hors du tribunal et rentraient à Cap-Lumière, sans jeter un regard à personne.

... Pas un regard, non, pas même à moi, Clovis, de peur d'éclater de rire. Si fallit que le juge reprenne sur lui et comprenne qui était qui, et qu'il y aurait eu moyen de les distinguer en les séparant, simplement, l'un à droite de l'accusé, l'autre, à gauche; mais à l'instant où la Couronne en a eu l'idée, les bessons avaient déjà compris, et chacun passait son temps à remplacer l'autre, à gauche, à droite, puis à le contredire par un oui, par un non, répétant à l'envers la phrase de son frère, et puis la remettant à l'endroit une minute après. Son Honneur a bien essayé un moment d'accuser l'un de contradiction, et par conséquent de faux témoignage, mais l'autre aussitôt s'est avancé pour affirmer que c'est lui qui l'avait dit, la main sur l'Évangile.

Quand les bessons ont quitté la cour, à la fin de juillet, le juge et les deux avocats se sont fait apporter, au plein cœur de la Prohibition, chacun un grand verre de whisky blanc.

— La main sur la bible.
Elle posa la main sur la bible.
— La main droite.
— Je suis gauchère.

Le greffier leva un œil vers l'interprète qui baragouina deux mots au juge qui haussa les épaules en répondant O.K. en anglais.

— O.K. répéta l'interprète, que répéta le greffier. Dans les deux langues.

Et Maria jura de dire la vérité, toute la vérité, rien que la vérité de la main gauche.

Pourtant, selon le vieux Clovis, la vérité la plus vraie crachée au tribunal, cet été-là, sortit du cœur de cette fille qui l'avait eu dans la peau, le beau Vif-Argent, et qui n'avait pas l'âme au pardon.

... Dieudonné l'avait engagée servante, pour aider soi-disant à la Zéphirine... sais-tu forbir et raccommoder? qu'il lui avait demandé. La question! Qui c'est sus les côtes qui, à trente ans, sait pas raccommoder! Elle avait accepté l'offre, pas payée plus qu'il faut, mais nourrie. Et pis au logis, elle avait une mère et un enfant... une fille-mère a point cinquante-six choix, tout le monde est pas paré à la prendre, même au bas prix. Dieudonné le savait mieux que personne. C'est lui qui les fixait, les prix, pour tout le pays. Une fois à la cuisine, ce fut clair pour Maria qu'elle était de trop, que Zéphirine l'y attendait pas, et que Dieudonné la réservait pour autre chose.

La cour s'agite, l'interprète cherche ses mots, le juge se penche pour mieux entendre. Et l'Annie du presbytère fait son signe de croix jusqu'au nombril.

— Order in the court!

... Ce qu'il demandait à Maria, le chenapan...

— Dites l'accusé.

... l'accusé... mon cul.

Ohhh!

— Il voulait mon cul.

Chut! Silence! Order in the court!

... Mais point pour lui. Pour Vif-Argent.

La femme de Dieudonné se renfonce dans son siège et referme les yeux.

... Il avait besoin de gagner Vif-Argent...

— Ne nommez personne par son sobriquet.

— Le défunt.

— Il s'appelait Mathieu-Martin Vigneault de son vrai nom.

L'auditoire commente durant plusieurs minutes... Comme ça, c'était point un Martin, mais un Vigneault... Parent des Vigneault des îles de la Madeleine, pensez-vous?... Il s'en trouve encore dans le sud de la province... La plupart ont quitté la région lors du Grand Dérangement... Ça doit être les mêmes, il doit descendre des ancêtres...

— Silence! Order in the court!

C'est seulement sous la menace d'évacuer toute la salle que le juge ramène l'ordre à la cour. La demoiselle Allain peut continuer sa déposition. Alors tout le monde cherche mademoiselle Allain, y compris Maria, qui finit par comprendre et reprendre son souffle. Mais l'âme n'y est plus.

Elle était pourtant venue à la cour, ce matin-là, bien déterminée à tout raconter au juge: les manigances secrètes de Dieudonné, ses intrigues, ses mensonges, ses sournoiseries et sa méchanceté. Que la Jeannette aille se faire moucher ailleurs! Cet homme-là n'est point bon. Des manières, d'accord, même de la distinction. Mais malheur à celui qui se met au travers de son chemin! Vif-Argent, une nuit, s'est trouvé au travers de son chemin.

Et au souvenir de Vif-Argent, mort en mer sans dire adieu à personne, Maria, la dure et paria du village, eut un sanglot qui attendrit Sainte-Marie-des-Côtes.

— C'est dommage, qu'elle dit, que faut que ça seyit les bons qui perdent à tout coup.

Et se tournant vers le jury:

— À votre place, je laisserais point faire ça.

La fin du témoignage de Maria avait laissé un trou dans le murmure sourd et continu de la salle d'audience. Les mouches en profitèrent pour se détacher des vitres et s'en prendre à la perruque du juge qui se défendit à coups de maillet. C'est ainsi que le serment de Xavier la Bosse fut accueilli par un formidable coup sur la table qui fit revoler les pièces du dossier que le greffier s'empressa de ramasser à quatre pattes. Ce petit incident permit au témoin, penché sur les feuilles éparses, de ne se redresser qu'à demi et d'exagérer sa bosse d'une bonne coudée. Quand la Couronne entreprit de l'interroger, les réponses du bossu n'atteignirent plus que les têtes de clou du plancher. Après cinq minutes, le juge eut pitié de son interprète, à genoux sous la tête penchée de Xavier la Bosse qui quitta le tribunal en se redressant et en clignant de l'œil du côté du banc des jurés. Le témoin s'en était tiré avec trois phrases que personne n'avait entendues.

Et le greffier déchira sa page blanche.

Suivit la filière des cousines-belles-sœurs: Céleste, Célestine, Zéphirine. Elles insistèrent pour passer ensemble, mais n'obtinrent que de se suivre à la barre des témoins... se suivre de si près que le fil des phrases ne se rompait point en s'enfilant d'une bouche à l'autre. Ainsi chaque déposition de Céleste se terminait par: «Je le tiens de ma cousine Célestine» qui était aussitôt sommée de venir corroborer le témoignage de l'autre, mais qui préférait en appeler à sa belle-sœur Zéphirine «de qui je le tiens» et qu'elle entraînait automatiquement à la barre. Zéphirine, plutôt que de confirmer ou d'infirmer, déclarait tenir le tout de Céleste, la cousine de sa belle-sœur, qui revenait à la barre reprendre le fil de l'histoire où on l'avait laissée, c'est-à-dire à l'avant-propos.

Mais cette fois, le tribunal s'impatienta. On a beau porter la perruque, être assis sur le banc du roi, et descendre de la première nichée des loyalistes, la patience d'un homme a ses limites. La limite fut atteinte ce jour-là, au moment où Zéphirine, Célestine et Céleste se succédaient à la barre des témoins à la cadence d'une danse carrée, et au rythme de la foule qui tapait des mains et des pieds.

Le vieux Clovis avoua lui-même, par la suite, que le trio des belles-sœurs-cousines avaient bien mérité la semonce du juge qui traita le pays des côtes de dissipé, inattentif, irréfléchi, irraisonnable et tête de linotte. En anglais, ça faisait encore plus sérieux, et plusieurs mères décochèrent à leurs bambins fringants une solide bourrade de claques.

Mais tout devait rentrer dans l'ordre avec l'arrivée d'un témoin que personne n'attendait. C'était la surprise de la Couronne: l'ex-connétable Martial.

... Ah! pour ça, une belle surprise. Tout le monde avait gardé de l'officier un souvenir bienveillant, presque tendre. On n'en voulait pas à Martial d'être moins dégourdi, moins rapide, moins vif-argent, disons le mot, et d'être sorti des terres de Pré-d'en-Haut. Son entrée dans la salle d'audience arracha aux murs et aux bancs de la cour, sans mentir, un ahhh! qui ramena le juge à de meilleurs sentiments vis-à-vis du pays. Enfin, ce pays-là savait respecter les représentants de la loi, qu'il dût se dire... Pour ça, il avait raison, le juge. Un homme comme Martial, asteure qu'il était parti, était respecté et vénéré de tout le monde.

Et Martial prit place au banc des témoins.

... La vérité, toute la vérité, rien que la vérité... Si fallait! Un connestable! Si fallait qu'il s'en vienne prêter un faux serment! Quoique au dire de la vieille Ozite... mais faut point se fier à Ozite. Martial a été assermenté, la main droite sur l'Évangile, jurant à la face du juge que ce qu'il avait à dire, il le dirait, et qu'il espérait que ses révélations... c'est son mot... aideraient à faire justice aux innocents et à rétablir l'ordre et la paix au sein de la société. Il a dit tout ça comme un maître d'école chargé de la classe des grands.

C'est la Couronne qui avait convoqué ce témoin d'importance, l'arrachant à sa retraite ouatée au fond du bureau principal de la capitale. Un connétable qui avait suivi sur terre et sur mer les agirs des contrebandiers durant sept ou huit ans, pensez-y… la cour allait en entendre de jolies sucrées!… Parle, Martial, c'est à ton tour, souviens-toi du revenant du chemin des Amoureux; et du bœu' de garde attaché au-dessus d'une cache; et des malades bien portants qu'on transportait en ambulance ou même en corbillard. Rappelle-toi les huit nuits qu'on t'a volées, en plein hiver… hi! hi!… tu te souviens? la fille du banquier était menacée, son père avait reçu une lettre, un avertissement, sa fille était en danger, fallit que le connestable intervienne et fasse le guet, huit nuits de suite… durant que les bootleggers filaient en carrioles remplies à ras bord et couvertes de peaux de buffalo… ho! ho! ho! Souviens-toi, Martial.

… Non, Martial ne se souvient plus de rien… ce connestable-là reste muet sur les bootleggers… Le voilà qui parle du défunt Mathieu-Martin Vigneault, la victime, qu'il a connu jadis, ou dont il a ouï dire… un homme exceptionnel, le nouveau connestable, pas comme les autres, un converti, comme qui dirait. C'est pour ça qu'il était si ardent et fougueux, Vif-Argent, si donné corps et âme. Il avait une revanche à prendre sur la vie, sur le monde… Martial a point osé dire sur les contrebandiers… mais le juge a compris, tout le monde a compris.

Celui-là qui a dû comprendre le premier, c'est l'avocat de la défense, parce qu'il a pris son tour à l'interrogatoire et s'est mis à pomper le Martial durant des heures… Comme ça, la victime avait un compte à régler avec les bootleggers, peut-être avec Dieudonné… et pourquoi?… et depuis quand?… et par hasard, il s'en serait pas pris à lui, en haute mer, à l'insu de tout le monde?... Peut-être bien que le dénommé Vigneault n'est pas une victime innocente, peut-être qu'il y eut provocation...

Les bancs grincent, les fesses bougent, les têtes se tournent, les yeux sont inquiets... Quelqu'un s'en prend à Vif-Argent... c'est pas juste, ce procès-là va mal finir... Mais Martial se reprend. Il n'a pas voulu dire ça, il n'a jamais accusé la victime... il répète que Mathieu-Martin Vigneault était un grand homme, un juste et un incorruptible, et que s'il avait joint les rangs des officiers de la loi, c'était pour combattre les malfaiteurs, tous les malfaiteurs, y compris les bootleggers.

La défense l'arrête en faisant claquer ses doigts, le majeur contre le pouce:

— Les bootleggers en particulier?

— Les bootleggers avec les autres.

— Et pourquoi les bootleggers?

— Il avait ses raisons!

— Ses raisons?

— ...

— Votre Honneur, je demande une réponse du témoin qui a prêté serment.

Le juge interroge l'interprète, fixe l'ancien connétable et opine de la perruque du côté de la défense.

Alors Martial s'agrippe à la barre, des deux mains, regarde l'avocat de Dieudonné dans les yeux et articule:

— Ils ont eu la peau de son père, dix ans passés.

Les mouches peuvent reprendre leur bourdon-nement et quitter de nouveau leurs vitres, toute la salle est muette. Et la défense retourne à son banc, les bras ballants. Dieudonné, qui avait souri à Martial un instant plus tôt, baisse la tête et fait craquer ses phalanges.

Ainsi le Vif-Argent, il cherchait à venger son père, dix ans après... Et Sainte-Marie-des-Côtes s'essuie le nez de son avant-bras.

Jimmy la Puce, qui suivit Martial à la barre des témoins, passait son temps à tourner la tête vers le coin gauche du fond de la salle où se terrait à l'ombre Crache à Pic... tu n'as rien vu, Jimmy, tu ne sais rien, Jimmy, Dieudonné t'avait rien promis, rien donné, rien dit. Décline tes nom, prénom, âge et métier... un Galoche pour rire et s'amuser... et c'est tout. Essaye pas surtout de jouer avec la cour, c'est pas le temps de faire l'important... t'as vu, tout à l'heure, ce qu'ils ont quasiment arraché à Martial? et Martial n'en est pourtant pas à son premier procès... Dis des riens, Jimmy, et dis-les tout croche, mélange tes mots, place le verbe avant le nom, parle même en grandeur si tu peux... mais nomme per-sonne... Bien fait, Jimmy, asteure sors en remerciant le juge d'un coup de tête, et retourne à ton banc sans regarder le box du jury.

... Le petit Philias ne viendra pas?

Non, le petit Philias a été exempté. C'est curieux. Il aurait pourtant des choses à dire, le petit Philias. Si quelqu'un est au courant de l'envers comme de l'endroit de la vie des bootleggers... Mais le petit Philias a déjà fait du sanatorium et a pu prouver au tribunal que le mal l'avait repris. La cour a jugé bon de ne pas forcer un tuberculeux pris de consomption à venir cracher son témoignage à la face du juge. Surtout que le juge, il aurait eu les bronches fragiles, à ce qu'on dit.

Passons.

L'apparition de Melchior, Gaspard et Balthazar mit la cour en joie. Même le juge se dérida. Car les rois mages prenaient la salle d'audience pour un théâtre et le procès pour un spectacle. Et ils s'amenèrent en grande pompe, portant la myrrhe, l'or et l'encens.

... La vérité, toute la vérité, rien que la vérité, que Dieu me vienne en aide pour une fois.

— Silence! recommencez! la formule, rien de plus.

Le greffier, lui, ne riait pas.

— Jurez!

Et Melchior jura.

— Jésus-Christ du bon Dieu!

La salle vrombit sous un formidable éclat.

Le juge comprit et se carra dans son siège. Il plissa les yeux, donna cinq, six petits coups secs de son maillet et s'adressa à la foule. Son premier discours, précis, incisif, en une seule langue. Car l'interprète n'arrivait pas à prendre son souffle; inutile d'ailleurs, il n'avait qu'à promener les yeux dans la salle pour voir que tout le monde suivait. Point besoin d'être bilingue pour comprendre un avertissement de la cour... un avertissement sérieux... parce qu'un procès, messieurs dames, ce n'est pas de la rigolade, pas plus qu'un office religieux... Un homme est mort, et c'était un représentant de la loi, assermenté, tué d'une balle, l'expertise médicale a eu lieu, il y a donc un assassin, un coupable qu'il s'agit de trouver, puis juger. Et le juge s'épongea le front... n'allez pas croire qu'on est là pour s'amuser, que l'État promènerait son banc du roi jusqu'au creux des dunes pour une mascarade. Il faut que justice soit faite. Vous êtes là, témoins ou jurés, pour aider la loi à l'appliquer. Et bla bla et bla bla et bla bla... durant quarante minutes. Plus long que le prône du dimanche. Mais quand le silence revint, Melchior comprit qu'il lui fallait dire la vérité, toute la vérité, rien que la vérité.

C'est ce moment-là que Gaspard choisit pour demander à la cour la permission de s'absenter.

... ?

Il devait aller aux cabinets.

Le juge acquiesça à sa demande, mais le fit encadrer de deux agents en uniforme. Oh! ça, alors! Gaspard laissa entendre au tribunal que depuis qu'il avait quitté ses couches, il savait faire ça tout seul, que Dieu lui vienne en aide.

— Silence! Order in the court!

L'absence de Gaspard laissa le champ libre à Balthazar pour épauler Melchior dans son témoignage. Ainsi chaque fois que le premier des rois mages exprimait la vérité, rien que la vérité, Balthazar niait ostensiblement d'un signe de tête. Ce qui forçait la Couronne ou la défense à reprendre la question dans sa forme négative:

— Vous n'avez pas trouvé une goélette flottant à la dérive au large un matin de soleil?

— Nenni.

— … ? N'oubliez pas que vous êtes sous serment.

— Un matin de soleil, j'ai point trouvé de goélette flottant au large à la dérive. Par rapport qu'à l'heure qu'on l'a trouvée, le soleil était point encore levé.

— Hi! hi!

— Bon!… Mais vous ne niez pas être arrivé premier sur les lieux où flottait *La Vache marine*.

— Je ne nie pas.

— Donc vous affirmez.

— Je n'affirme pas.

— Comment… ?

Melchior ouvre de grands yeux hagards.

— Faut-i' absolument l'un ou l'autre?

La Couronne reprend sa question en y mettant de l'onction.

— Monsieur Melchior… Melchior… ?

— C'est mon vrai nom; les autres le sont point.

— Les autres?

— Gaspard et Balthazar, c'est des sobriquets.

L'avocat furète dans ses papiers, puis renonce.

— Monsieur le témoin, avez-vous, oui ou non, le 24 juin 1933, trouvé au large une goélette dénommée *La Vache marine*?

— Quel jour qu'on est aujourd'hui?

— Oui ou non?... Yes or no?

— Yes Sir!

Et il salue, trois doigts sur la tempe.

— Fort bien. Maintenant, à bord de la goélette, dite *La Vache marine*... vous me suivez?

— Comment vous dites ça?

— Je dis: vous me suivez!

— Quand vous voudrez.

— Donc à bord de *La Vache marine*, dite la goélette... euh... je veux dire... dite *La Vache marine*...

Et Melchior dit:

— La vache marine.

La Couronne est sur le point d'être ébranlée.

— Atteinte à la dignité de la cour, Votre Honneur. Je demande qu'on ramène mon témoin à l'ordre.

Et l'interprète huche: Order in the court!

Gaspard, qui revient en ce moment de sa mission hors cour, encadré de ses deux agents, prend cet ordre pour lui et se met au garde-à-vous, ce qui fait buter les agents l'un contre l'autre, puis contre Gaspard qui s'en vient rouler en bas des trois marches jusqu'au banc des témoins.

Petit incident qui dégourdit l'auditoire, et permet à la Couronne de se rajuster et retrouver un peu de dignité. Et l'interrogatoire reprend.

— Témoin n° 13, je vous prie de répondre simplement, clairement et sans détour à ma question.

— Je refuse.

— Comment?... C'est un mépris de cour, Votre Honneur.

— Je refuse de porter le n° 13, c'est malchanceux.

— Monsieur Melchior, vous n'êtes pas le n° 13, vous venez témoigner en treizième lieu, c'est tout.

— Appelez-en un autre, pas moi. Je serai le n° 12 ou 14, pas 13. J'ai connu, tant jeune, un homme qui a fait courir son cheval qui portait de même le n° 13, un dimanche après-midi, un bon cheval pourtant, le meilleur, entraîné par Jing Jang en personne...

Toute la salle s'avance, coudes sur les genoux, attentive.

... Il l'avait acheté dans un harem du Maine, qu'ils ont rapporté, payé comptant, et à l'époque, pas plus qu'aujourd'hui, un cheval était point donné, surtout une bête de race, trois quarts Tennessee, un quart Morgan, un quart Appaloosa, un pur-sang; à lui tout seul, Mesdames, ce trotteur-là pouvait vous faire regretter de point être nées juments...

Éclat de tonnerre dans la salle.

Le juge interroge l'interprète qui bafouille, baragouine des sons en ... ing... ang... ong pour se donner le temps de reprendre le cours de la narration qui en est maintenant à la première course, au trot, avec jockey, harnais, gig...

— ... Sulky, Votre Honneur.

L'interprète a rattrapé le conteur... le témoin qui, après la glorieuse performance du meilleur cheval de course jamais passé par les côtes, l'achève bêtement, là, au pied de la foule, une foule de trois mille personnes venues de partout, de Cocagne, de Grand-Digue, de Pré-d'en-Haut, de Sussex, de partout, une foule qui a été témoin, c'est le témoin qui le dit, de l'effondrement d'un champion, deux secondes avant la ligne d'arrivée.

— Tout ça, par rapport que le cheval portait le n° 13, Mon Honneur.

Et Melchior, s'épongeant le front, salue l'auditoire qui applaudit à tout rompre.

— Silence!

— Order in the court!

À ce moment-là, Gaspard lève la main.

— Son Honneur, Son Honneur! j'ai point peur, moi, je suis point superstitieux, laissez-moi prendre sa place.

Et Gaspard est appelé à la barre.

Mais aux premières réponses, la Couronne comprend qu'elle n'a pas gagné à l'échange, car à chacune de ses questions, Gaspard renvoie la cour à Melchior.

— Je sais pas, Mon Honneur, faudrait le demander à Melchior, c'est lui qu'a aperçu la goélette en premier, pis qui fut le premier à bord.

— Mais vous étiez bien présent, vous avez vu un jeune garçon qui tenait la tête d'un homme mort sur ses genoux.

— Mais non, Mon Honneur, justement, par rapport que j'avais Balthazar devant moi à l'instant d'accoster, avec sa grosse chemise carreautée qui me bouchait la vue. Balthazar pourrait vous en parler, questionnez-le.

Et Balthazar s'amène, ayant troqué sa chemise à carreaux pour le complet que son défunt père lui avait légué sur son lit de mort, et qui avait mené à l'autel tous les hommes mariés de sa famille. Coquetterie qui avait poussé ses compères rois mages à s'attifer aussi dans les trésors familiaux. De sorte qu'en plus d'afficher leurs insignes royaux, les mages s'étaient présentés à la cour gréés pour des noces.

C'est donc le cou serré dans un col empesé à l'empois de patate et les chevilles pendant de six pouces au bas du pantalon de son défunt père que Balthazar, digne et compassé... passé à la chaux et au fer à repasser, tu veux dire...

— La vérité, toute la vérité, rien que la vérité, tonne Balthazar au-dessus de la bible qui s'échappe des mains du greffier et s'ouvre sur l'histoire de Josué rasant à coups de trompette les murs de Jéricho.

Celui-là, pense la défense, ne va pas essayer de finauder. Une bonne gueule. Bien planté. Pas le genre à jouer sur les mots, ni à tenter de les couper en quatre.

— Vous êtes Pierre ou Paul?

— Pierre-Paul.

— Bien.

Direct, clair, une bonne gueule.

— Vous avez participé avec vos camarades au sauvetage d'un navire en détresse...

— Moi, Son Honneur, vous seriez mieux de me dire tout de suite ce que vous avez à me dire sans prendre des grands mots: sauvetage, je connais ça et pis navire... mais camarades en détresse...

349

— Bon, bon. Vous étiez en mer, et vous avez aperçu un navire, et vous avez ramé vers, et vous avez grimpé à bord, et vous avez regardé autour, et vous avez vu quoi?

Balthazar a très bien suivi et paraît satisfait. Il sourit à la Couronne, rejette en arrière sa crinière fauve et dit:

— J'étais en mer, j'ai aperçu un navire, j'ai ramé vers, j'ai grimpé à bord, j'ai regardé autour et j'ai vu que le mât était cassé.

— … ? Après?

— La voile pendait, déchirée et chiffonnée.

— C'est tout?

— J'ai vu qu'elle serait point réparable et que Crache à Pic devrait s'en gréer d'une autre.

— N'oubliez pas, Pierre-Paul, que vous avez juré…

— Moi? Jamais de la vie. J'ai dit à Melchior et Gaspard: v'là une voile finie. J'ai même pas dit: Sacordjé!

— Vous avez prêté serment au tribunal de dire la vérité.

— C'est la vérité: je me souviens point d'avoir juré.

— Qu'avez-vous vu en plus d'un mât rompu et d'une voile déchirée?

— Mes culottes…

— Pardon?

— Excusez-moi, Mon Honneur, mais mes culottes déchirent; je pourrais-t-i' avoir la permission de sortir un petit instant?

La salle d'audience craque sous les rires qui n'entendent plus les coups de maillet sur le pupitre du juge. Le greffier, les agents, la défense et la Couronne, tous agitent des tentacules plus nombreux que les bras d'une déesse hindoue. Et Balthazar, les fesses serrées et les mains dans le dos, enfile l'allée à petits pas de danseuse qui cherche à cacher son derrière.

Melchior, rappelé à la barre à titre de témoin n° 15, finit par expliquer que la vision du couple Ti-Louis et Vif-Argent, ni lui ni aucun de ses compagnons ne l'avait eue tout de suite...

— ... par rapport que la voile était timbée dessus.

Une fois le voile levé, Melchior n'avait plus rien à cacher et raconta tout: la complainte de Ti-Louis qui n'avait pas cessé de jouer durant tout le temps que les pêcheurs halèrent la goélette au port; le visage blanc de Vif-Argent, plus beau que vivant, avec un filet rouge qui lui taillait le visage du front au menton; et *La Vache marine* qui geignait et se plaignait, à la manière d'un chœur de lamenteuses au chevet d'un suaire, à la veillée d'un mort.

La salle ne riait plus, ne bougeait plus, les yeux sur les genoux et le nez aspirant l'air par saccades bruyantes et répétées.

Il ne restait plus tellement de témoins, le juge commençait à rassembler ses feuilles, et les avocats s'agitaient de plus en plus en se regardant par en dessous. La foule n'osait pas tourner les yeux vers le banc de l'accusé. Tôt ou tard...

On fit comparaître Joe Colosse. Le juge lui-même a semblé impressionné. Il était plus long que son père et son grand-père mis bout à bout. Un seul homme ne lui arrivait même pas aux premières côtes, à Joe Colosse; il en fallait deux, l'un grimpé sur les épaules de l'autre, pour lui parler dans la face. Le juge a été impressionné. Et le greffier, pour l'assermenter, a dû lever la bible au-dessus de sa tête et la tenir à bout de bras.

Ça été long pour le faire jurer, le géant. Il avait point l'air de comprendre. Tout le monde connaissait Joe, savait que c'était point lui qui avait mis les pattes aux mouches, ni les ressorts aux sauterelles, on ne s'attendait pas à l'entendre faire un discours avec un sujet, un verbe pis un complément. Mais on aurait cru au moins qu'il saurait parler, dire des mots comme: j'ai rien vu, j'étais point là, je sais rien, je pourrais pas dire... mais non! Rien. Il ne se souvenait plus de ses prières, rien. Un jargon qui sortait de cette goule d'ogre, un gargouillement de prrrt... et de gnnnnna... et de stchchpt...

— Get 'im out! qu'il a crié, le juge.

De toute façon, Joe Colosse n'aurait pas su ajouter aux témoignages de son maître et complice Black Willy, le principal témoin. Personne n'espérait rien de Joe Colosse, sauf la Couronne qui aurait bien voulu le confondre et le pousser à contredire Black Willy ou même... Mais toute la salle commençait à se tordre sur ses fesses, manière de dire au juge qu'on avait grand-hâte qu'il se décide à prendre le taureau par les cornes.

Et le taureau s'amena.

Black Willy.

... La vérité, toute la vérité, rien que la vérité, que Dieu me vienne en aide.

— Nom, prénom, âge et profession.

Ça c'était vraiment de trop. Et la salle le laissa entendre, bruyamment. Au fait! Au fait! on voulait une histoire, un drame, toutes les circonstances de la tragédie qui s'était déroulée en haute mer la nuit de la Saint-Jean, si possible les dernières paroles du mourant...

... Voyons, voyons, il est même pas condamné encore, l'accusé, et vous voulez déjà les détails de l'assassinat. Black Willy est rien qu'un témoin, comme les autres... non, pas comme les autres, mais un témoin tout de même, c'est point lui l'accusé, il était point au gouvernail, cette nuit-là; le *Kouchibougouac*, c'est point son bateau, le seul coupable, s'il y en a un, c'est le capitaine. La nuit de la Saint-Jean, c'est curieux, Dieudonné était en mer, à la barre de son Scottish Fisherman, tout un bateau! D'accoutume, Dieudonné laisse sortir ses hommes, c'est curieux, ben ça sera la chance de Black Willy, il portera point le blâme des événements.

— À quelle heure êtes-vous sortis en mer le 23 juin?

— À huit heures.

— À quelle heure êtes-vous rentrés?

— Onze heures.

— Pourquoi êtes-vous allés au large en pleine nuit?

— C'était le soir, pour tester l'engin neuve.

— Pourquoi un moteur neuf?

— L'autre avait manqué.

— À quoi sert le *Kouchibougouac*?

— Au commerce du bois.

— Vous transportez du bois sur un Scottish Fisherman?

— Non, c'est pour les affaires, contacter les acheteurs, la business.

— Ce soir-là, vous avez fait des affaires ?

— Comme d'accoutume.

— Avec qui?

— Un gars du nord.

— Son nom?

— Il s'a point nommé.

— À quelle heure l'avez-vous rencontré?

— À... à dix heures.

— Où?

— Dans le nord.

— C'est grand le nord.

— Au large de l'Anse-aux-Outardes.

— Après, vous êtes rentrés directement?

— C'est ça.

— Par la dune?

— Oui.

— À quelle heure avez-vous contourné la dune?

— Dix heures et demie.

— Combien de temps ça prend à un moteur neuf pour rentrer de la dune au port de Sainte-Marie-des-Côtes?

— Une demi-heure.

— Donc vous étiez à onze heures chez vous.

Black Willy étale un sourire de général qui regarde fuir l'ennemi.

— Et votre moteur?

— Comment?...

— Le moteur neuf du *Kouchibougouac*, comment était-il?

— Ha!... ben bon, la vraie affaire. Un Bessamer. Première classe.

— C'est ça qui vous a permis de vous rendre jusqu'à l'Anse-aux-Outardes?

— Il aurait pu dépasser la pointe de Négouac et se rendre à Caraquet si on l'avait laissé faire. Une vraie bonne affaire. Je vous assure que...

— Votre gars du nord, qu'est-ce qu'il en a pensé?

— ... ?

— Qu'est-ce qu'il a eu à dire du Bessamer, votre contact de l'Anse-aux-Outardes?

— Ben...

— C'était pour vérifier son moteur neuf que le *Kouchibougouac* a rejoint dans le nord un acheteur de bois?

— ...

Black Willy jette un œil inquiet au box de l'accusé. Dieudonné contemple ses genoux.

— Vous êtes sortis pour des affaires de bois ou pour tester un moteur?

— ... Les deux. Une pierre deux coups.

— Pas autre chose?

— Autre chose... ?

— Oui, une pierre trois coups, par exemple.

— Non.

— Vous n'avez rien vu au large?

— Rien.

— À quelle heure avez-vous quitté le port?

— Huit heures.

… Il me prendra pas… huit heures. Je l'ai répété deux fois… rentrés à onze… il me prendra pas.

— Vous avez des témoins?

… Des témoins?… Les garçons à Damien… les garçons à Damien ce soir-là construisaient une grange à leur père.

— Les Damien nous ont vus passer pas loin de leur côte.

— Où ça, leur côte?

— À la barre de Cocagne.

— Et vous êtes partis vers le sud pour aller au nord?

Black Willy s'énerve, bredouille et se ressaisit.

— Pour tester l'engin.

— Bien sûr, les mers du sud sont mieux pour tester un engin.

Black Willy sort son mouchoir et fait semblant de se moucher. Mais la Couronne le voit s'éponger le front.

— Au large, en dehors de votre contact commercial, vous n'avez rencontré personne?

— Personne.

— Pas même *La Vache marine*?

— Jamais aperçue.

— Pourtant elle a contourné la dune vers les dix heures.

— Non, point à dix heures.

— ... Comment le savez-vous?

— ... Je le sais parce qu'à dix heures, j'y étais et je l'aurais vue.

Il sourit encore. L'armée adverse est en pleine déroute, mon général.

— Écoutez-moi bien, Willy, et n'oubliez pas que vous êtes sous serment.

Black Willy s'agrippe à la barre et serre les dents... Distrais-toi pas, Black Willy, rouvre-toi les oreilles, laisse-les pas te faire parler...

— Je répète: vous n'avez vu personne au large en cette nuit du 23 juin?

— Per...

Il s'arrête... trompe-toi pas, Black Willy. Si t'as vu personne, le *Kouchibougouac* était seul en mer.

— J'ai vu un botte.

La salle retient son souffle.

— Lequel? N'oubliez pas que vous êtes sous serment.

Mouvement du côté du box de l'accusé. Dieudonné demande à être entendu. L'accusé veut témoigner! La salle d'audience ressemble à une bouilloire.

— Laissez comparaître l'accusé.

Du chemin, faites du chemin. Silence. Order in the court. Dieudonné s'avance. Grand et digne. La tête haute. Il marche tout droit à la barre.

Les femmes se signent. Les hommes s'ébrouent. Les jurés regardent ailleurs. L'avocat de la défense sourit à son client, le greffier se râcle le fond des bronches.

— Jurez-vous de dire la vérité, toute la vérité, rien que la vérité, que Dieu vous vienne en aide?

— Je jure.

Il a juré.

— La nuit du 23 juin, vous étiez en mer?

— J'étais en mer.

— Seul ou accompagné?

— Accompagné : Joe et Willy.

— Qui commandait à bord?

— Moi.

…C'est fait. Il l'a dit. Pourra plus revenir là-dessus.

— En mer, vous avez croisé un autre bateau?

— Oui.

— Vous l'avez reconnu?

— Oui.

— C'est quelqu'un que vous connaissiez, puisque vous avouez l'avoir reconnu.

— En effet.

— Quelqu'un avec qui vous aviez rendez-vous?

— C'est ça.

Le juge se penche.

— La cour exige le nom du bateau et son capitaine.

Dieudonné n'a eu qu'un léger plissement de l'œil gauche, son œil des grands moments, comme avait coutume de dire Black Willy.

Puis il répondit à la cour, clairement:

— Al Capone sur le *Dragon*.

Le couvercle de la bouilloire sauta.

… Eh bien! ça parle au diable. Ça, Dieudonné, fallait le trouver. Al Capone! Personne ne réussira à le traîner en cour, celui-là. Pas la cour de Sainte-Marie-des-Côtes, en tout cas. Le juge pourra toujours courir, et faire revoler sa perruque, et en appeler au banc du roi. Chapeau, Dieudonné!

Après cette déposition, la défense s'en donna à cœur joie. Un jeu d'enfant. C'est à qui, de Dieudonné et de Black Willy, avait aperçu Al Capone le premier, qui avait entendu le premier coup de feu, sans se douter que *La Vache marine* était en mer, allant jusqu'à s'imaginer qu'on leur tirait dessus et se hâtant de rentrer au port en contournant la dune.

... Bravo, Dieudonné! Un peu plus, la cour applaudissait.

Order in the court!

Il restait un témoin clef, celui qui avait ramené le corps de la victime dans une goélette décapitée: Ti-Louis le Siffleux.

La terreur de Dieudonné.

Pourtant, Black Willy avait essayé de calmer son chef, Ti-Louis venait des États, un étranger, un jeune homme distrait, genre artiste, qui n'avait pas encore ouvert la bouche depuis le jour fatal. Il n'avait sans doute rien vu, pas de lune, la nuit était éclairée par les seules étoiles... La parole d'un témoin unique, jeune vagabond en plus, et qui s'est chicané avec son oncle, même qu'un soir il l'a battu, Black Willy le tient de l'homme de la Célestine lui-même, et apparence qu'avant de mettre les pieds au pays, il était passé par les prisons américaines, enfin par des maisons de correction pour jeunes délinquants... non, Dieudonné, un pareil témoin pèse une plume en face d'un homme honorable comme vous!

Deux agents en uniforme poussent Ti-Louis le Siffleux à la barre des témoins. On lui met de force la main sur la bible... et que Dieu vous vienne en aide.

Dieu et Crache à Pic.

... Genre artiste, eh! oui, Black Willy; Ti-Louis, c'est le musicien qui entend les sons par la gorge, le nez, les pores de la peau. Point besoin des oreilles pour entendre, lui, point besoin des yeux pour voir. Il a senti Crache à Pic, cachée à l'ombre de son ombre, mais n'a pas tourné une seule fois la tête vers le coin gauche du fond de la salle. Il sait.

Et il ne parle pas.

— Vous étiez dans le bateau? sur le pont? dans la cale?... peu importe, vous avez dû entendre le coup de feu, entendre parler, crier...

— ...

— Pourquoi aviez-vous accompagné la victime ce soir-là?

— ...

— Il y a longtemps que vous êtes au pays?

— ...

— Vous avez des amis?

— ...

— Quel âge avez-vous?... Quel est votre nom?...

— ...

— Je crois, Votre Honneur, que c'est inutile de poursuivre cet interrogatoire, conclut la défense.

Mais la Couronne insiste.

— Il a une langue pourtant, la cour ne l'a pas qualifié de sourd-muet.

— D'après enquête, il n'a pas parlé depuis l'événement. Frappé de stupeur. *In stuporem attonitus*, Votre Honneur.

... Voilà l'interprète pris d'une quinte de toux. Faut dire que c'est lui en demander beaucoup, au pauvre homme. On ne l'avait sans doute point averti qu'il serait appelé à traduire du latin, en plus. Mais Son Honneur attend toujours la fin de la phrase, il ne doit pas s'être rendu compte qu'on a passé d'une langue à l'autre.

La Couronne revient à la charge.

— Témoin capital, Votre Honneur.

La défense cherche à excuser Ti-Louis.

— Cas de traumatisme de la région frontale. Démence précoce.

... Heye! Heye! l'avocat, du latin tant que tu voudras. Mais démence... là tu charges!

Le juge se penche à l'oreille du médecin de Sainte-Marie-des-Côtes, appelé à la barre, frappe trois petits coups nerveux comme un joueur de tambourin et avale un son rauque. L'interprète remet le mot à l'endroit et ça fait:

— Inepte.

... C'est le docteur qui lui a trouvé la bonne maladie, au Ti-Louis, parce qu'on lui laisse quitter la salle sans un mot de plus.

361

La Couronne se renfrogne, la défense sourit, l'accusé soupire... Reprends ton souffle, Dieudonné, et respire. C'est fini. C'est le vaurien de Black Willy qui avait raison après tout: Al Capone a les épaules assez larges... Il saura bien se défendre, celui-là... Affaire classée.

... Ça bouge là-bas, au fond de la salle, dans le coin gauche. Quelqu'un demande à comparaître. Laissez passer.

Crache à Pic!

Elle est à la barre, le greffier apporte la bible, elle jure, néglige le Dieu lui vienne en aide... Silence! Order in the court! Ordre inutile... on entendrait voler une mouche. Mais le greffier a eu peur... ou le juge... ou l'interprète... la défense sûrement. L'avocat fait signe à l'accusé de rester calme. Que personne ne bouge. Crache à Pic n'a rien vu, rien su, rien dit depuis... Justement, elle n'a rien dit encore... rien dit depuis... Du calme.

— Que Dieu vous vienne en aide. Jurez.

— Je jure.

...Nom, prénom, âge, profession... Dépêchez-vous. Venez-en à sa déclaration.

— Votre Honneur, la nuit de la Saint-Jean, Al Capone était point en mer.

C'est tout. Pas un mot de plus. Elle a dit sa phrase. Un sujet, un verbe, un complément. C'est toute la salle d'audience qui est maintenant frappée de stupeur, prise dans le *stuporem attonitus*. Même Dieudonné. Il n'est pas sûr d'avoir compris, il se tient l'oreille, comme si la balle lui avait frappé le tympan, deux mois après.

La Couronne se penche, veut des éclaircissements.

— Comment le savez-vous?... Prenez votre temps, répondez lentement.

Elle l'a pris, son temps, tout l'été...

— Je le sais parce que c'est moi qui l'a averti de point y aller, que le rendez-vous au large n'aurait pas lieu. J'ai prévenu Al Capone.

— Comment l'avez-vous prévenu?

— Par télégraphe. Celui de Dieudonné, enfoui sous le foin dans sa grange.

Elle connaissait le code des contrebandiers, *chien*, *chaise*, *pigeon*, *oiseau*... Vif-Argent lui-même le lui avait confié la nuit précédant la Saint-Jean. Elle voulait se venger. Sur Dieudonné. Un peu sur le connestable parti en mer sans elle... dans sa *Vache marine*.

— C'est tout ce que vous avez à dire?

— C'est tout.

Et elle remonta l'allée comme elle l'avait descendue, sur le bout des pieds.

Après le départ de Crache à Pic, la foule, qui avait retenu son souffle, éclata. Et les mouches comprirent qu'elles devaient se ranger. Les rois mages, Marie-Pet, Jeannette, Xavier la Bosse, la grand-langue de Médard, tout Sainte-Marie-des-Côtes, et Bois-Joli, Champdoré, Cocagne, le Village-des-Trois-Maisons, tous, bien ou mal-portants, firent voler le silence du tribunal en mille miettes. Le juge s'accrochait à sa perruque, les avocats à leurs dossiers, le greffier à sa bible, à coups de «Order in the court!»

... L'œil de Dieudonné, sorti de son effarement, tomba sur ses genoux... Elle m'a eu.

Le jury fut enfin appelé à se retirer, sitôt achevés les longs plaidoyers de la défense et de la Couronne... Pas trop longs, juste bien. L'un insistait sur le faux témoignage de l'accusé et la sortie d'un seul bateau en mer cette nuit-là en dehors de *La Vache marine*. L'autre répétait: pas de preuve, pas de preuve... Et puis on parlait de Dieudonné-un-homme-honorable. Jamais fait de mal à personne. Son banc à l'église, père de famille, pas de dettes, pas d'antécédents, pas de casier judiciaire. Blanc comme un drap, Dieudonné.

... Pour ça, blanc comme un drap, il avait raison, l'avocat. Qu'il en faisait même pitié.

... Mais le juge nous avait bien avertis, tous les douze: Pas de pitié. Ni compassion, ni malice. Neutres, qu'il nous voulait, et justes... Vous avez entendu les témoins, la défense et la Couronne, vous portez désormais seuls le poids du «coupable» ou «non coupable». À vous de juger. En toute conscience. Et après mûre réflexion.

... Point facile. La mûre réflexion, pas de problème. Ça faisait des semaines qu'on réfléchissait.

Mais la conscience. Chacun avait la sienne et devait s'arranger avec. Douze hommes, douze consciences. Et la cour demandait un jugement unanime. Unanime, qu'il a dit, Son Honneur. Et pour faire cette unanimité, la cour s'en était allée choisir trois bavasseux de Champdoré, deux écervelés de Cocagne, un plaignard des Trois-Maisons, quatre effrontés de Grand-Digue, et le vieux crochu pis moi de Sainte-Marie-des-Côtes, les deux seuls avec une tête sur les épaules. Pas étonnant qu'ils m'ont élu président, c'était entre moi pis l'un des effarés de Grand-Digue.

... Allez point croire que ça m'a monté à la tête. Président... pouh! Je connaissais l'histoire du trou du cul qu'on avait nommé chef. Mais président du jury, c'est une responsabilité. Juger un homme, un voisin, avec femme et enfants. Et son banc à l'église... Sacordjé! Guildor, porte le jugement que tu veux, mais enrage-toi pas. Pas de malice, que nous a recommandé le juge. Surtout, point mêler les rivalités de pays à ça. C'est point parce que le havre de Cocagne a pas dix pieds d'eau à marée basse que... d'accord, douze pieds... Oubliez pas, Messieurs, qu'il y va de la vie d'un homme et voisin... Je le sais, Théophile, qu'il était point le voisin de tout le monde, mais il reste ton autrui, selon l'Évangile, t'as beau venir de Champdoré. Coupable ou non coupable, v'là la seule question. Et que chacun ravale son fiel et garde sa rancœur pour lui. Coupable ou non coupable... Un faux témoignage, ben oui, la déposition de Crache à Pic l'a clairement démontré. Dès le lendemain, la Couronne corroborait son dire, avec des preuves obtenues du quartier général d'Al Capone à Chicago... Toute une femme, la Crache à Pic, ses aïeux en auraient été fiers. Sa voix a point tremblé, sa tête est restée droite et haute, elle a dit ce qu'elle avait à dire, pas un mot de plus, pas un mot de moins, pas un pli dans la face, que l'accusé lui-même aurait pu croire qu'elle le rencontrait pour la première fois. Mais une révélation qui laisse plus aucun doute. C'est point Al Capone qui a tiré. Donc, faux témoignage... C'est vrai, c'est vrai, mais depuis quand le pays va-t-il pendre un homme pour un faux témoignage? Coupable ou non coupable du meurtre de Vif-Argent dit Mathieu-Martin Vigneault. Un homme est mort, c'est la seule chose sûre. Mort d'une balle dans le front. Retrouvé la balle, mais point le fusil. Mort au devoir, c'est une belle mort. Tu parles! Un gaillard de la trempe de Vif- Argent, m'est avis qu'il aurait préféré une belle vie à une belle mort, à son âge, trente-trois ans. D'autant plus que depuis environ un an... Eh oui! il a eu une belle vie, le connétable. Mais les plus à plaindre restent derrière. Je me demande pourquoi Crache à Pic a point parlé, point laissé parler le Ti-Siffleux... elle doit avoir ses raisons. Ben non, Julien, le dénommé Ti-Louis souffre pas de stupidité atone, ni d'aucune maladie contagieuse, il s'a fermé la goule en toute liberté et en pleine connaissance de cause. Plein consentement, c'est ça. La preuve... Quelle preuve?... Laissez-moi sortir de c'te cabane à chien, et vous verrez ce qu'il va y rester de sa démence précoce... Ça veut-il dire que s'il avait parlé, le Ti-Louis... ? Ça veut rien dire en toute. Puisqu'il a point parlé. On pend pas un homme sur un *si*. Clovis a raison. Merci, Thomas. Il fait chaud dans c'te gabarit. Faudrait bien que douze hommes finissent par parler la même langue, et chacun son tour, et partagent les mêmes... priorités. Dieudonné, un bootlegger, parvenu, malfaisant. En dessous surtout, renard et loup qui a mangé toute la laine sur le dos à tous les moutons des côtes. Mais un voisin, né au pays, du lignage des... Et c'est la loi qui est après lui, point Vif-Argent, ni Crache à Pic. Si Crache à Pic avait voulu, elle avait rien qu'à siffler le Siffleux, il aurait tout avoué. Pourtant, le Vif-Argent, ç'a été le grand amour de sa vie, à Crache à Pic. Et Dieu-donné, ç'a été son pire ennemi, c'ti-là de sa mère et des Crache à Pic. Je me demande... mais elle a rien dit d'autre que: Votre Honneur, Al Capone était point en mer c'te nuit-là. Le reste, elle l'a point dit. Alors pourquoi c'est faire que nous autres... ? Jésus-Christ du bon Dieu! ils auraient bien pu en choisir d'autres que nous autres, t'as raison, Pierre à Tom!

Après deux jours et trois nuits, le jury savait qui des douze ronflait au bas de l'octave; qui grinçait des dents dans son sommeil; qui pétait ses fèves au lard et à quel parfum; qui en voulait personnellement à Dieudonné et qui à Vif-Argent; qui n'était pas fâché de voir Crache à Pic redevenir libre... on sait jamais, d'un coup...; qui aurait préféré partir à la pêche, la saison était ouverte depuis quinze jours; qui se languissait et se morfondait d'ennui; qui rêvait à sa femme calée dans un lit de plume au petit matin; qui comptait sur ses doigts les jours de comparution dans le box à tant par jour; qui cherchait

367

à démêler le pour et le contre; et qui finalement demanda la parole, le petit vieux crochu qui n'avait pas ouvert la bouche de toutes les délibérations...

— Et si on disait que...

Les onze se sont penchés au-dessus de la table pour écouter la sentence sortie de la bouche la plus édentée, la plus caverneuse et pourtant la plus propre de tout le pays.

C'est Clovis, président du jury, qui fut chargé de répondre au nom des douze unanimes à la question du tribunal: coupable ou non coupable? Et Clovis regarda le juge dans les yeux, leva le bras droit bien haut, la paume grande ouverte, pour que tout Sainte-Marie-des-Côtes et ses faubourgs reconnaissent la main qu'ils avaient tant de fois vue gravée sur les bidons de la Hand Brand, et prononça la sentence:

— Il est mort de la main de quelqu'un.

Et tandis que le juge déclarait le non-lieu, tout le pays, qui avait vécu en cet été 1933 les plus fortes émotions de son histoire, éclata de rire.

Le vieux Clovis n'a jamais voulu admettre devant mon père qu'il ignorait qui, de Dieudonné ou de Crache à Pic, s'en était allé trouvé l'autre. Et puis ça n'avait aucune importance. Ils s'étaient vus. Et parlé. Sur le quai en délabre de Cap-Lumière, à l'ombre du mât cassé de *La Vache marine*.

Elle lui a dit:

— Vous savez ce que vous avez à faire.

Il n'a pas répondu, mais a baissé la tête.

— Vous allez partir, quitter le pays, sans rien emporter. Que ça seye bien clair, Dieudonné, vous faudra plus jamais remettre les pieds au pays des côtes. Parce que ce jour-là, Ti-Louis le Siffleux crierait par toutes les buttes et les dunes la phrase qui est restée collée à son tympan d'oreille: Dieudonné, t'as tué Vif-Argent! Dieudonné, t'as tué Vif-Argent!

Il bougea une main et ouvrit la bouche pour... mais la referma sans rien dire. Cette fois, elle l'avait vraiment eu. Il ne balancerait pas au bout d'une corde, non. Même une Crache à Pic ne voulait pas s'endormir chaque nuit sur une pareille vision. Mais il s'exilerait, recommencerait ailleurs sa vie de... à soixante ans, il était trop tard. La garce le savait bien.

Elle l'a bien vengé, son Vif-Argent.

Vengé tout le pays avec. Aglaé peut fermer les yeux dans sa tombe. Et le vieux sorcier de Crache à Pic se tenir tranquille dans son trou sous le pommier durant une longue éternité.

Trente ans après, les enfants de Sainte-Marie-des-Côtes retournent cueillir des fraises, des gadelles et des groseilles dans les champs en friche de Dieudonné. Et la girouette du globe...

— Faut point lui laisser la bride sur le cou, à la diablesse, dit le vieux Clovis à mon père. On sait jamais ce que des vents en liberté peuvent brasser de sable, de paille, de braise au fond de la cheminée. Et dans le monde où l'on vit, ça en prend pas tant pour mettre le feu.

Achevé au phare, le 8 septembre 1983, en la fête de Sainte-Marie-des-Côtes.

DU MÊME AUTEUR

Pointe-aux-Coques, roman. Montréal, Fides, 1958; Leméac, 1972 et 1977.

On a mangé la dune, roman. Montréal, Beauchemin, 1962; Leméac, 1977.

Les Crasseux, théâtre. Montréal, Holt & Rinehart, 1968; Leméac, 1973.

La Sagouine, monologues. Montréal, Leméac, 1971, 1973, 1974.

Rabelais et les traditions populaires en Acadie, thèse de doctorat. Québec, Les Presses de l'Université Laval, 1971, 1980.

Don l'Orignal, roman. Montréal, Leméac, 1972.

Par derrière chez mon père, contes. Montréal, Leméac, 1972.

L'Acadie pour quasiment rien, guide touristique et humoristique. Montréal, Leméac, 1973.

Mariaagélas, roman. Montréal, Leméac, 1973.

Gapi et Sullivan, théâtre, Leméac, 1973. (épuisé)

Les Crasseux, (nouvelle version), théâtre. Montréal, Leméac, 1974.

Emmanuel à Joseph à Dâvit, récit. Montréal, Leméac, 1975.

Évangéline Deusse, théâtre. Montréal, Leméac, 1975.

Mariaagélas, roman. Paris, Grasset, 1975.

La Sagouine, monologues. Paris, Grasset, 1976.

Gapi, théâtre. Montréal, Leméac, 1976.

Les Cordes-de-Bois, roman. Montréal, Leméac, 1977; Paris, Grasset, 1977.

La Veuve enragée, théâtre. Montréal, Leméac, 1977.

Le Bourgeois gentleman, théâtre. Montréal, Leméac, 1978.

Pélagie-la-Charrette, roman, **Prix Goncourt**. Montréal, Leméac, 1979; Paris, Grasset, 1979.

La Contrebandière, théâtre. Montréal, Leméac, 1981.

Christophe Cartier de la Noisette dit Nounours. Hachette/Leméac,
    1981.

Cent ans dans les bois, roman. Montréal, Leméac, 1981.

La Gribouille, roman. Paris, Grasset, 1982.

*Les Drolatiques, horrifiques et épouvantables aventures de Panurge,
    ami de Pantagruel*, théâtre. Montréal, Leméac, 1983.

ACHEVÉ D'IMPRIMER SUR
LES PRESSES DES ATELIERS
MARQUIS DE MONTMAGNY
LE 12 MARS 1984 POUR
LES ÉDITIONS LEMÉAC INC.